LA FILLE DU TERRASSIER

Du même auteur :

Fiction française, Éditions D'une ligne à l'autre, 2008.
Les Fils de, éditions Delatour, 2013.
Garde tout, surtout les gosses !, Hugo Roman, 2015 ; KPD Amazon, 2022.
Poivre et sel, Fleuve, 2018.
Joyeuse retraite, Pocket, 2019.
Prenez-moi pour une conne, Fayard, 2023 ; Pocket, 2024.

Guillaume Clicquot

La fille du terrassier

Fayard

Conception couverture : © Dorian Danielsen
Motifs © Shutterstock
ISBN : 978-2-213-72734-9

Dépôt légal : mai 2024

« L'enfant est sans préjugés, qualité première d'un grand philosophe. Il perçoit le monde tel qu'il est, sans idées a priori qui faussent notre vision d'adulte. »

Jostein GAARDER, *Le Monde de Sophie*

Avant-propos

La société est aujourd'hui gangrenée par le rejet de la nuance. Notre flemme, nos carences culturelles, ou tout simplement notre manque de curiosité accentuent ce pourrissement. Les a priori, les jugements sans fondement et les verdicts expéditifs en sont les symptômes. Cataloguer, étiqueter, on est tous victimes ou adeptes de ce réflexe facile et confortable qui consiste à ranger dans des cases ce qui nous entoure, afin que rien ne nous échappe. Certains de ces clichés nous rassurent, mais la plupart d'entre eux attisent notre méfiance. On s'offre ainsi, à peu de frais, des certitudes qui nous permettent d'appréhender le monde, nous donnent l'illusion de le maîtriser et nous rassurent. Dès lors, pourquoi creuser plus profond ?

Loin d'être un saint en la matière, et friand d'explorer nos défauts et nos contradictions, j'ai écrit cette fable qui passe en revue tous les aspects de notre suffisance. Au travers de cette histoire, je vous propose donc de vous amuser de nos faiblesses et de retrouver le plaisir des différences.

Guillaume Clicquot

1

Le clan Barrocco

Terrassier démolisseur à Maubeuge, rien ne prédestinait Antoine Barrocco à construire des piscines. Ni la météo du Nord ni sa phobie de l'eau ne l'auraient amené spontanément à prospecter ce marché. C'est pourtant cette activité annexe qui fit décoller le chiffre d'affaires de sa PME voilà huit ans, lorsque Muriel, sa fille, devint championne de France Cadette de natation. La notoriété de la nageuse se répandit en effet très rapidement dans la région et, au fil des victoires, l'entrepreneur vit arriver mille sollicitations pour se lancer dans ce secteur. Vivant encore dans un quartier populaire de cette ville, autrefois sidérurgique, il fut ainsi surpris de découvrir qu'autour de Lille nombre de quartiers résidentiels regorgeaient de clients potentiels et que les perspectives étaient prometteuses. Il aurait pu s'associer à un pisciniste, mais comme creuser un trou et préparer le terrain est de loin la partie la plus problématique dans la construction de ce type d'installations, Antoine avait vite perçu l'intérêt d'offrir une prestation complète à ses commanditaires. Cette diversification lui permit ainsi de vite remplir les caisses de sa société et d'améliorer sensiblement son cadre de vie.

Avec cette nouvelle compétence, la petite PME familiale de six employés, deux tractopelles et trois camions doubla de volume. C'est à cette période qu'Antoine retrouva, au hasard des commandes, son grand copain d'enfance, Éric Martel, brillant cadre supérieur surdiplômé. Les deux hommes s'étaient connus sur les bancs de l'école primaire. Barrocco était fils d'ouvriers. Sa mère était teinturière dans une usine de textile tandis que son père travaillait comme chaudronnier dans une aciérie. Les parents de Martel étaient pour leur part un modeste couple de bouchers. Les deux compères venaient tous les deux de milieux populaires, mais c'était bien là leur seul point commun. L'un était costaud, l'autre chétif, car deux années les séparaient. Antoine avait redoublé tandis qu'Éric avait sauté un niveau. Une fascination réciproque les avait néanmoins réunis : comme les aimants, les opposés s'attirent toujours. Le robuste cancre pas très doué pour les études et le malingre premier de la classe sans cesse brimé trouvèrent instinctivement un intérêt à s'épauler. Le grand protégeait physiquement le petit, en échange de quoi, le petit aidait le grand à tricher lors des interros. Leur amitié était donc solide et leur complicité totale. Qui était le mauvais génie de l'autre ? Nul ne pouvait le dire tant chacun repoussait les limites de son acolyte pour faire les quatre cents coups. En revanche, seul Barrocco se faisait prendre, son âge, sa corpulence et son attitude provocatrice en faisant systématiquement le coupable idéal. Même si Barrocco fut orienté vers une filière technique dès la cinquième, les deux voisins de quartier restèrent collés l'un à l'autre jusqu'à ce qu'Éric parte à Lille, puis à Paris pour ses études supérieures. Leurs personnalités divergèrent alors, l'un se durcissant en dirigeant ses ouvriers, l'autre cultivant la discrétion et la nuance pour s'intégrer aux hautes sphères éduquées. Travail, vie de famille, fréquentations et distance géographique finirent donc par les séparer. Le lien invisible qui les unissait demeura toutefois intact. C'est la vertu des amitiés d'enfance de redémarrer au quart de tour et les retrouvailles entre Antoine et Éric ne dérogèrent pas à la règle. De surcroît, l'instant de cette réunion était idéal, car chacun avait besoin de l'autre. Martel vivait un revers professionnel tandis que Barrocco devait dénicher un directeur général pour accompagner la croissance exceptionnelle de sa société. Bien que grisé par sa fulgurante ascension qui renforçait son ego déjà solide, en bon stratège, le terrassier avait eu la judicieuse idée et l'incroyable modestie de chercher à s'entourer. Malgré son obsession de vouloir sans cesse tout contrôler, il désirait trouver un associé fiable qui ne lui cacherait rien et en qui il pourrait avoir une confiance aveugle. Éric était sans conteste le seul à remplir tous ces critères et surtout à pouvoir supporter son sale caractère. Et rien n'avait changé : le duo fonctionnait à merveille en dépit de leurs différences comportementales qui s'étaient accentuées. Martel était désormais un homme mince, élégant, discret, tout en retenue. Au fil du temps, il avait su endosser le costume du cadre supérieur soigné et raisonnable, tout l'inverse de Barrocco. Plus encore qu'autrefois, il se dégageait de lui un raffinement et une intelligence manifestes tandis qu'Antoine se complaisait à demeurer le rustre bon vivant qui alterne tapes dans le dos et coups de gueule.

Éric accompagna et canalisa donc l'explosion du chiffre d'affaires qui grossissait à mesure que la carrière de Muriel s'envolait. Championne de France Junior, championne d'Europe puis du monde, Muriel devint en effet une icône du sport français. Sa célébrité offrit une notoriété certaine à l'entreprise Barrocco qui bénéficiait d'une publicité gratuite. Muriel s'affichait sur toutes les couvertures de journaux nationaux et même étrangers, une revue de presse que son papa archivait systématiquement.

Antoine n'eut pas à faire un grand effort de réflexion pour comprendre tout le profit qu'il pouvait tirer de l'aura de sa fille. L'opportunité de rencontres avec des élus et de grands promoteurs immobiliers lui permit d'étendre son réseau et d'accéder à des marchés de démolition de plus en plus conséquents, et surtout plus lucratifs que les piscines individuelles. C'est là qu'Éric Martel joua un rôle prépondérant. Au côté du gargantuesque terrassier, Martel avait des airs de *consigliere*. Il rassurait bon nombre de clients effrayés par Barrocco, dont le visage bourru et l'allure de parrain sicilien ne dégageaient rien d'amical. Il est vrai que le bonhomme pâtissait de son physique adipeux pour lequel nulle tenue, pas même de grand couturier, n'efface la trivialité. Par ailleurs, fort de son succès, Antoine ne faisait guère d'efforts pour soigner son langage et retenir ses réflexes rabelaisiens. En dépit de son professionnalisme reconnu, Barrocco était donc considéré dans le meilleur des cas comme « un nouveau riche », mais le plus souvent on le qualifiait de « beauf ». Pour les contrats importants, Éric apporta ainsi une caution morale auprès des interlocuteurs en col blanc. Son calme et sa diplomatie compensèrent les outrances du terrassier et rassurèrent les commanditaires. L'atypie du businessman finit bien sûr par susciter la curiosité de la presse économique et il commença, lui aussi, à donner des interviews aux magazines spécialisés. L'autodidacte était très fier de ces signes de reconnaissance après un parcours professionnel laborieux. « Maintenant, j'suis plus bankabeule que Tom Crouze ! », fanfaronnait-il en privé.

Outre les « historiques de sa PME » et Éric Martel, le plus fidèle et le plus intime de cette tribu était Lino Soldo, l'entraîneur de Muriel. L'homme de quarante-neuf ans s'avérait être le meilleur rempart pour Muriel face à la presse. Look de *Hell's Angel* dégénéré, mine patibulaire et regard inquiétant, le coach à l'accent marseillais était taiseux et savait décourager les importuns. Sa mère l'avait prénommé ainsi par amour pour Lino Ventura et, pour plaire à sa maman, le petit Lino avait grandi en calquant son comportement sur celui de la star de cinéma. Devenu adulte, son charisme unique et sa rudesse effrayante s'étaient accentués. Il offrait tout naturellement l'image d'une brute épaisse que rien n'impressionne. Dès les premiers exploits de Muriel, à lui non plus, on ne fit pas de cadeau : lui aussi dut faire face aux critiques des journalistes sportifs qui remettaient sans cesse en question sa légitimité. Il faut dire qu'avant d'être entraîneur à plein temps Lino fut le premier chauffeur de camion-benne de Barrocco. Leurs lointaines origines italiennes à tous deux avaient scellé dès le départ leur confiance. Or, à l'époque, Lino jouait toujours au Lille Métropole Water-Polo, un club passé pro en 2002. Athlète de haut niveau, il avait débarqué de Marseille pour intégrer cette équipe et remporter des titres. Antoine, qui cachait à tous sa phobie de l'eau, lui avait confié, tout naturellement, l'impérieuse et dangereuse mission d'apprendre à nager à Muriel, à peine âgée de cinq ans.

Ce n'était encore qu'un bébé qui pouvait se noyer, et Lino en avait fait une championne redoutée de tous. Tout autant qu'Antoine Barrocco, l'énigmatique entraîneur était fier de Muriel et de ses trophées, fruit de son travail.

Comme une molécule, le clan Barrocco possédait donc trois électrons qui gravitaient autour d'un noyau solide : Muriel. Même si la *success story* de ce curieux équipage était évidente, il flottait donc toujours un climat de suspicion sur les compétences et les mérites de chacun. Les journalistes concentraient toujours leurs questions sur le parallélisme entre les succès commerciaux de la PME et les victoires de la nageuse. Les plus jaloux ou les plus narquois des commentateurs poussèrent le vice jusqu'à s'interroger sur l'hérédité de la championne. À leur décharge, le couple qu'Antoine formait avec sa fille avait de quoi intriguer tant leurs physiques et leurs comportements étaient aux antipodes. Antoine était un homme trapu, imposant, aux traits creusés, l'archétype du patron de chantier soupe au lait à la gouaille sans filtre. Muriel, quant à elle, était une très belle femme, longiligne, timide et ingénue. Même si leur filiation n'avait rien d'évident et aurait mérité un test de paternité, « la Belle et la Bête » semblaient indivisibles, unies par un amour fusionnel. Cette incongruité génétique fut cependant rapidement expliquée par la presse. L'ex-Mme Barrocco, Svetlana, était une sublime Slave d'origine moldave qu'Antoine avait rencontrée via une agence matrimoniale. La jeune épouse remplissait tous ses critères esthétiques et ménagers. En revanche, elle n'avait pas la fibre maternelle et avait quitté l'appartement HLM familial lorsque Muriel n'avait encore que deux ans. Elle avait plaqué son terrassier de mari pour un amant plus distingué, plus propre en rentrant du travail et surtout plus fortuné. Après avoir renoncé à son autorité parentale, elle avait disparu, ne donnant que très rarement de ses nouvelles. Barrocco avait donc élevé sa fille seul. Muriel fut son bébé puis la femme de sa vie, elle avait été sa raison de vivre puis sa fierté, et il voyait désormais en elle son double. Leur réussite indissociable était devenue au fil des années leur projet commun et les railleries ne firent que souder un peu plus leur duo. Personne ne pouvait s'immiscer dans leur relation. Les membres de la famille forment souvent ce que Robert De Niro appelle « le cercle de confiance » dans la comédie *Mon beau-père et moi*. Dès lors qu'un champion prend de la valeur, qu'il soit tennisman, footballeur ou patineur, les liens du sang restent le meilleur rempart, le seul gage de sérénité face à l'argent qui afflue (exception faite de la famille Pogba). Par loyauté et confiance, les sportifs refusent alors de se séparer de ceux qui les accompagnent depuis leurs débuts. Parfois les fédérations et les clubs se heurtent à ces proches qu'ils jugent être des sangsues inutiles, incompétentes, voire nuisibles. Certains, en effet, sortent des normes, ne respectent aucun usage, bousculent les procédures et imposent un cordon sanitaire autour de leur poulain. Dans ce cas, on parle de clan, et la « famille Barrocco » correspondait en cela à cette définition. Concernant Muriel, cette notion était accentuée par les profils singuliers de sa garde quasi prétorienne, des tempéraments aux antipodes du sien.

Élevée dans ce milieu d'hommes rugueux qui se lèvent à 5 heures du matin pour se rendre sur des chantiers boueux, quelles que soient les conditions climatiques, Muriel ne s'était jamais plainte de l'intensité de ses entraînements.

L'effort physique et la fatigue avaient toujours fait partie de son quotidien. Seul le plaisir de rapporter une coupe à son papa chéri comptait pour elle. De plus, elle était aussi la mascotte de la PME : tous les ouvriers qui l'avaient vue grandir la chouchoutaient, l'encourageaient et s'enorgueillissaient de ses titres. Si sa docilité n'avait jamais failli, sa scolarité, en revanche, avait pâti de sa carrière sportive. Muriel avait pourtant été une très bonne élève en primaire, sage, appliquée et concentrée. C'est en quatrième qu'elle commença à se désintéresser des études. Contrainte à des cours par correspondance en raison du rythme des entraînements et des déplacements pour les compétitions, elle décrocha peu à peu. Son père, qui avait lui-même quitté l'école en cinquième, ne s'en inquiéta pas. Elle obtint malgré tout son brevet des collèges. Cela dépassait les espoirs et les propres résultats de son papa. L'autodidacte fêta donc le diplôme de sa fille comme le bac. Pour lui, ce brevet signait la fin de ses études. Il ne voyait pas l'intérêt qu'elle poursuive un cursus général puisque son talent, c'était de nager vite. Pour lui, la priorité fut toujours la carrière sportive de sa fille. Si Muriel avait été un garçon, Barrocco aurait tout fait pour qu'il devienne footballeur professionnel. Il voulait pour elle une réussite rapide et de l'argent facile, car il refusait qu'elle subisse le même parcours du combattant que lui. Adolescente, Muriel ne réclama pas non plus de pousser sa formation jusqu'au bac. Le temps libéré lui permettait en effet de s'octroyer enfin des moments de détente : Internet, télé, shopping, Muriel put profiter un peu des futilités de son âge. C'est à cette époque qu'elle créa sa première page Facebook : Muriel Barrocco officiel. Au départ, ses *posts* étaient très académiques. Ils se concentraient sur son agenda sportif, relayaient des articles de presse et des extraits d'interview. Par la suite, des équipementiers sollicitèrent des présentations de produits moyennant finance, la forçant à surmonter sa timidité pour « faire l'article ». Seule face à son smartphone, Muriel s'habitua peu à peu à se lâcher, à s'exprimer et à confier ses impressions. Ainsi, sans en prendre conscience, elle partagea son quotidien avec ses supporters, des réveils musculaires dans de l'eau froide à 7 heures du matin à ses découvertes émerveillées de pays étrangers. Ses *stories* devinrent dès lors une sorte de journal intime que des « cœurs » d'inconnus et des commentaires bienveillants plébiscitaient. L'illusion d'être connectée à sa génération était totale et ces amitiés virtuelles trompèrent sa solitude d'ado déscolarisée.

Bien sûr, en grandissant, le corps de rêve de la naïade attira les sponsors et les marques de luxe en quête de mannequins pour leur affichage et leurs spots publicitaires, un afflux de juteux contrats que géra Éric Martel avec brio. Lorsqu'elle devint championne du monde à dix-huit ans et que tous les médias se jetèrent sur elle, son temps libre se réduisit de nouveau à peau de chagrin. Bien que « brut de décoffrage », Antoine Barrocco mesurait à merveille l'utilité de la communication pour la carrière de sa fille et, par-delà, pour ses affaires. Il fallait gérer son image. Il lui fit donc comprendre l'importance d'aborder professionnellement les sollicitations malgré les strass et les paillettes répandus sur son chemin. En ce sens, sa page Facebook et son compte Instagram restèrent sobres, professionnels, rien ne devait engendrer de critique ou de polémique. Sur les conseils de Martel, Twitter fut proscrit : ce réseau aux messages courts et aux pensées atrophiées était pour lui un repaire d'internautes aigris et frustrés, prêts à descendre tout ce qui leur tombait sous le nez pour exister. Muriel était une cible trop facile pour ces éboueurs du net et Éric ne la sentait pas capable de digérer leur fiel. Concernant les soirées et les sorties, c'est Lino qui se chargeait de tout planifier, car il craignait les excès et leurs conséquences ; il redoutait de voir le physique de son athlète endommagé. Il n'avait cependant pas à forcer Muriel. La sportive était toujours raisonnable : elle ne buvait que de l'eau, évitait de danser de peur de se tordre une cheville et refusait de rogner sur son sommeil.

Il ne manquait qu'un seul titre à la carrière de Muriel : championne olympique. Elle en remporta trois : le 50 mètres et le 200 mètres nage libre, ainsi que le relais. Ce sommet atteint à vingt-trois ans, la jeune femme sentit comme un grand vide. Quel trophée pouvait-elle encore ramener à son père ? Quel challenge aquatique pouvait lui donner un nouvel objectif et la force de poursuivre tous ses sacrifices ? Changer de nage ? De distance ? Cela n'avait aucun sens. Pour la première fois de sa vie, Muriel n'avait plus de motivation. En outre, elle se rendit compte que cette vie sportive aurait un jour une fin et elle paniqua à l'idée d'affronter ce monde qu'en définitive elle connaissait si peu. Elle s'apercevait qu'elle n'était pas préparée à une existence normale. La liberté lui donnait déjà le vertige tout en la séduisant : elle pensait à tous ces plaisirs qu'elle s'était interdits durant presque dix ans, ses dragues zappées pour cause d'entraînement le matin, et ces fêtes ratées parce qu'elle était à l'autre bout de la planète. Muriel avait donc besoin d'une pause pour faire le point et se rassurer sur son avenir post-compétition. Mais cette rupture n'avait rien d'anodin et engageait bien plus que sa petite personne. Comme tout sportif de haut niveau, Muriel avait toujours été soutenue, protégée et encadrée par son père, son coach et Martel. Plus qu'une famille, Muriel appartenait au clan Barrocco qu'elle ne devait, ni ne souhaitait, mettre en péril en arrêtant momentanément la compétition.

2

La grande décision

« Je veux prendre une année sympathique ! » C'est avec cette expression approximative que Muriel fit part à son père de son désir de faire une pause dans sa carrière sportive. Elle avait choisi ce moment car Barrocco était de bonne humeur et confortablement installé dans le fauteuil de son bureau. Il avait reçu un nouvel engin de chantier titanesque et toute l'entreprise était à la fête, admirant dans la cour le monstre d'acier.

– Quoi ????

– Je veux prendre une année sympathique, répéta-t-elle avec une pointe de crainte supplémentaire.

– Mais t'es pas bien ? Tu veux tous nous mettre sur la paille ? avait-il aussitôt gueulé.

– Non. Et puis, j'vois pas le rapport !

– Le rapport, c'est que si j'ai autant de marchés de démolition, c'est parce que t'es championne. T'as vu le nouveau tractopelle dehors ?

– Oui.

– Eh ben j'en attends six autres comme ça. Et je me suis endetté pour les payer : faut que je les amortisse. Alors il n'est pas question que t'arrêtes la piscine : c'est pas le moment de mollir.

– C'est pas de la piscine, c'est de la natation !

– C'est pareil : continue de gagner des médailles, et moi je m'occupe du reste. Fais ton job, je fais le mien. Compris ?

– Ouais. Mais si je suis plus motivée, j'vais plus en gagner, des médailles…

– Mais putain, qui est-ce qui m'a foutu une fille pareille ? T'es conne ou tu le fais exprès ?

Réuni autour de l'engin de chantier flambant neuf d'où pendait encore le goulot d'une bouteille de champagne brisée pour son baptême, les employés, flûtes en plastique à la main, s'étaient retournés vers les vétustes bureaux dont l'isolation thermique, et donc phonique, était inexistante. Les hurlements de Barrocco ne semblaient guère les surprendre ni les impressionner. Lino et Martel échangèrent un regard désabusé quand la fenêtre s'ouvrit.

– Lino, Rico !!! Ramenez-vous !

– On arrive, soupira Martel.

Les deux hommes s'exécutèrent nonchalamment, une sorte de lassitude face à ces crises d'humeur semblant les envahir. Ils trouvèrent Antoine dans tous ses états, faisant les cent pas devant sa fille transie d'angoisse.

– Qu'est-ce qui se passe ? demanda innocemment Éric.

– Y s'passe que Mumu veut prendre une année sympathique !

– On dit « sabbatique », pas « sympathique », le reprit instinctivement Martel. Ça vient du sabbat, le jour de repos des juifs, le samedi.

– Mais je m'en branle d'où ça vient ! Le résultat est l'même. Madame veut prendre un an de vacances !

Éric et Lino ne cillèrent pas et échangèrent un regard apaisant avec Muriel tandis que Barrocco s'affalait dans son vieux canapé chesterfield pour contenir sa colère.

– En plus on n'est même pas juifs ! Mes ancêtres sont italiens ! maugréa-t-il.

Le silence de ses deux acolytes finit tout de même par l'interpeller.

– Vous le saviez, tous les deux ?!

– Ouais, lâcha Lino.

– Donc, j'étais le seul con à ne pas être au courant ? Et vous comptiez m'en parler quand ?

– Aujourd'hui, répondit calmement Martel.

– Et bien sûr, vous êtes d'accord avec elle ?

– C'est elle qui nage, on n'a pas le choix ! conclut l'entraîneur.

En dehors de Lino, nul parmi le clan n'avait envisagé que Muriel fasse une pause dans sa carrière. Après ses trois médailles aux jeux Olympiques, et une fois ce graal atteint, Lino avait tout de suite détecté la perte de motivation de sa nageuse. Depuis Laure Manaudou, elle était sans doute notre plus grande championne de natation et tout comme son illustre prédécesseuse, le besoin de respirer, après une jeunesse sacrifiée aux entraînements et aux compétitions, devenait vital pour Muriel, et évident pour son coach. En son temps, Laure Manaudou avait également opéré une coupure, mais après son échec aux JO de Pékin. Sa contre-performance trouvait sa source dans un mal-être constaté bien avant. Elle avait alors exprimé son désir de reprendre des études, se sentant démunie face aux grands de ce monde qu'elle croisait constamment : « J'ai toujours parlé de natation toute ma vie. Quand je suis en face de quelqu'un qui n'est pas de ce milieu, je n'ai pas grand-chose à raconter », confessa-t-elle à *La Dépêche du Midi*. Complexe d'infériorité ou besoin de combler le vide que son sport ne remplissait pas, Laure Manaudou avait mille raisons de s'arrêter un temps. D'autres stars du sport avaient quant à elles radicalement écourté leur carrière, ne supportant plus la pression du leadership. Muriel, elle, ne souffrait d'aucun de ces syndromes, tout au plus voulait-elle juste profiter de la vie, s'amuser un peu, prendre des vacances. Timide et ingénue, la jeune femme avait des désirs simples. De plus, Muriel accumulait depuis son plus jeune âge les coupes et les médailles et son appétit de collectionneuse était déjà bien rassasié. Son amour-propre n'était pas non plus suffisant pour la motiver. Un peu de liberté, telle était la seule récompense à laquelle elle aspirait à l'aube de ses vingt-quatre ans. Ce choix n'était pas pour autant un caprice, et avait été mûrement réfléchi avec son entraîneur. Ce syndrome du champion n'était pas étranger à Lino Soldo et il comprenait Muriel. L'histoire sportive regorgeait de ces *burn-out* de jeunes stars, et plutôt que d'attendre les contre-performances de Muriel, le coach était persuadé que lever le pied un moment était la meilleure solution.

– Elle a plus de motivation, plus d'objectifs, expliqua-t-il.

– Elle a qu'à en trouver des nouveaux. Tous les tennismen font ça. Regarde Nadal et Federer ! Y l'ont pas d'états d'âme, eux !

– Ashleigh Barty, elle a arrêté à vingt-cinq ans, bredouilla Muriel.

Antoine tenta alors la manière douce pour convaincre sa fille de renoncer à ce projet risqué.

– Mais toi, ma chérie, tu ne tiens pas une raquette dans les mains : tu peux changer de nage. J'sais pas moi... Du dos, du papillon ! Tu veux pas faire le papillon pour moi, ma chérie ?

– Papa, c'est la compétition qui m'emmerde. Je m'amuse plus.

– Parce que tu crois que je m'amuse, moi ? bondit-il à nouveau. Mais, ma petite fille, la compétition est partout, tous les jours !

– T'engaste pas ! intervint le Marseillais. C'est juste une pause.

– Des vacances, tu veux dire. Moi j'en ai jamais pris et vous êtes pas près de me voir dans *50' Inside* ! Feignasse... fulmina-t-il.

L'insulte provoqua les larmes de Muriel qui s'enfuit. Lino lança un regard noir à Barrocco et se retira à sa suite pour la réconforter. Seul Martel resta, stoïque, impassible, ce qui calma quelque peu Antoine.

– Et toi, ça ne t'inquiète pas ?

– Quoi ?

– Ben si elle est plus championne, nous aussi, on le sera plus !

– Elle remontera sur les podiums. Elle a le temps. Elle est jeune.

– Et moi je suis vieux et j'ai plus le temps !

– Parce que tu crois que sa célébrité va s'éteindre du jour au lendemain ?

La question, rhétorique, ne laissa pas Antoine insensible.

Les jours passèrent et, malgré son premier veto, Barrocco ne put ignorer la déprime de sa fille plus longtemps, tant il était proche d'elle. Il s'en épancha auprès d'Éric qui, lui-même confronté à l'éducation de ses propres enfants, lui conseilla comme Lino de relâcher la pression. Il était en effet évident que Muriel avait besoin de respirer un peu et de faire une pause pour se ressourcer. Antoine, qui avait commencé à travailler à quatorze ans en tant qu'apprenti et ne s'était jamais reposé depuis, rechignait cependant à donner son aval. En revanche, ce débat lui fit prendre conscience, à lui aussi, que la carrière sportive de sa championne aurait une fin et que, même si elle reprenait la compétition quelque temps plus tard, cette échéance approchait à grands pas. L'inquiétude immédiate pour sa fille se doubla donc petit à petit d'une incertitude à moyen terme quant à la prospérité de sa société. Il mesurait l'interdépendance de leurs réussites et si Muriel n'avait plus de motivation pour la natation, lui conservait encore plein d'ambition pour l'expansion de sa boîte.

– Associe-la aux activités de la boîte, lui suggéra alors Éric.

– Super, l'idée ! J'vois déjà les gros titres : « Après la piscine, Muriel Barrocco prend un bain de boue ! »

– Dis pas de sottises. Tu lui fais faire de la com. Tu l'emmènes en rendez-vous, tu la fais venir aux inaugurations, comme une Miss France.

– J'suis pas sûr…

L'idée de Martel fit cependant son chemin et finit par l'enthousiasmer car, comme tout créateur d'entreprise, il rêvait secrètement qu'un jour son enfant reprenne les rênes de sa PME, la pérennise et la transmette ensuite à sa descendance. Ce nouveau fantasme de dynastie lui donna des ailes, bien que Muriel fût sous-diplômée et parfaitement immature. Tout autre que lui l'aurait jugée inapte à prendre un jour sa place, mais pas Antoine. Lui-même était autodidacte et savait que l'apprentissage est la meilleure des écoles. Or, il avait tout le temps pour la former. Barrocco eut donc une grande discussion avec sa fille, dans son bureau, tous deux assis dans le canapé.

– Bon, j'ai bien réfléchi et je suis d'accord pour ton année sympathique.

– Merci, mon papounet ! hurla Muriel de joie en se jetant au cou de son père pour l'embrasser.

Il la tenait presque sur ses genoux, enlacée comme lorsqu'elle était enfant.

– Bien sûr tu pourras t'amuser comme tu veux et continuer tes campagnes de pub avec tes sponsors.

– Génial.

– T'emballe pas ! J'ai plusieurs conditions quand même.

– Tout ce que tu veux.

– La première, c'est que tu continues tes entraînements avec Lino, que tu sois d'attaque pour la reprise.

– C'était prévu.

– La seconde, c'est que je veux que tu bosses avec moi.

L'annonce surprit Muriel qui défit son étreinte.

– T'es fou ! J'y connais rien aux chantiers.

– Justement ! T'apprendras sur le tas, comme moi.

– Mais moi je me vois pas donner des ordres aux ouvriers !

– T'auras pas à le faire. T'auras un poste de direction. Tu bosseras dans la com. Tu voulais découvrir la vraie vie ?

– Oui.

– Ben comme ça, tu vas comprendre comment ça marche une entreprise, ton entreprise.

– Mon entreprise ?

– Oui. Notre entreprise. La société « Barrocco, Père et Fille ».

À ces mots, Muriel fondit en larmes dans les bras de son papa.

Pour officialiser l'événement, Barrocco organisa une nouvelle cérémonie dans la cour poussiéreuse de la société à Maubeuge. Une pelleteuse dressait son bras vers le ciel le long de la vieille façade des bureaux, avec à son extrémité une corde attachée à un voile inaugural. Au signal d'Antoine, le conducteur mit en marche son engin. Un nuage de fumée de gasoil gaza l'assistance, mais en pivotant la tourelle, le dinosaure d'acier découvrit une sublime enseigne émaillée : « Barrocco, Père et Fille ». Les applaudissements et les sifflets de joie comblèrent Antoine et Muriel, qui firent bien sûr la une de la presse.

3

La nouvelle dynamique

Évidemment, l'annonce du retrait temporaire des bassins de Muriel fit bien plus de bruit dans les médias que ses nouvelles fonctions au sein de l'entreprise de son père. Elle l'occulta même, au grand désespoir de l'orgueilleux terrassier. La championne dut se soumettre à de nombreuses interviews pour justifier sa décision, ce besoin de pause. La déflagration médiatique qui s'abattit et la stupéfaction des journalistes sportifs auraient pu provoquer des critiques. Elle était à l'apogée de sa gloire, et bon nombre de commentateurs déçus par ce gâchis auraient eu beau jeu de dénoncer un caprice. C'est ce que craignait Barrocco, mais il n'en fut rien. L'innocence et la gentillesse de Muriel interdirent ce type d'attaque. Bien au contraire, tous s'entendirent pour avaliser ce repos bien mérité et souligner les sacrifices qu'elle avait dû faire pour atteindre le sommet.

Tout comme les stars mortes jeunes se transforment en légendes, la décision de Muriel renforça son image au lieu de la desservir. L'effet fut instantané et la sachant désormais plus disponible, les communicants de tous bords s'arrachèrent sa présence. Ces sollicitations encouragèrent Muriel à ouvrir une chaîne YouTube consacrée aux exercices physiques, un blog vidéo facile à tenir puisqu'elle continuait de se maintenir en forme avec son coach. Une fois ces vidéos relayées sous forme de « pastilles » sur TikTok, la championne élargit son public. Elle consacra son compte Instagram à des sujets plus frivoles, plus quotidiens et moins académiques que sa page Facebook. Séances photo pour des publicités, inaugurations, soirées de lancement de produits, *showcases*, opérations caritatives, avant-premières de cinéma, Muriel entra dans une vie de jet-setteuse et partagea son enthousiasme sur ce réseau social. Toujours accompagnée de Lino, elle enchaîna les allers-retours en Eurostar et ne manqua aucun événement. Au grand bonheur de son père, la championne devint la cible prioritaire de la presse people qui scrutait ses nouveautés vestimentaires et épiait ses flirts. Alors qu'en tant que championne de natation sa page Facebook plafonnait à 150 000 *followers*, cette nouvelle activité lui en ramenait plus de 2 millions sur Instagram. Ses coachings sportifs sur YouTube et TikTok eux aussi cumulaient des millions de vues et les régies publicitaires croulaient sous les demandes.

L'association avec son père ajouta du romanesque à la *story* de Muriel. Il est courant qu'une célébrité montante lance sa marque de fringues, de bijoux ou de parfum, mais rares sont celles qui investissent dans le BTP. Le contraste avec les usages de la jet-set attisa la condescendance et les railleries des élites, mais suscita l'admiration des plus modestes qui s'identifiaient à elle : la petite sirène jouissait ainsi d'une popularité hors normes. Cette singularité n'échappa pas aux annonceurs qui s'arrachèrent encore plus ses services. Muriel touchait en effet un large public modeste et les publicitaires se réjouissaient de se servir d'elle pour faire la promotion de produits d'entrée de gamme. Sans le savoir, l'ex-championne devint ainsi une « influenceuse bankable » que sa présence auprès de son père renforçait.

Barrocco ne regretta donc pas d'avoir cédé au « caprice » de sa fille. Il n'avait pas anticipé que la notoriété de Muriel décuplerait de la sorte. Au départ, lorsqu'elle l'accompagnait à des rendez-vous pour des chantiers en province, il était toujours surpris par les hordes de fans qui les accueillaient à leur arrivée. L'effet sur les clients était de ce fait magistral : avant même de signer un contrat, tous voulaient leur selfie avec la championne ou un autographe sur leur livre d'or. Muriel parlait très peu et se contentait de sourire comme une « Miss Terrassement », ce qui suffisait parfaitement à son fier papa : sa seule présence enterrait la concurrence. Barrocco jubilait de cette supériorité et commença à se demander s'il était bien nécessaire que Muriel retourne un jour dans l'eau.

Il ne restait à Barrocco qu'une case à cocher pour avoir vraiment l'impression d'avoir « réussi » : décrocher un chantier d'ampleur à Paris. Pour lui, c'était le graal, sa médaille olympique, le dernier titre qui manquait à son palmarès. Chasse gardée des multinationales, les grandes métropoles lui étaient interdites et la capitale plus que les autres. Pour le provincial ambitieux et quelque peu frustré, Paris était donc la cible majeure, symbole de la cour des grands. Jusqu'alors, sa société n'avait ni la taille ni l'opportunité de postuler à ce type de marché, mais aujourd'hui

Barrocco se sentait les épaules de se jeter dans la bataille. Aussi lorsque fut annoncé le projet de ZAC des Alouettes dans un arrondissement du nord de Paris, le chef d'entreprise mit un point d'honneur à entrer dans la compétition. Le pilotage de l'ensemble de l'opération était confié à un géant du BTP, Selfbate, cependant la Mairie avait imposé pour des raisons écologiques et de transparence budgétaire de lancer un appel d'offres pour les plus gros sous-traitants. Le contrat de démolition et de terrassement du quartier fut ainsi ouvert à la concurrence. Le cahier des charges donnait néanmoins le vertige : les moyens techniques et la solidité financière requis dépassaient largement ce que Barrocco avait jusqu'à présent affronté. Il lui fallait beaucoup investir en matériels de chantier et emprunter énormément d'argent pour montrer patte blanche.

– Tu as vu le cahier des charges qu'ils réclament ? s'affola Éric. Et c'est juste pour avoir le droit de postuler !

– On a la tréso pour ça !

– Tu vas devoir siphonner tous tes fonds propres pour acquérir tous ces engins !

– Eh ben j'emprunterai !

– Encore ?

– Ben oui encore ! Les banques savent que j'ai les reins solides.

– Oui, mais là, ils vont tout te faire hypothéquer, y compris tes biens privés ! Tu seras caution solidaire et si on se plante, tu vas te retrouver en slip avec une pelle et une brouette. C'est ça que tu veux ?

– C'que tu peux être trouillard !

– C'est un coup de poker, et là tu fais tapis !

– Ça fait huit ans que la chance ne me quitte plus, j'vois pas pourquoi ça changerait. J'vais tous les écraser.

– Sauf que là, tu ne connais pas les cartes qu'ils ont dans leur manche.

– Et moi, j'ai Mumu ! Ça vaut un carré d'as !

Éric n'insista pas. Il ne pouvait refréner l'ambition mégalomaniaque d'Antoine. Contre son gré, il lança donc les commandes d'engins de chantier supplémentaires, les expertises techniques et le chiffrage afin de présenter un dossier qui tienne la route. Habitué aux frasques de son copain et patron, Martel tenta néanmoins d'assurer ses arrières et de réunir le plus d'atouts dans son jeu en usant de son réseau d'amitiés constitué durant ses hautes études de commerce. L'offre bouclée et envoyée, il ne restait plus qu'à attendre en consolidant le fonds de roulement de la société par de plus modestes opérations.

4

Le grand bain

Six mois étaient passés depuis l'envoi du fameux dossier d'appel d'offres. Malgré l'excitation d'un tel enjeu industriel, Barrocco n'avait pas délaissé ses clients plus modestes. Chaque marché emporté restait pour lui une fierté et une confirmation de sa supériorité. Le dernier succès dont il s'enorgueillissait était la destruction d'un vieil abattoir en Bretagne afin de moderniser les installations. Comme à son habitude, Antoine avait convaincu le propriétaire de le choisir en lui faisant miroiter la publicité positive de faire appel à lui et à sa célèbre fille. Le maître d'œuvre s'était donc plié à cette exigence du commanditaire et devait à présent composer avec l'envahissant terrassier. La signature du contrat était l'occasion idéale pour mettre en lumière la rénovation de l'atelier d'équarrissage et une conférence de presse fut organisée pour briller dans les médias.

La vieille usine agroalimentaire des années 1970 n'avait rien de commun avec le Palais des festivals de Cannes, si ce n'est peut-être le sol rouge sang. Pourtant l'annonce du passage de Muriel avait encore attiré une foule de groupies assoiffées d'autographes et de selfies. Aussi, dès sa sortie de voiture, habillée comme pour la Fashion Week, son apparition déclencha les flashs de nombreux photographes accrédités et les cris des fans qui l'appelèrent par son surnom « Mumu ». On lisait dans leurs regards la fascination de voir en vrai une star, et l'étoile était d'autant plus étincelante que son look de bimbo tranchait singulièrement avec l'architecture du sinistre lieu. Muriel fut donc happée par ses admirateurs et se soumit volontiers aux rituels de la célébrité, Lino se chargeant, en bon garde du corps, de canaliser les effusions trop physiques. Barrocco ne se lassait pas de cette hystérie collective qui semblait impressionner et ravir M. Corlay, P-DG des abattoirs du même nom. Éric, quant à lui, resta en retrait et regarda sa montre ; de toute évidence, ce genre d'accueil chronophage l'agaçait.

Terminé ce pittoresque bain de foule, le clan Barrocco suivit M. Corlay à l'intérieur des locaux où devait se dérouler la rencontre avec la presse. À l'entrée du réfectoire, transformé en salle de conférences pour l'occasion, était agencée une sorte d'exposition du projet. Toujours sous les flashs des photographes, le P-DG commenta la visite pour Muriel, laquelle, soucieuse d'apprendre son métier, s'intéressa et posa quelques questions. Les promoteurs voulaient communiquer positivement sur la destination du chantier et démarrer en fanfare le lancement des travaux : avec Muriel, ils étaient servis. Le petit groupe admira ainsi le monde merveilleux qu'ils s'apprêtaient à construire. Une immense maquette trônait au milieu de l'entrée et une ribambelle d'illustrations 3D présentaient la future usine : un univers idyllique aux normes HQE, Haute Qualité Environnementale, où les animaux semblaient se promener en toute quiétude, accueillis par des ouvriers au teint hâlé, au physique de profs de tennis et habillés comme des médecins de *Grey's Anatomy*. Corlay précisa que de grands haut-parleurs y diffuseraient de la musique classique pour calmer les bêtes, une attention que Muriel trouva naïvement admirable. Les architectes et leurs graphistes avaient mis le paquet pour magnifier ce qui restait pour les véganes un camp de la mort pour vaches réformées et porcs « antibiotisés ». Le choix de l'entreprise Barrocco pour la destruction et la dépollution de l'ancien site puis son terrassement sonnait donc comme une opération marketing très prometteuse.

Une fois dépassé ce cap propagandiste à l'iconographie paradisiaque, le petit groupe de VIP pénétra dans la salle de conférences improvisée qui était pleine à craquer, la presse autant que le personnel s'étant précipités pour découvrir Muriel dans ses nouvelles fonctions. Les as de la communication semblaient avoir réussi leur coup : ce non-événement commercial avait drainé pléthore de curieux. C'est dans cet espace bondé que la réalité reprit enfin ses droits. Les employés présents étaient en tenues stériles tachées de sang et bottes blanches ; ils n'avaient rien de commun avec les « gentils organisateurs » aux faciès glamour dessinés par les graphistes de l'architecte. Quant à la candeur animale illustrée par les posters « *belle des champs* » de l'exposition, elle fut mise à mal par la déco de la tribune qui ne laissa aucune ambiguïté concernant l'activité de la société. En effet, placée sur une estrade, la table des intervenants était agrémentée de têtes de cochon nettoyées avec soin et disposées tous les mètres, une guirlande de persil servant à fleurir l'ensemble. Une fois tous installés derrière « ce banquet porcin » aux allures de vitrine de boucher, Barrocco se délecta du spectacle que lui offrait cet auditoire de chroniqueurs excités et d'employés conquis. Tandis que les discours officiels se succédaient, il scruta la salle et tenta d'identifier les journalistes présents. À force de fréquenter la presse, il commençait à bien connaître la spécialité de chacun, qu'ils fussent reporters sportifs, économiques ou people. Seuls certains échotiers locaux lui étaient totalement étrangers. Mais qu'importait. Les cheveux gominés en arrière, un costume large d'épaules légèrement scintillant et une chemise-cravate assortie type VRP, Antoine Barrocco resta très à son aise au milieu des ouvriers qui voyaient en lui un des leurs qui a réussi. Entouré de deux têtes de verrat, il trôna donc crânement, comme Al Capone face au syndicat des bouchers de Chicago, et attendit avec sérénité son tour de parole. À l'inverse, Muriel avait perdu sa décontraction en s'asseyant à la tribune. Ce nouveau podium lui donnait en effet le vertige. Bien sûr, durant sa carrière, elle avait dû affronter ce type de public en conférence de presse, mais les questions qu'on lui posait restaient limitées à sa propre personne, à ses performances, à ses adversaires et à son planning de compétitions. Les sujets étaient sans piège et sans surprise, le champ lexical demeurait très réduit et la moindre déclaration suffisait à sevrer le plus pugnace des intervieweurs. Là, c'était différent. Elle se savait béotienne en matière de BTP et elle redoutait les questions des journalistes spécialisés. En outre, elle représentait désormais l'entreprise de son père, devait expliquer ses méthodes et défendre son image. Muriel n'en menait pas large et même si l'accueil qu'on lui avait fait était des plus chaleureux, sa timidité prit le dessus. Au centre de tous les regards, elle ne savait comment réagir, y compris quand le P-DG, M. Corlay, fit de l'humour.

– … et la destruction de cette vieille halle marque le début d'un renouveau industriel pour les abattoirs Corlay ainsi que notre région. Afin de partir sur de bonnes bases, nous avons choisi l'entreprise Barrocco, Père et Fille, champion français du terrassement et de la démolition. Je ne vous présente pas Muriel, aussi connue pour son tour de taille que ses tours de bassin…

Un rire gras emporta la salle. Muriel sourit timidement alors que Barrocco était plié en deux.

– Excellent, excellent… gloussa le terrassier.

– Et son père Antoine, homme d'affaires avisé qui a su consolider l'avenir de sa fille. L'effort et la performance de cette famille ne sont plus à prouver ; je vous confie donc avec confiance la lourde charge des fondations de notre ambitieux projet. Merci.

Antoine Barrocco se leva pour serrer la main du président qu'il broya copieusement sous les applaudissements de l'assemblée. Entre douleur intense et obligation de sourire aux paparazzis, l'industriel tenta de se désincarcérer, mais Barrocco, insatiable communicant, prolongea l'étreinte jusqu'à ce qu'il décidât de faire venir Muriel sur la photo. Soulagé, M. Corlay embrassa Muriel et posa auprès d'elle, cette fois-ci avec un réel sourire. Ce *photocall* achevé, le P-DG se rassit et s'adressa à la presse.

– Si vous avez des questions…

Un jeune journaliste à l'œil malicieux leva la main.

– Mademoiselle Barrocco, à Heurterange, votre démontage du haut fourneau s'est soldé par un effondrement et un gros nuage d'amiante. Peut-on faire confiance à votre entreprise pour le respect des normes environnementales ?

Muriel rougit et parut presque paniquée. C'était la première fois qu'on la bousculait ainsi. D'habitude, les journalistes respectaient sa fragilité et se contentaient de questions futiles et moins techniques. Là, le reporter l'impliquait directement dans les affaires de son père. Elle chercha ses mots.

– Ben oui…

Barrocco perdit d'un coup sa bonhomie, afficha une sorte de lassitude et prit le relais.

– C'est moi qui a suivi le projet de A à Z. Muriel, elle, elle gagnait le Championnat du monde pendant ce temps-là. Alors c'est à moi qu'y faut poser la question !

Les fautes de français du terrassier semblèrent amuser le journaliste. Titiller le rustre attisa alors l'excitation de l'homme de lettres qu'il était.

– Eh bien, je vous la pose. Une plainte vient d'être déposée contre votre société par une association écologiste, c'est qu'il y a bien eu un problème.

Barrocco prit alors l'assistance à témoin.

– Lencorequème un lournalistejatte léganvatte qui lientvé lairefem liéchem la lovincepras.

Comme un seul homme, tous les bouchers éclatèrent de rire, laissant dans l'incompréhension l'ensemble des journalistes, au premier rang desquels le pédant reporter se sentit humilié.

– C'est du louchébem, lui révéla Barrocco. Si vous voulez la traduction, vous demanderez à Éric Martel, mon associé ici présent, son père était boucher.

Positionné en bout de tribune, Éric Martel rit jaune, car il faisait partie de ces surdiplômés qui cachent leurs origines modestes de peur qu'elles ne les desservent.

En outre, il hésita à traduire « Encore un journaliste végan qui vient faire chier la province » qu'il jugeait trop agressif et passablement vulgaire. Éric n'eut pas le temps de trouver une parade, de s'exprimer, et il s'en mordit les doigts, car Antoine enchaîna, bien décidé à moucher le « fouille-merde ».

– Pour répondre à votre question, jeune homme, à Heurterange c'était un accident et la plainte des écolos a été classée sans suite. Et puis vous savez dans la vallée de la Fensch, ça fait quatre générations qui respirent des fumées toxiques, alors c'est pas un peu de poussière qui va diminuer leur espérance de vie.

L'explication du butor emporta tous les suffrages et les rires gras de l'assistance confortèrent sa position. Seuls les dirigeants de la société en charge de la construction du nouvel abattoir écoresponsable avalèrent leur salive de travers. Suite à cette attaque importune, le terrassier se chargea de choisir lui-même les interlocuteurs. Tel Donald Trump en *press briefing* à la Maison-Blanche, il désigna une charmante journaliste inconnue dont le visage angélique le rassurait.

– Mademoiselle. Oui, vous là-bas.

– Monsieur Barrocco ? Le bruit court que vous avez financé les investissements de votre société en vous accaparant l'argent de votre fille, bref que vous vous êtes fait du beurre sur son dos ? Que répondez-vous à vos détracteurs ?

– Écoutez, chère madame, soupira le colosse, Muriel possède 40 % de mon entreprise. Moi, c'est 45, et le reste est réparti entre mes collaborateurs les plus proches. Ils touchent tous des dividendes !

Loin de se démonter, la reporter insista.

– Vous ne répondez pas à la question !

– Peut-être, mais c'est qu'elle était pas claire ! la rembarra le démolisseur.

– Alors pour faire simple : avez-vous, sans la prévenir, utilisé tous les revenus de Muriel pour développer votre entreprise ?

– J'ai détourné tous tes revenus ? demanda aussi sec Barrocco à sa fille, surjouant la surprise.

À son tour, Muriel se pencha sur son micro et prit soin de bien articuler pour répondre.

– Mes sponsors, mes galas, mes photos, mes partenaires internet, c'est du fric facile. Mon père, lui, c'est à la pioche à 5 heures du matin qu'il est allé le chercher son argent et qu'il m'a payé mes leçons de natation, mon coach, mes kinés. C'est toujours mon argent qui est dans la société, mais je sais qu'il est entre de bonnes mains : des mains de travailleur.

Ce cri du cœur déclencha des applaudissements nourris et des « bravos » enthousiastes des employés de l'abattoir. Antoine Barrocco embrassa alors sa fille et lui glissa un mot à l'oreille qui la fit sourire : « Tu vois que ça sert de répéter ! » Bien que cet élan mélodramatique au ton récitatif eût tout d'une mise en scène, la conférence de presse bascula dès lors dans un registre plus distrayant. Toutes les mains se levèrent et Barrocco choisit des journalistes dont il savait ne rien craindre en matière économique.

– Non, pas vous… Oui. Stéphane, au fond, *L'Équipe*.

– Muriel, il paraît que tu continues de t'entraîner : on peut espérer te revoir en compétition au prochain Championnat d'Europe à Budapest ?

Antoine ne cacha pas sa satisfaction à l'énoncé de la question qui faisait diversion. Cependant Muriel sembla à nouveau embarrassée. Ce n'était certes pas la première fois qu'on l'interrogeait sur son retour, mais devoir y repondre l'angoissait toujours. Cette demande récurrente lui gâchait systématiquement son sentiment de liberté récemment retrouvé, un peu comme un patron vous appelle en vacances pour savoir quand vous revenez alors que vous avez à peine posé vos valises. De nouveau Antoine vint à son secours.

– Vaut mieux poser la question à son coach. Lino ?

En retrait derrière l'estrade, Lino Soldo s'approcha subrepticement du micro d'Éric et le bouscula pour parler dedans.

– Possible.

Habitué au langage lapidaire de l'entraîneur, le journaliste ne lâcha pas l'affaire.

– C'est un peu court, Lino !

– Elle a toujours le niveau, répliqua le coach, atone.

– Mais elle reviendra quand à la compétition ?

– C'est elle qui verra.

Muriel, qui écoutait l'échange, finit par s'adresser à ce reporter qui la suivait depuis des années et qu'elle ne souhaitait pas fâcher.

– Écoute, Steph, tu seras le premier à qui je le dirai, mais pour l'instant j'apprends un nouveau métier avec mon père. Faut que je pense à ma retraite !

– T'as que vingt-trois ans. T'as le temps ! s'étonna le journaliste.

L'assemblée d'ouvriers condamnés à travailler jusqu'à soixante-quatre ans, voire beaucoup plus, rigola. Antoine comprit tout de suite le décalage et redistribua simultanément la parole à une autre intervieweuse afin de remettre sa fille en selle.

– Oui. Natacha, *Cloner*.

– Muriel : cet été, sur votre compte Instagram, on vous a vue à Saint-Tropez en couple avec Greg, le gagnant de *L'Île aux cagoles*. Vous êtes toujours ensemble ?

Muriel rougit tandis que son père jubilait, content d'aborder enfin des sujets légers.

– Non, c'est fini.

La nouvelle fit l'effet d'une bombe dans la salle, déclenchant un brouhaha de stupéfaction. Sûrs de tenir un scoop, tous les journalistes, même les plus sérieux, s'agitèrent en levant la main. « Pourquoi ? », « Que s'est-il passé ? », « Est-ce à cause de Paris Hilton ? », « Et avec le prince Norbert, où en êtes-vous ? » Les questions étaient toutes plus débilitantes les unes que les autres, mais faisaient saliver les fauves médiatiques. Muriel leur répondit avec patience et aisance par des phrases courtes, mais vagues. Entre pudeur et nécessité de gaver les insatiables réseaux sociaux, la jeune fille maîtrisa son sujet à la perfection et surmonta sa timidité pour enfin mettre la presse à ses pieds. Antoine Barrocco, enfoncé dans son siège, buvait du petit-lait tout comme M. Corlay, qui déjà imaginait sa renommée grimper en flèche dans les salons de coiffure et les salles d'attente des médecins du département.

Barrocco ne put profiter totalement de son succès, car Martel reçut un message sur son portable et se leva pour lui parler à l'oreille. Antoine arbora soudain un sourire flamboyant. Il interrompit alors là l'interrogatoire people de sa fille.

– Messieurs-dames, si vous voulez un scoop, j'en ai un ! On vient de recevoir un mail de M. Cognac Delille, le P-DG de Selfbate : notre société est en finale pour l'appel d'offres du grand chantier de la ZAC des Alouettes à Paris !! À nous, la capitale !

L'annonce déclencha des applaudissements et les félicitations des officiels. Puis chacun quitta l'estrade et Muriel fut aussitôt assaillie par le personnel qui lui réclamait des selfies et des indiscrétions sur ses célèbres fréquentations.

5

À nous, Paris !

Perdre dix kilos, battre son record à *Candy Crush*, avoir une bonne note à un examen, rénover une maison, réparer un appareil en panne, obtenir une prime de son patron ou une promotion, être élu président de son association, fêter ses trente ans de mariage, nos vies se nourrissent de ces victoires, qu'elles soient futiles ou le fruit d'efforts colossaux. Se dépasser, dépasser les autres ou surmonter l'adversité offre à chacun de nous un épanouissement personnel, une force qui régénère notre amour-propre. La somme de tous ces challenges qu'on remporte nous donne l'impression de réussite. C'est cette sensation que recherchait en permanence Barrocco dans ses affaires, quitte à prendre d'énormes risques.

Pourtant, il n'y a rien de plus étrange que cette notion de réussite tant elle est diverse. Financière, scolaire, sentimentale, conjugale, sportive, artistique, technique ou juste ludique, parvenir au but qu'on s'est fixé ne suffit jamais à nous combler de bonheur. On a l'illusion d'être rassasié, mais on a très vite de nouveau faim, comme après un repas chez McDo. L'autosatisfaction est de courte durée, car l'être humain, même dénué d'ambition, a soif d'objectifs et conserve des frustrations : la victoire n'est jamais totale. Rares sont ceux qui peuvent se prévaloir d'avoir coché simultanément toutes les cases du succès professionnel, personnel et social. Peut-être est-ce ce manque qui a poussé Muriel à cesser la compétition pour s'ouvrir au monde et s'épanouir dans de nouveaux domaines. Le sentiment « d'avoir réussi » est donc éphémère pour la plupart d'entre nous.

Face à nos triomphes ponctuels, l'admiration ou la jalousie des autres, elles, perdurent. Ce sont ces reflets flatteurs ou envieux que nous renvoie la société qui en persuadent certains de leur supériorité et de leur invincibilité. Contrairement à sa fille, cette certitude de « parvenu » renforçait l'ego d'Antoine Barrocco. Il oubliait au passage que ce type d'aveuglement est de loin le premier danger qui menace ceux à qui la vie sourit sans discontinuer : ils baissent la garde, se complaisent dans leur suffisance et se font surprendre. La chute est alors vertigineuse et solitaire. On a tous dans notre entourage des exemples de personnes qui « ont pris le melon » à la suite de succès, qui ont confondu « destin » et « fortune », nous ont « snobés » et se sont par la suite « ramassés ». Il est difficile dans ces conditions de compatir. Plus éloignée des citoyens lambda que nous le sommes, l'actualité regorge aussi de *success stories* artistiques, politiques ou économiques fulgurantes qui basculent dans l'échec de façon foudroyante. Ils sont nombreux, tous ces Icare égocentrés, à s'être brûlé les ailes sans nous émouvoir. Il n'y a qu'une exception à cette absence de pitié, celle qui naît de l'injustice. Les seules personnes à qui l'on pardonne toutes les incivilités sont ces valeureux qui viennent d'en bas, ont gravi tous les étages à pied, et ont réussi à percer le fameux « plafond de verre » pour atteindre la terrasse. Uniquement pour eux, notre compassion s'exprime, car ils n'ont pas les codes : nul ne les a prévenus qu'une fois arrivés au sommet, ce toit transparent n'est plus à présent qu'un « plancher de verre ». Vertige, euphorie ou fascination pour le panorama, beaucoup oublient alors la fragilité de ce sol prêt à se briser sous leurs pieds, et se retrouvent à la cave en une fraction de seconde. Or Barrocco était lourd, et plus que pour tout autre, le danger s'avérait bien réel.

Lorsqu'on s'appelle Olivier de Kersauson, navigateur et grand écrivain, Philippe Etchebest, cuisinier trois étoiles, ou Christophe Urios, entraîneur de rugby, les emportements amusent tout le monde. Leurs coups de gueule font partie du folklore, et leurs excès charismatiques valorisent leur talent. Dans le milieu des affaires où l'on apprécie la discrétion, il en va tout autrement. En se lançant sur le marché parisien, Antoine Barrocco s'exposait donc à ce cruel destin, où le puissant condor se fait descendre comme un vulgaire pigeon. Sa spectaculaire ascension et sa crâne autosatisfaction avaient en effet éveillé la jalousie de ses concurrents les plus modestes et le mépris des notables. Tous l'attendaient au tournant avec l'espoir inavoué que l'arrogant démolisseur prenne enfin une bonne leçon à la capitale. Même s'il devinait qu'on ne lui ferait pas de cadeau, Barrocco savait qu'il pouvait néanmoins compter sur son copain Martel pour éviter les pièges. Il n'avait peur de rien, car il ne doutait ni de sa réussite ni de sa chance. Son illustre fille à ses côtés, la presse pour alliée, la victoire lui était acquise. Son assurance était telle qu'il mobilisa toutes ses ressources dans cette conquête.

L'enjeu de l'appel d'offres de la ZAC des Alouettes était cependant trop important pour le traiter à distance. Barrocco voulait s'implanter à Paris, occuper l'espace et marquer son territoire. Il devinait qu'en restant dans ses bureaux à Maubeuge il demeurerait un petit patron de province aux yeux des commanditaires, et que la distance qui le séparait des instances décisionnelles ne serait jamais compensée par des téléconférences ou des échanges de mails. Depuis toujours il savait qu'un chantier se surveille sur place, tous les jours, sans quoi les erreurs coûtent cher et se paient comptant. « Loin des yeux, loin du portefeuille », tel était le dicton qu'il s'était inventé. Le clan Barrocco venait donc s'installer à la capitale pour finaliser et présenter sa candidature.

*

Soucieux de marquer les esprits dès son arrivée, Barrocco avait fait louer par Éric une énorme limousine pour son séjour en région parisienne. Pas une berline Mercedes ou Audi qu'un chauffeur Uber pourrait posséder, non, un de ces engins blancs surdimensionnés de sept mètres de long qui servent de taxi aux Oscars, de décors aux clips de rappeurs et de carrosse nuptial aux mariés impulsifs de Las Vegas. Leur conducteur les prit en charge gare du Nord, ce qui ne manqua pas d'attirer les badauds dont le nombre ne cessa de grimper lorsque Muriel apparut. La vue de ce yacht des routes enthousiasma la jeune femme ainsi qu'Antoine, très satisfait d'observer les fans immortaliser leur arrivée sur leurs portables. Selfies, autographes, Muriel se plia de nouveau à l'exercice, Lino garantissant sa protection derrière ses lunettes noires de *bodyguard.* De son côté, Éric Martel, une fois de plus, ne cacha pas son impatience. Il détestait ces séances photo convulsives où l'idolâtrie n'avait plus pour fondement les exploits sportifs de Muriel, mais bien ses turpitudes sentimentales de jet-setteuse et ses outrances vestimentaires. L'homme d'affaires sérieux monta dans l'engin pour signifier son agacement. Loin de céder à la pression de son bras droit, Barrocco prit son temps, posant devant son navire, un pied sur le parechoc comme s'il était à quai à Saint-Tropez à l'heure où les milliardaires sirotent leur apéro au champagne face à des smicards suceurs de glaces à l'eau. C'est une fois sa mégalomanie bien rassasiée que le pacha décida de mettre les voiles et la petite troupe embarqua enfin à bord, direction Rueil-Malmaison.

Antoine s'était assis à côté de Martel tandis que Lino se trouvait sur une banquette latérale. Les trois hommes restèrent silencieux, tout l'inverse de Muriel à l'autre bout du « salon » qui filmait tout pour sa *story* Instagram en jouant avec la sono et fouillant tous les tiroirs du bar.

– Salut, les loulous. J'm'installe à Paris pour au moins deux mois et je kiffe trop ma limousine : regardez…

L'attitude gamine de Muriel enchantait son père. Antoine la regarda tendrement comme s'il observait sa petite fille ouvrir ses cadeaux de Noël. Mais l'enfant avait grandi… Barrocco sortit enfin de sa béatitude.

– Et la maison ? demanda-t-il à Éric. Combien ?

– Je l'ai eue à 40 000 par mois.

– Bien joué.

– Si tu m'avais laissé choisir, j'en aurais trouvé une mieux, bien moins cher.

– Ouais, mais tu diras plus ça quand tu verras l'intérieur de la baraque. C'est top *class !*

– Je te fais confiance, répondit Éric, craignant déjà le pire.

Il regarda avec autant de circonspection Muriel qui continuait son show.

– … C'est DJ Jones qui mixe mais je ne sais pas quoi me mettre. Peut-être la robe Conquest ou le smoking sexy de BLH ? Vous me direz !

– Et la caisse, y avait pas plus long ? s'interrogea Antoine.

– Non ! C'est la plus grosse, s'agaça Martel. Ça se voit, non ?

Le ton d'Éric mit à mal la bonne humeur du patron qui le fixa du regard pour marquer à son tour son irritation. Éric s'en rendit compte et le défia en retour.

– Tu ne crois pas que c'est un peu excessif tout ça ? reprit Éric, qui ne cachait plus sa réprobation.

La réponse ne vint pas tout de suite, les palabres internet de Muriel occupant tout l'espace sonore du vaste habitacle.

– Je vous préviendrai pour mes essayages ! Je compte sur vous pour vos conseils. *Kiss!*

Et Muriel coupa sa vidéo avant de la poster.

– J'suis déjà invitée à une soirée !

– Top. Maintenant arrête, j'ai à parler.

– No « souçaille ». J'ai terminé !

– T'iras avec la limo. Il faut un carrosse pour ma princesse : j'veux qu'on sache que les Barrocco roulent pas en C15 !

– Merci, papounet.

Un large sourire aux lèvres, la docile fille se mit alors un casque sur les oreilles et commença à se tortiller, donnant le signal aux hommes que leurs explications pouvaient débuter. Barrocco attaqua.

– Donc la bagnole, tout ça, tu trouves ça ridicule ?

– Oui, répliqua Martel sans retenue. C'est beaucoup de dépenses inutiles. On n'a pas besoin de ça en ce moment !

– T'as vu le succès qu'on a eu à la gare avec cette caisse ? Si ça, c'est pas une entrée dans Paris ?! En moins de cinq minutes tout le monde savait qu'on était arrivés ! On est des VIP ! On nous attend maintenant !

– Je te rappelle qu'on vient ici pour enlever un marché de démolition, pas pour concourir à l'Eurovision !

Entre mauvaise foi et vexation, Antoine ne put s'empêcher d'user d'un paternalisme chagrin pour restaurer son ascendant.

– Mon bon Rico, t'as beau avoir fait dix ans d'études, faut tout t'expliquer. Ton problème, c'est que tu vises trop petit. Moi, je sais qu'une chose : on ne prête qu'aux pauvres !

– Qu'aux riches, tu veux dire ?

– Non, on ne prête qu'aux pauvres : aux riches, on leur file tout. T'as du pognon, on te fait confiance et on t'offre c'que tu veux. T'es miséreux, y a forcément une raison et tout le monde se méfie de toi. Résultat, tu paies des hypothèques et des assurances monstrueuses là où les friqués sortent jamais le chéquier. J'ai pas raison ?

– Oui, t'as pas totalement tort.

– Tu vois ! fanfaronna Antoine, fier de sa démonstration. Crois-moi, *môssieur* Cognac Delille sera sensible à ma réussite : l'ascenseur social, c'est moi !

– Tu parles. Pour les gens du peuple, il n'y a pas d'ascenseur, y a que des toboggans : tu dois monter à l'échelle et une fois en haut, tu redescends aussi sec sur le cul !

– Tu dis ça parce que toi tu t'es planté ! analysa Antoine.

– Non, je dis ça pour que tu te méfies de Cognac Delille. Tu ne l'impressionnes pas.

– Tu ne le connais pas !

– Si, justement ! Je le connais très bien !

– Alors tu dois savoir que *môssieur* Cognac Dellile a commencé sa carrière avec une menuiserie au fin fond du Jura. Il vient d'en bas, comme moi !

– Un père directeur de banque et une mère héritière des Horlogeries de l'Est, ce n'est pas vraiment ce que j'appelle « venir d'en bas ».

– Ça reste un entrepreneur !

Martel n'eut pas le temps de réagir qu'Antoine réaffirma ses certitudes.

– Et puis, si moi je l'impressionne pas, Mumu le fera !

– Pff ! Ici t'es à Paris, pas en province. Il ne suffit pas de te pointer avec une célébrité pour décrocher un marché. *A fortiori* avec un homme d'affaires comme Robert Cognac Delille. Il a soixante-dix ans : son truc, c'est la culture, pas le showbiz. C'est un collectionneur d'art moderne et en matière de littérature, il est très érudit.

– Très quoi ?

– Très fort ! vulgarisa Éric avec lassitude.

– Eh ben, je lui donnerai à lire ma biologie.

– Biographie ! le reprit-il, toujours plus défaitiste.

– C'est pareil. Au fait, t'as des nouvelles de l'écrivaillon qui doit taper mes souvenirs ?

– Oui, je lui ai parlé au téléphone : il vient tout à l'heure.

C'était en effet la dernière lubie du terrassier : écrire ses Mémoires. Même s'il ne se l'avouait pas, Antoine se sentait toujours éclipsé par sa fille. Or, être juste le père de la championne olympique sonnait pour lui comme une injustice. Il tenait à revendiquer tout le mérite qui lui revenait. Chaque fois que l'occasion se présentait, il aimait rappeler le rôle prépondérant qu'il avait joué dans l'ascension de Muriel et de son entreprise, mais la célébrité de sa fille lui retirait tout mérite. La rencontre avec un éditeur qui souhaitait se faire construire une piscine lui avait offert l'opportunité de se mettre enfin en avant en publiant son autobiographie. Bien sûr, Antoine était bien incapable de rédiger la moindre ligne sur sa laborieuse et glorieuse vie, mais ledit éditeur, Manuel Békerman, se fit fort d'accéder à son rêve moyennant une ristourne substantielle pour son futur bassin. Le ponte des espaces culturels de supermarché avait en effet l'habitude de ce type d'arrangements comptables qui font passer des manuscrits à compte d'auteur ineptes pour des œuvres majeures. Ce projet exalta le self-made-man fier de ses origines et de son parcours. Lui qui avait si peu fréquenté les bibliothèques et encore moins ouvert de livres y voyait une revanche sur ses professeurs qui l'avaient si souvent humilié durant sa courte scolarité. Comme toute personne qui souffre de carence littéraire, Barrocco sacralisait par ailleurs « le livre », cet objet mystérieux qui hypnotise les gens en conjuguant la concentration de l'œil avec la sensualité du toucher. Sa fascination était si forte qu'il accepta aveuglément le deal de Békerman. Il ne connaissait rien des tarifs de l'édition et des coûts de production et ne s'en préoccupa pas, car l'enjeu était pour lui trop important pour mégoter. En effet, il considérait avec raison que c'était l'unique moyen de laisser une trace sur cette terre, de donner à son existence un peu d'éternité. À ce titre, Muriel, plus fière que jamais de ses racines, encouragea son père et se faisait déjà fort d'en assurer la promotion sur les réseaux sociaux. D'un point de vue plus pragmatique, le terrassier calculait aussi l'utilité marketing d'un tel outil. Il devinait en observant les plateaux de télé assiégés par les « auteurs *people* » et les politiciens en mal de reconnaissance que même si personne n'ouvrait son livre, le seul fait d'être publié imposerait le respect aux élites.

Sans être superstitieux, Barrocco croyait donc à son destin glorieux, et alors qu'il roulait dans la capitale, il voyait tous les feux passer au vert sur son passage.

*

Une heure plus tard, la voiture ralentit et le soubresaut d'un dos-d'âne indiqua brutalement aux passagers qu'ils pénétraient dans le très chic parc privé de la Malmaison. Chacun voulut alors observer le site, mais les vitres fumées les en empêchaient. Après avoir essayé cinq ou six boutons de commande (télé, interphone, sono…), Barrocco finit par trouver celui de sa fenêtre et s'extasia en apercevant la demeure dont il devait prendre possession. Tout aussi excitée, Muriel profita du toit ouvrant pour jouer les *Pretty Woman* et annoncer bruyamment son arrivée au voisinage. Hélas, au moment de virer de bord pour franchir l'imposant portail de la propriété, le chauffeur se rata et commença une série de manœuvres avant-arrière qui ne tardèrent pas à exaspérer Barrocco.

– Tu l'as trouvé où, Ayrton Senna ?

– Il est fourni avec la limousine, répondit laconiquement Martel.

– J'ai l'air de quoi là ?

– Ridicule. Comme cette voiture, ironisa Éric, plus goguenard que jamais.

– Et c'est de ta faute ! Je t'ai dit que je voulais en foutre plein la vue et à cause de toi je me retrouve coincé comme un gland au milieu du portail.

– Ça va, y a personne !

Martel avait en partie tort, car les cris festifs de Muriel avaient quelque peu attiré l'attention de voisins cacochymes et de personnels de maison d'Indochine.

– Nono !!!

– Oui, Tony.

– Dégage-moi ce polio et prends le volant.

Toujours aussi mutique et servile, Lino obéit, sortit d'un bond et éjecta sans ménagement le chauffeur pour prendre sa place. Décision efficace, car en deux tours de volant, l'ancien chauffeur de poids lourds passa l'obstacle et, sans attendre l'infortuné pilote, remonta l'allée jusqu'au perron.

En zone historique protégée, la maison en location, bien que très récente, était d'un style ancien ostentatoire où colonnades et rotondes en mettaient plein la vue. La pierre de taille en trompe-l'œil donnait à l'immense bâtisse une élégance certaine, un « bon goût » certifié par l'architecte des Monuments de France et les élus locaux. Bien qu'ayant vu les photos, Barrocco fut impressionné par les proportions du lieu en sortant de sa limousine. Il était fier de pouvoir s'offrir ce luxe, ce panthéon de la réussite. Nul ne pourrait désormais nier qu'il faisait partie de l'élite. Sa vanité fut décuplée lorsque apparurent sur le perron un majordome et une soubrette en livrée rayée de noir, parés à les accueillir. La scène rappelait le « capitaine Haddock » débarquant à Moulinsart.

– Tip Top. Ça, ça a de la gueule. T'as bien fait de les prendre, ces deux-là !

– Je n'avais pas le choix : le personnel est compris dans la location…

Impatient d'investir les lieux, Barrocco monta quatre à quatre les marches du perron, s'arrêta au sommet pour passer en revue ses nouveaux employés puis entra, très vite rattrapé par Muriel qui irradiait de bonheur. Moins exalté que son boss et sa fille, Martel les suivit avec moins d'entrain. Du hall, Éric aperçut Muriel qui butinait de pièce en pièce et retrouva Antoine au milieu du salon, en pleine contemplation. La tête en l'air, il admirait les peintures du plafond cathédrale qui culminait à six mètres de hauteur. C'était une frise pastel de ciel nuageux, d'anges affectueux et de divinités incestueuses, succédané douteux des œuvres de Le Brun. « Fantastique ! » répéta-t-il à plusieurs reprises en tournant sur lui-même. Martel, qui s'était contenté de négocier la location et n'en avait vu que des photos extérieures, écarquilla les yeux en découvrant avec horreur la déco kitschissime de la volumineuse villa. Marbre blanc au sol et aux murs, style néo-antique agrémenté de pseudo-statues grecques et d'amphores vieillies artificiellement, surabondance de dorures sur le mobilier, le propriétaire devait être un milliardaire du Proche-Orient ou un oligarque russe, un homosexuel amateur de soirées coquines à thème ou une star du football en mal de racines culturelles. Loin d'être impressionné par les statues dénudées plus proches du catalogue jardin de Castorama que de celui de l'hôtel Drouot, Martel ne put s'empêcher de lâcher :

– Ah oui, quand même…

– C'est pas dégueu ? s'exaltait Antoine.

– C’est…C’est un style ! marmonna Martel qui cherchait ses mots pour ne pas le vexer.

– Tu veux dire ça a du style !

L’hypocrisie d’Éric n’eut pas à se déployer plus avant, l’arrivée de Lino ramenant le débat à des considérations plus matérialistes.

– Y a une salle de sport ? demanda l’entraîneur à Barrocco.

– Oui, bien sûr, monsieur, intervint le majordome. Elle se trouve au sous-sol. Désirez-vous que je vous y conduise ?

Un instant déstabilisé par la bienséance ancillaire, le rustre tarda à renvoyer son « Ouais » des quartiers nord de Marseille. Muriel, pour sa part, finit le tour du rez-de-chaussée avec le même enchantement que son père. Lorsqu’elle revint, elle trépignait de découvrir ses appartements à l’étage.

– Vous verriez la cuisine ! On se croirait chez Alain Bécasse !

– Ducasse… soupira Martel.

– J’vais voir ma chambre, c’est où ?

– Mademoiselle va te montrer, lui indiqua Antoine tout à son bonheur.

Muriel suivit la soubrette tandis qu’Éric se mettait aussitôt au travail. Il s’assit sur le canapé, posa sa mallette sur la table basse et en sortit des dossiers. Concentré, il en extrayait avec méthode des papiers qu’Antoine devait impérativement signer. Sans rechigner, comme si la procédure était réflexe, Barrocco s’installa à son côté. Malgré leurs chicaneries, lorsque le temps de se mettre à l’ouvrage venait, l’un et l’autre agissaient de concert. Aussi, Antoine se reconcentra instantanément sur ses affaires.

– Tu me paraphes ça, c'est pour la maison, et ça, c'est le devis pour de Veimard.

Antoine s'arrêta de gesticuler pour examiner les documents. Très posé, il s'étonna passivement du montant microscopique.

– 7 000 euros ? On lui construit un jacuzzi ?

– Non, une piscine de quinze mètres.

Antoine ne sursauta toujours pas, comme s'il s'agissait d'une normalité. Martel, si propre sur lui fût-il, gérait de toute évidence les « avantages en nature » sans le moindre scrupule, une démarche semblait-il habituelle pour le terrassier.

– Donc on va en être de quarante de notre poche !

– Un peu moins, je pense.

– Mais c'est qui cette Hortense de Veimard ? C'est ta maîtresse ?

– Très drôle ! C'est la femme de Du Chaffaut.

– Et c'est qui déjà ce Du Chaffaut ?

– C'est l'aristo fin de race qui bosse pour Cognac et qui nous a pistonnés pour qu'on soit dans la *short list*.

Barrocco marqua un temps d'arrêt circonspect. De toute évidence, le terme anglais lui évoquait plus l'inventaire d'un dressing qu'une expression technique.

– La liste des finalistes, vulgarisa aussitôt Éric, affligé par le niveau d'anglais de son boss. Pour un contrat de dix millions, comme commission, c'est honnête ?

– Non, j'crois pas. Il aurait dû demander plus.

– Et en quoi ça te dérange ? s'étonna Éric.

– Il se mouille pas. Ton gars, c'est un gagne-petit, un mesquin. Il risque gros pour pas grand-chose. À la première alerte, il va retourner sa veste !

– Tu fais erreur. Du Chaffaut est un profiteur, pas un opportuniste.

– C'est pareil !

– Non. La différence c'est qu'il ne souhaite pas faire de vagues et veut rester à sa place. Tu vois, c'est un de ces cadres sup « passe-plat », prétentieux pour qu'on ne remarque pas leur inutilité, et soumis pour qu'on leur foute la paix. Il ne prend aucun risque et se contente des miettes pour ne pas attirer l'attention. Il connaît son affaire. Il ne nous lâchera pas.

– Si tu le dis…

Barrocco soupira puis gribouilla le document en bougonnant.

– Tu sais, c'est pas de payer un pot-de-vin qui me dérange, c'est de le verser à un mec qui doit critiquer le travail au noir dans les dîners mondains…

Antoine se leva et rendit les papiers signés à Éric.

– Tiens. Moi, j'vais tester le sauna.

Voilà donc l'atout qu'ils avaient gardé dans leur poche. Pour beaucoup, la méthode pourrait paraître malhonnête, mais pour Barrocco c'était juste « un classique ». Faire du « black » ou graisser la patte d'un intermédiaire n'était pas pour lui un choix, mais une obligation pour finaliser une commande, un geste commercial inévitable, en somme. Comme autrefois à l'école, il trichait avec Éric par nécessité et non par plaisir. Il n'avait donc aucune mauvaise conscience à jouer avec la cupidité de ses interlocuteurs pour faciliter ses affaires. Pour lui, le monde fonctionnait ainsi, et même s'il méprisait ce genre de profiteurs, il faisait avec.

Conquérant par nature, Barrocco ne doutait de rien, c'était sa force. Il ne s'en remettait qu'à son instinct et à son expérience. Inculte, il n'en était pas moins heureux, bien au contraire. Son bagage était pour lui suffisant, et jusqu'alors, son parcours lui avait donné raison. Mais qu'en serait-il à Paris ? L'excès de confiance du terrassier allait-il causer sa perte ? C'était la grande crainte d'Éric Martel. Selfbate était une multinationale du béton pour laquelle être référencé comme fournisseur demeurait un exploit. Le géant du BTP avait dû, contre son gré, soumettre les tranches de travaux à des appels d'offres. L'arrivée de PME extérieures au sein de ce prestigieux club, de ses codes et de ses petits arrangements, était sans doute contre nature et n'allait pas s'opérer facilement. En corrompant le fameux Du Chaffaut, Martel espérait donc posséder quelques clefs pour anticiper les problèmes et déverrouiller le marché. Il avait misé sur lui pour espionner « le sérail », car il était effacé comme un eunuque, il faisait partie des meubles, presque de la déco, on oubliait sa présence et les langues se déliaient. Ayant longtemps fréquenté les élites, Éric connaissait parfaitement ce comportement des dirigeants en présence du petit personnel, cette confiance impudique fondée sur la peur qu'ils croient inspirer. Du Chaffaut était par conséquent le mouchard idéal.

6

La gueule du loup

À moins de cinq kilomètres de Rueil-Malmaison, à la Défense, le sort de Barrocco était donc entre les mains de Robert Cognac Delille. Sa multinationale, Selfbate, occupait une majestueuse tour de verre, véritable vitrine de son savoir-faire. Éric avait raison : rien qu'à regarder un tel édifice, on pouvait s'interroger sur l'utilité d'une petite société comme celle d'Antoine pour ce géant du BTP. Certes les exigences de la Mairie de Paris pouvaient justifier cette incroyable opportunité, mais la sélection de Barrocco restait un mystère. Le secret de ce miracle était bien gardé au trente-sixième étage de la tour, dans les bureaux de la présidence qui dominaient la capitale. Robert Cognac Delille jouissait de cette vue imprenable qui s'offrait à lui, un panorama qui ressemblait à une maquette de champ de bataille. À soixante-dix ans passés, le P-DG dirigeait toujours son empire. Homme sec et distingué, son regard gris acier semblait lire dans les pensées de ses adversaires et impressionnait ses ennemis. Se sachant physiquement menaçant, Robert Cognac demeurait volontairement affable en toutes circonstances, un comportement déconcertant d'animal à sang-froid dont il exploitait à l'envi tous les bénéfices. Ce calme apparent n'empêchait pas le septuagénaire de rechercher des poussées d'adrénaline dans de nouveaux défis. Il était justement en train de songer à ses prochaines conquêtes immobilières quand Du Chaffaut, le proche employé acheté par Martel, vint ranger en silence des dossiers qui traînaient sur une grande table de réunion. Mine de collabo et prototype de l'assistant servile, il ramassait des classeurs tandis que son patron savourait sa future victoire en contemplant Paris.

– J'emporte les dossiers Eurofondations et Barrocco et Fille SA ? demanda-t-il avec crainte à l'impassible P-DG.

– Non, c'est bon, Du Chaffaut. Laissez-les sur la table, je dois les réexaminer avec mon fils.

À cet instant, son fameux fils, Henri, la trentaine, l'œil malin et un charisme de loup de Wall Street, entra en trombe, furieux, son portable à la main. Il venait à peine d'arriver de l'étranger qu'il était déjà dans tous ses états.

– C'est quoi, cette histoire ? T'as sélectionné le crétin des Ardennes ?!

Le père resta stoïque et détendu.

– Bonjour, mon fils... Ton séjour à Hong Kong s'est-il bien déroulé ?

– T'aurais pu me prévenir ! C'est moi qui suis censé diriger ce programme !

– Tu n'étais pas là ! Maintenant tu es au courant.

– J'aurais quand même bien aimé que tu me consultes avant de prendre cette décision.

– Écoute et fais-moi confiance : Barrocco est notre meilleur candidat. N'est-ce pas, Du Chaffaut ?

Le larbin devinait tout le mépris qu'il inspirait au jeune roquet. Les « fils de », autorisés à griller les étapes pour atteindre le sommet de la hiérarchie à trente ans, n'ont jamais eu de considération pour leurs aînés dont la carrière végète là où a débuté la leur. Aussi « le raté » donna son opinion sans espoir de convaincre, bien conscient que ni le fils ni le père ne considéreraient son avis.

– Tout à fait. C'est une entreprise que j'ai étudiée de près. On a tout contrôlé : elle remplit le cahier des charges. Ils sont très motivés et ils ont pris un risque financier énorme pour être dans la course. Et malgré ça leur devis est parmi les plus bas.

– Tu m'étonnes : c'est un sagouin ! explosa Henri. À Heurterange, il a pourri toute la vallée. Je ne veux pas de ce connard ! Il faut le dégager ! Il va nous faire passer pour des pollueurs.

L'emportement d'Henri déclencha aussitôt une colère froide de Robert Cognac Delille. En un instant, l'œil pétillant de malice du patriarche avait disparu, laissant place à un regard glacial.

– Henri, tu sais que cette vulgarité d'école de commerce me répugne ! Ici tu n'es pas dans une start-up ! Soigne ton langage, je te prie.

Le trentenaire accusa le coup. Il vivait ce recadrage en présence de Du Chaffaut comme une humiliation. Son éducation lui imposait néanmoins de faire profil bas, et de s'excuser par son silence. Le calme revenu et la hiérarchie rétablie, Robert décida de rester en tête à tête avec son fils.

– Pouvez-vous nous laisser, Du Chaffaut ?

– Bien sûr, monsieur.

Du Chaffaut se retira, l'air soucieux. Il savait que ce type d'entretien privé ne servait pas à évoquer des divergences familiales, et cette mise à l'écart attisa sa paranoïa.

Avaient-ils eu vent de quelque chose au sujet de son bakchich ? Il n'en saurait pas plus.

À l'intérieur de l'immense bureau, la tension retomba. En l'absence d'étranger à la famille, le père et le fils retrouvèrent toute leur complicité. Robert Cognac ne revint pas sur l'emportement de son héritier, un surplus d'énergie difficile à dompter. En effet, il connaissait bien les défauts des cadres de trente ans, cet âge où l'on sait faire décoller un avion mais auquel on ignore encore comment le faire atterrir. Or, Henri ne concevait pas qu'on puisse s'écraser, et pour cause. Bien né, il appartenait à une dynastie de donneurs d'ordres, celle qui impose le respect et inspire la peur. Cependant, si le *winner* n'était plus un enfant, il n'était toujours pas père. Il ignorait encore le sens réel des responsabilités, le devoir d'exemplarité, le poids de la transmission, les conséquences de ses actes et donc le danger. Les trentenaires célibataires souffrent tous inconsciemment de cette forme d'immaturité. Leur insouciance est leur handicap majeur, et leur certitude qu'apprendre suffit à connaître est leur pire erreur. Même si Henri avait été un étudiant, Robert se méfiait donc de ses aptitudes. De plus, le grand P-DG était bien placé pour savoir que son fils n'avait connu ni le manque, ni l'effort, ni l'échec, et que fort de ses études et de son expérience dans la multinationale familiale, Henri croyait tout connaître et tout maîtriser. Ainsi, en le recadrant, Robert Cognac avait donné une leçon à son successeur. Cette mise au jour de ces lacunes avait blessé l'amour-propre du *golden boy*. Il n'y a rien de plus avilissant pour qui se croit adulte que de se faire traiter de gamin. Toujours énervé, Henri avait donc hâte d'éclaircir les raisons pour lesquelles son père avait choisi Barrocco pour sa *short list.*

– Bon, tu m'expliques ? Pourquoi t'as sélectionné ce tocard ?

– Justement parce que c'est un tocard. C'est ce qu'il faut, face à Mortèze.

Henri sourit, comprenant enfin la stratégie du sage patriarche. Barrocco était le pigeon parfait pour que son concurrent, le fameux Mortèze, P-DG d'Eurofondations, emporte le marché.

– Évidemment. Je suis vraiment stupide.

– Je crois surtout que dans ton impatience à me remplacer, tu commences à penser que je deviens sénile.

– Non !

– Admets-le ! Tu croyais que j'avais perdu mes réflexes, ma tête…

Démystifié par son père, le jeune homme se sentit stupide. Robert, quant à lui, parut satisfait de pouvoir encore dominer son louveteau.

– Écoute, Henri. Ne m'enterre pas trop tôt. Tu me succéderas en temps et en heure. En attendant, il faut que tu m'écoutes et que tu apprennes à te maîtriser. Tu es encore trop impulsif. Si tu ne contrôles pas tes réactions, n'importe quel idiot saura te manipuler.

– Oui, je sais, admit l'apprenti P-DG.

– Bon. Passons aux choses sérieuses. Tu en es où avec Eurofondations ? On peut faire le lien avec toi ?

– Non. Personne ne peut savoir que je suis l'actionnaire majoritaire de la société. Tout est noyé dans ma holding, Shindocorp : les consolidations financières sont invisibles. M. Xi-Wang a fait un montage hyper-malin.

Le cœur de la motivation à faire gagner le concurrent de Barrocco se trouvait donc là. En guise de travaux pratiques financiers, Henri avait pris le contrôle du capital d'Eurofondations via des sociétés *offshore* basées à Hong Kong. Le redouté Mortèze n'était donc plus qu'un dirigeant fantoche, une marionnette de la famille Cognac Delille, un homme de paille. Comme l'imposante tour de verre l'indiquait, la société Selfbate avait toutes les ressources nécessaires pour se passer des services de Barrocco, sauf peut-être pour leurrer les élus présents à la commission d'appel d'offres. En choisissant Antoine comme finaliste, Robert avait préparé le terrain à son fils. Il lui confia donc le soin d'achever le travail.

– Bien. Il ne te reste plus qu'à faire trébucher ton nouvel ami… Barrocco.

– Et puis, si comme Du Chaffaut l'a affirmé, ce corniaud a mis en péril sa boîte pour ce marché, on pourra peut-être le racheter un euro symbolique quand on l'aura planté.

– Tu lis dans mes pensées, mon fils !

7

L'ancre et la plume

À vingt mille lieues d'imaginer le traquenard qui l'attendait, le clan Barrocco se détendait en profitant du confort de son luxueux paquebot, au mouillage à l'île de France. Pour preuve de sa décontraction, Antoine avait très vite quitté son costume-cravate, dont il n'était pas coutumier, pour végéter longuement dans le sauna. Le pacha s'était ensuite mis à l'aise en enfilant des vêtements de croisiériste. Tongs, short et chemise hawaïenne sous une robe de chambre en velours rouge très classe, c'est ainsi que le nouveau maître des lieux descendit lentement le royal escalier qui débouchait sur le salon, tel Tony Montana, un cigare au bec. Il y retrouva Martel qui était au téléphone avec sa femme.

– … Et tu t'en sors ? Arthur et Alice ne se disputent pas trop ? … Et Hortense, qu'est-ce qu'ils disent ? … Ah, les maths évidemment… En même temps, elle n'est qu'en sixième…

– Putain de Suédois ! Je me sens aussi mou que du tapioca dans du lait chaud !

Éric releva la tête et sourit en apercevant Antoine, rouge pivoine, qui peinait à descendre dans son accoutrement ridicule. Il n'eut pas le temps de se moquer de lui car le carillon de l'entrée résonna. Le mari modèle écourta aussitôt sa conversation avec sa tendre épouse.

– Bon. Il faut que je te laisse, j'ai mon rendez-vous qui est arrivé. Bisous.

– On a déjà de la visite ? s'étonna le homard orangé.

– Oui.

– P'tain, ça fait chier, j'vais pas me rhabiller !

– Laisse tomber le costume, ce n'est pas nécessaire. C'est le nègre qu'on doit embaucher, le rassura Martel.

– Qu'est-ce que tu veux que je foute d'un Africain ? J'en ai plein mes camions.

La confusion sembla gêner Martel, si attaché aux convenances.

– Ce n'est pas un ouvrier, c'est l'écrivain qui va rédiger ton « autobiographie ».

– Et il est noir ? s'étonna Barrocco.

Entre racisme ordinaire et néocolonialisme verbal de petit patron du BTP, la question d'Antoine n'avait rien de surprenant pour Éric. Sachant néanmoins que les écarts de langage de son boss n'avaient aucun fondement idéologique et que sa méprise résultait juste de son champ lexical atrophié, il prit soin de l'éclairer.

– Non ! Un type qui écrit à ta place, on appelle ça « un nègre » !

– Ah, ouais, c'est vrai ! réalisa Antoine. Ça m'étonnait que tu dises ce mot... Si Moussa, il t'avait entendu, il t'aurait pété la gueule ! rigola-t-il.

En bon bourgeois qui se veut humaniste, Éric fut un peu vexé qu'on puisse le suspecter d'un tel écart verbal, même si ce doute émanait d'Antoine, qui était loin d'être un saint en la matière. Il sentit donc le besoin impérieux de se justifier.

– Je ne suis pas raciste, je n'emploie pas ces termes. Si j'avais eu un homme noir à te présenter, je t'aurais dit un homme de couleur ou un black, pas un nègre !

– Donc, c'est pas un Noir ?

– Non ! Je lui ai parlé hier au téléphone.

– Et ?

– Et il s'appelle Édouard et n'a aucun accent des cités ou d'ailleurs.

– J'me disais aussi, un écrivain noir...

– Sache pour ta gouverne qu'Aimé Césaire était black et qu'il écrivait comme un dieu !

Rassuré, Barrocco attendit avec impatience de découvrir l'homme de lettres qui porterait au pinacle son glorieux parcours.

– Ces messieurs vous attendent dans le salon, indiqua le majordome au visiteur du soir.

Tandis que l'homme avançait vers eux, Éric et Antoine restèrent scotchés : le nègre était... noir ! Pas métis, noir. Qui était le plus surpris des deux ? Fidèle à ses préjugés, Barrocco ne put se retenir d'envoyer une moue dubitative à son acolyte et, plus goujat que jamais, s'affala dans le canapé. Pour sa part, Éric luttait pour ne pas laisser transparaître sa défiance réflexe. Son éducation mâtinée de tolérance et d'empathie pour le faible et l'opprimé ne l'avait sans doute pas préparé au fait qu'un Noir sache écrire ou puisse occuper un poste élevé. Aimé Césaire, Léopold Sédar Senghor, Dany Laferrière ou Alain Mabanckou faisaient certes partie de ces auteurs dont il connaissait le nom, mais leurs œuvres ne trônaient pas pour autant dans sa bibliothèque. En outre, croiser des intellectuels de couleur ne faisait pas partie de son quotidien : ils restaient des exceptions et les a priori d'Éric étaient immaîtrisables. Pourtant le trentenaire qui se présentait à eux n'avait rien de commun avec les ouvriers africains qu'employait habituellement leur société. Il était grand, élancé, portait le costume avec naturel, avait la démarche assurée, le buste droit et le regard analytique. Comme l'avait souligné Éric, il s'exprimait sans accent étranger ou ultramarin, il n'avait pas non plus d'intonations des banlieues et utilisait un langage châtié. Il avait tous les atours de l'intellectuel des beaux quartiers. De toute évidence, ce type de réaction défensive et d'accueil maladroit n'était pas une première pour le « nègre noir » qui esquissa un petit sourire forcé en devinant leurs arrière-pensées. En fait, il s'y attendait. Compte tenu de son cursus et de son métier, il savait déjà qu'à CV égal, il devait sans cesse faire ses preuves, qu'un Noir devait toujours montrer patte blanche ! Aussi, en parfait diplomate, il brisa ce silence embarrassé sans relever cette gêne évidente.

– Bonsoir, Édouard Laville. Je travaille avec Manuel Békerman, votre ami éditeur.

Après son instant d'errance, Éric se reprit et arbora un large sourire pour se rattraper auprès de l'auteur.

– Et moi c'est Martel. Éric Martel. C'est moi qui vous ai parlé hier.

– Pas en visioconférence, apparemment… marmonna le terrassier.

La remarque embarrassa Martel, conscient que ces clichés sur le langage des Noirs égalaient les dérapages verbaux de son patron.

– Et je vous présente Antoine Barrocco, dont vous devrez écrire la biographie.

Édouard s'approcha du canapé et se pencha pour saluer Antoine qui ne fit pas l'effort de se lever.

– Enchanté de faire votre connaissance, monsieur.

Antoine le regarda droit dans les yeux, saisit sa main et lui broya les phalanges par défi. Les deux hommes se jaugèrent, mais Édouard Laville n'eut nullement l'air impressionné. Pour se défaire de l'étreinte du colosse, il se contenta d'un trait d'humour.

– Excusez-moi, mais c'est mon outil de travail !

– Moi aussi, lui répondit froidement Barrocco avant de le libérer.

Passé ce bizutage digital, Éric tenta de détendre l'atmosphère.

– Monsieur Békerman vous a chaudement recommandé, vous savez ? embraya-t-il, cherchant par la flatterie à rattraper son hésitation de départ.

Peine perdue. Édouard n'eut pas le temps de lui répondre que Barrocco se releva du canapé pour impressionner physiquement l'écrivain et entamer avec lui un véritable interrogatoire.

– Alors ? Vous écrivez bien ?

– Monsieur a fait l'École normale sup lettres ! s'interposa Éric pour qui la compétence n'était pas à prouver.

– Mouais, comme moi : normal jusqu'à quatorze ans. C'est tout ?

– Au départ je voulais être ingénieur, comme ma mère. J'avais commencé l'École des ponts et chaussées mais comme la littérature était ma vraie vocation, je me suis réorienté vers les livres… Comme mon père.

– Il bosse à la Fnac ?

– Non, sourit dédaigneusement l'écrivain. Il est prof d'histoire des civilisations à la Sorbonne.

Édouard sentit que son parcours de surdoué agaçait l'autodidacte. Antoine resta en effet incrédule, tourna le dos à son invité et fit signe à Éric d'approcher. Sans même prendre soin de parler à voix basse, il lui demanda de le dégager.

– Eh, Rico ! C'est ça ton Alka-Seltzer ? Vire-moi ce mytho ! Tout ça, c'est du bidon.

Peu disposé à chercher un nouvel auteur, Martel tenta de raisonner Antoine le plus discrètement possible.

– Écoute, l'assistante de Békerman me l'a assuré, il est bourré de diplômes. Alors arrête d'être désagréable. Il a le profil idéal pour comprendre ton parcours.

Barrocco soupira et se retourna vers Édouard, prêt à mettre de l'eau dans son vin.

– De tout façon, je me fous de quelle grande école vous sortez. Pour moi, les études, c'est pour les trouillards, les mecs qui ont peur de bosser pour de vrai.

– Vous dites ça parce que vous êtes autodidacte.

– Non, je dis ça parce que ça me fait marrer de voir des surdiplômés venir me lécher le cul pour que je les fasse bouffer, moi le gros nul à l'école.

Se faire traiter de sale Noir, Édouard pouvait le supporter car il en avait l'habitude et n'était pas responsable de sa couleur de peau. De plus, il voyait dans cette fatalité un moyen efficace et rapide de détecter les cons. En revanche, ce qu'il ne pouvait admettre, c'était de se faire traiter de prostitué prêt à tous les reniements pour gagner du pognon. Que sa gueule ne revînt pas à Barrocco, passe encore, mais que cet analphabète puisse penser l'acheter comme un esclave, ça, son amour-propre ne le tolérait pas. Édouard observa alors la demeure à la déco kitschissime, un univers qu'il avait anticipé en se renseignant sur Barrocco avant de venir, et lui décocha un sourire narquois. L'écrivain, qui avait déjà hésité à accepter ce contrat, finit par se décider : « Qu'il aille se faire foutre », se dit-il. Il refusa cependant de s'abaisser à ce type de langage vulgaire. Il ne voulait en aucun cas se mettre au niveau du butor et tira sa révérence sans esclandre, en toute dignité.

– Bon, c'est mal parti. Je crois que je vais vous laisser, lui lança-t-il alors.

Édouard jeta ainsi l'éponge et fit demi-tour tandis que Barrocco se vautra de nouveau dans son canapé, l'air enjoué d'avoir mouché un « gars de la haute ». Pris de panique, Martel rattrapa l'auteur.

– Non, ne l'écoutez pas, c'est juste son numéro de provoc. Il vous teste, c'est tout.

Édouard était noir, certes, mais il ne venait pas de la banlieue. Avec un père prof de fac et une mère ingénieure, il avait en effet été élevé dans le quartier du Panthéon, dans un milieu bourgeois et privilégié où la nuance l'emporte sur la violence. Ainsi, ni son éducation, ni ses fréquentations, ni son milieu professionnel ne l'avaient habitué à ce type de joute animale. Barrocco était un pur instinctif : il se comportait comme un gros chien qui aboie et à qui il suffit de montrer les crocs pour asseoir sa domination sans jamais se battre. Écoutant le conseil d'Éric, Édouard s'arrêta et tourna la tête. Il découvrit l'air satisfait d'Antoine qui le défiait encore. Martel, qui vit à son tour l'insolente attitude de son copain, le sermonna aussitôt du regard pour qu'il fasse un effort. Antoine souffla de dépit et s'exécuta.

– Et c'est quoi les trucs que vous avez déjà écrits ? reprit alors Barrocco.

Édouard allait lui répondre quand soudain il fut distrait, comme absorbé par une vision divine. Son attention fut captée par Muriel qui descendait le grand escalier en maillot de bain deux pièces, un casque sur les oreilles. Dépourvue de ses accessoires Dolce et Gabbana, de ses bijoux type guirlandes de Noël et de son maquillage flashy, la jeune femme déployait une grâce virginale. Tandis qu'elle dévalait les marches en sautillant, il se dégageait d'elle une beauté gracile et une pureté évidente. Plus elle avançait vers eux, plus Édouard était pétrifié. Agacé par le mutisme de son visiteur, Antoine se retourna pour voir ce qui le bloquait. Barrocco se recala dans le canapé, l'air blasé par cette réaction que suscitaient systématiquement les apparitions de Muriel.

– Ma fille, annonça-t-il sans la moindre gêne concernant sa nudité partielle.

Muriel, qui dans le privé ne témoignait aucune timidité, s'arrêta devant Édouard et lui dit bonjour avec une politesse candide.

– Salut, lui lança-t-elle

– Salut… lâcha-t-il instinctivement.

Édouard était déstabilisé. Sa pudeur naturelle le mit mal à l'aise, un peu comme un mec en maillot de bain sur une plage de naturistes. Mais pour le clan Barrocco, habitué aux piscines olympiques et aux tenues minimalistes de la championne, la scène n'avait rien de dérangeant. Bien au contraire, et l'aisance de chacun était telle qu'Édouard finit par culpabiliser de ses pulsions sexuées.

– J'vais nager en bas, informa-t-elle.

Plus observateur que jamais, Éric vit dans cette rencontre fortuite l'opportunité de retenir Édouard. Le charme de Muriel semblait contrebalancer l'antipathie de son père.

– Muriel, je te présente Édouard Laville, l'arrêta-t-il. C'est l'auteur qui va écrire le livre de ton père.

– Ah cool !

– Alors ? Vous avez écrit quoi ? s'impatienta Antoine.

– À titre personnel, trois essais philosophiques et une biographie de Parvus.

– Trop top ! Un empereur romain ! s'exclama Muriel. Faut l'offrir à papa. Il kiffe grave les antiquités.

Édouard sourit, un peu gêné par l'approximation verbale de Muriel qui croyait que tout ce qui se termine par « us » était latin.

– En fait, Parvus était un révolutionnaire russe.

– Un coco ! pouffa Barrocco. Ben vous pouvez le garder, votre bouquin ! En tout cas, j'ai jamais entendu parler de vous.

– Normal. Quand j'écris des livres pour des célébrités, ce sont elles qui vont sur les plateaux de télé, pas moi. Je dois rester anonyme.

– Mais c'est quoi, ces bouquins ? insista le terrassier.

– J'écris des biographies pour des sportifs, des chanteurs, des candidats de téléréalité, des animateurs télé, des politiciens…

À cet instant, Barrocco commença à le considérer. Ce registre people excita sa curiosité. Il devint presque gamin comme tous ceux que la célébrité fascine et qui rêvent de la toucher du doigt en en perçant les secrets intimes. Le chien n'aboyait plus, il voulait à présent jouer.

– Ah ouais ? Vous avez des noms ?

– C'est confidentiel.

– Un seul et je vous engage.

Le voyant hésiter, Antoine persista.

– Allez ! Dans l'oreille ! Je vous jure, je suis une tombe. Je le répéterai à personne.

Ayant domestiqué le pitbull, Édouard s'approcha et se pencha sur lui pour lui glisser un nom, le plus étonnant qu'il avait en réserve. Antoine en resta bouche bée.

– Merde alors…

Quelque peu exclu de cet échange, Martel ressentit une certaine frustration.

– Je peux être au courant moi aussi ?

– Désolé, monsieur Martel, mais déjà je n'aurais pas dû…

– Laurent Ruquier ! répéta à haute voix Barrocco. C'est pas croyable…

Cinq secondes ! Antoine avait tenu cinq secondes ! Avant qu'il ne réclame d'autres noms, Édouard le relança donc sur son propre projet.

– Et vous avez pensé à un titre pour le vôtre ?

– *Le Démolisseur.* C'est accrocheur ?!

– Oui, lui répondit-il sans grande conviction.

– J'avais d'abord pensé à *Demolition Man*, mais j'ai eu peur que les gens qui parlent pas anglais ne l'achètent pas.

L'ambition commerciale absurde du mégalomane ne faisait aucun doute et manquait de faire exploser de rire Édouard.

– Vous savez, moi et le marketing… dit-il pour se retenir.

Elle aussi excitée par la notoriété des clients d'Édouard, Muriel s'immisça de nouveau dans la conversation.

– C'est quand même injuste qu'on ne dise pas que c'est vous qui écrivez tous ces livres.

– C'est un peu vrai, mais la plupart du temps ça m'arrange : il n'y a aucune gloire à rédiger les Mémoires de Sandy de *The Voice.*

Muriel fut encore plus impressionnée.

– C'est vous qui avez écrit *J'ai trouvé ma voix* ?! C'est trop bien ! J'ai adoré ! C'est grave un best-seller !

– Oui. Trois cent mille exemplaires vendus, précisa-t-il avec une pointe de regret d'avoir violé une seconde fois le secret professionnel.

À ces mots, Barrocco devint encore plus amical avec Édouard.

– Ah ouais ! Eh bien moi, si j'en vends autant, j'dirai qu'on l'a écrit ensemble.

– Ce n'est pas nécessaire… s'empressa de refuser Édouard, bien peu enclin à revendiquer la moindre parentalité avec ce type d'ouvrage et *a fortiori* avec un tel énergumène.

– Si si ! J'y tiens, s'entêta Antoine.

– Et vous mettrez des photos dans le livre ? demanda Muriel.

– On peut le faire… accompagnées de légendes.

– Des légendes, c'est pas ça qui manque. Demandez à papa qu'il vous donne celle où il est avec Maradona.

La remarque fit sourire Édouard, dont le regard croisa celui de Martel qui soupirait, semblant signifier « désolé ». Heureusement, l'écrivain n'eut pas à répondre, la nageuse prenant congé dans la foulée.

– Bon. Faut que j'y aille ! À plus.

Édouard observa avec délices Muriel qui s'éclipsait toujours en sautillant. Il resta de nouveau prostré, perdu entre l'extase visuelle qui avait accaparé tous ses sens et la consternation de constater que le niveau intellectuel de Muriel ne dépassait pas celui de son père. « Un esprit mince dans un corps mince », se désespéra-t-il intérieurement.

– Nono ! hurla alors Barrocco, qui sortit du même coup Édouard de son hypnose.

Le tatoué bodybuildé marseillais arriva aussitôt avec une pinte de bière à l'intention de son patron.

– Tiens, Tony.

– C'est pas trop tôt !

– C'est la faute au pingouin. Il voulait pas que je me serve moi-même dans le frigo.

– Bon, c'est pas grave. Rejoins Mumu : elle est partie nager.

« Mumu », « Rico », « Nono », « Tony », les surnoms que le clan échangeait commençaient à plaire à Édouard. Il trouvait néanmoins la pratique étrange dans la mesure où tous possédaient un prénom à deux syllabes qui ne nécessitait pas d'abréviation. Ces sobriquets n'étaient donc qu'une marque d'affection pour ceux qui appartenaient à la bande. Exception faite de Martel, *consigliere* calabrais au verbe soigné, cette mafia parlait fort, sans périphrase ni précaution oratoire, de ce langage de sport d'équipe ou de chantier bruyant que maniaient à la perfection Gabin, Ventura ou Bébel. L'atmosphère conviviale mit en confiance Édouard, qui eut ainsi l'audace de vouloir s'intégrer au « clan des Siciliens » en s'adressant à « l'homme de main » de Barrocco.

– Vous êtes Lino Soldo, l'ancien entraîneur de Muriel, n'est-ce pas ?

– Je le suis toujours. Pourquoi ?

– Pour rien, abrégea-t-il aussi sec, sentant un brin d'hostilité.

Curieusement, à sa grande surprise, Barrocco lui vint en aide.

– Nono était mon premier chauffeur quand j'ai démarré mon entreprise. J'avais une confiance aveugle en lui : on est italiens tous les deux. Du coup, c'est lui qui a emmené Mumu à la piscine. Il fait partie de la famille. Faudra en parler dans mon livre.

– Ah oui, bien sûr.

Édouard essaya alors une seconde tentative d'échange avec le taiseux.

– Mais ça n'a pas dû être évident de devenir entraîneur ?

– Pourquoi ?

– Parce que vous étiez chauffeur…

– J'ai été trois fois champion de France de water-polo, ça vous va comme explication ? le foudroya Lino.

– Oui…

– Le meilleur goal qu'on ait eu au club de Lille Métropole, se sentit obligé de préciser Éric, par mondanité.

Le compliment ne parut pas enchanter Lino qui fusilla Martel du regard. Constatant que le peu loquace coach ne comptait pas s'étendre sur ses exploits sportifs, Édouard n'insista pas et se tut. D'ailleurs, le coach l'ignorait ostensiblement.

– Eh, Tony. Pour TikTok, j'lui fais travailler les fessiers et les dorsaux comme tu m'as dit ?

– Surtout les fessiers, sinon le contrat avec Aubade, elle va s'asseoir dessus.

Aucunement échaudé de s'être fait rembarrer une seconde plus tôt, Martel s'immisça de nouveau dans ce débat technique et sembla se poser en protecteur de Muriel.

– T'es dur avec elle, elle est encore sublime. N'est-ce pas ? ajouta-t-il, prenant Édouard à témoin.

– Oui, tout à fait, répondit-il du bout des lèvres avec la peur que sa lubricité ne soit démasquée.

– De toute façon, elle doit faire des vidéos pour ses chaînes internet, alors c'est pas inutile.

Les propos de Barrocco consternèrent l'écrivain. Il croyait entendre un éleveur de chevaux de course parler à ses jockeys.

– Mais votre fille a arrêté la compétition. Ça ne l'ennuie pas de faire tout ça ?

L'agacement de Barrocco lui fit craindre le pire. Et le pire arriva, mais pas dans le sens que l'écrivain l'envisageait.

– Écoutez, on va pas se la raconter : Mumu nage peut-être comme une grenouille, mais elle a un QI de têtard. Elle a pas le choix : son physique, c'est son capital. Alors, vaut mieux que son cul reste musclé si elle veut continuer à gagner de l'argent.

La lucidité empreinte de cynisme du père choqua Édouard. Certes, il connaissait cet usage éducatif qui consiste à rabaisser ses enfants pour les pousser à se dépasser, toutefois il trouvait les propos d'Antoine violents, voire dégradants. Il était pris en étau entre son dégoût de ce mépris machiste et sa fascination pour cette clairvoyance protectrice. Était-il possible qu'un « papa » parle ainsi de sa fille ? Lui-même avait fait les frais des critiques acerbes de ses parents, mais ces derniers ne l'avaient jamais discrédité devant des étrangers. Édouard était stupéfait, et plus encore que l'attitude de Barrocco, la soumission de Muriel l'intriguait. Comment cette championne pouvait-elle supporter d'être à ce point dénigrée ? En était-elle seulement consciente ? Vraisemblablement non : la jeune femme qui ne brillait pas par son intelligence semblait épanouie dans cette organisation patriarcale. Elle devait se sentir à sa place, à son niveau, et ne revendiquait rien d'autre. Le mystère de cette relation attisait néanmoins la curiosité de l'écrivain qui avait désormais hâte d'en savoir plus grâce au livre.

– Quand souhaitez-vous débuter les entretiens ?

– Les quoi ?

– Les interviews… pour écrire votre histoire, relança Édouard.

– Comment ça ?

– Je vous pose des questions, vous me racontez votre histoire, je vous enregistre et je retranscris sur mon ordinateur.

– Tous les deux ?

– Oui.

– Seuls ?

– Oui. Il faut un peu d'intimité pour que vous puissiez me dévoiler ce que vous ressentiez à chaque étape de votre carrière.

Barrocco n'avait pas anticipé une telle méthode. Or, la perspective de se confier à cet étranger ne l'enchantait guère. Bien que sans filtre en apparence, le terrassier était pudique, et détestait l'idée de se confesser à un curé, à un psy ou à tout autre fouille-merde de l'âme humaine. Il n'avait nulle envie de s'épancher auprès de l'écrivain, de lui confier ses émotions et ses sentiments. Il voulait une biographie factuelle à sa gloire et rien d'autre, un de ces éloges manichéens qui servaient la soupe aux P-DG médiatiques dans les années 1980.

– Pour l'instant, j'ai pas le temps, coupa-t-il court. Bon, moi je vous laisse, je commence à me les cailler. Il fait un froid de Mathusalem ici…

Barrocco saisit sa bière, s'en alla sans un signe mais tandis qu'il passait à la hauteur d'Édouard, il lui asséna une virile et fraternelle tape dans le dos qui l'ébranla.

– Salut, Alka-Seltzer. Bosse bien, lui lança-t-il avant de disparaître.

– Où vas-tu ? On n'a pas fini, tenta de le retenir Éric.

– T'as plus besoin de moi ! Donne-lui les dossiers. J'te laisse gérer. Moi, j'vais tester le jacuzzi !

Édouard avait du mal à se remettre de cette prise de contact où l'humeur de la discussion avait oscillé comme des montagnes russes. Éric, lui, semblait ravi de cet échange.

– Eh bien, ça s'est merveilleusement bien passé ! conclut Martel.

– Vous trouvez ?

– Une tape dans le dos et déjà un surnom, il vous a adoubé !

– Mais pourquoi m'appelle-t-il Alka-Seltzer ?

– Sans doute pour les « mots » de tête, M.O.T.S., rebondit Éric avec humour.

L'explication suffit à Édouard qui massait son épaule endolorie.

– Et on fait comment maintenant ? Moi, j'ai besoin de le rencontrer pour écrire !

– Oui, je comprends, je vais arranger ça. Je dois juste mettre au point le planning de la semaine. Vous êtes en voiture ?

– Oui.

Et Martel lui montra deux valises « cabine » qu'il approcha de lui.

– Tenez, je vous confie ça en attendant : c'est toutes les archives de la famille Barrocco. Vous y trouverez un petit mémo, des coupures de presse, quelques photos… *A priori*, vous aurez assez de matière pour commencer à écrire.

– Ouais… ça semble être assez pour démarrer. Merci.

En réalité, l'écrivain déchantait. Il était désespéré de se taper un boulot de documentaliste mais le cacha à Éric, le laissant tout à son évident bonheur d'avoir réglé cette affaire.

– Je vous raccompagne, j'y vais moi aussi.

– Vous ne dormez pas ici ? s'étonna Édouard.

– Non. J'ai réservé une chambre à l'hôtel, j'ai besoin de prendre un peu de…

– Hauteur ? s'amusa Édouard.

– De distance, de calme… nuança Éric.

– Oui, je veux bien croire que cela vous soit nécessaire !

Les deux hommes échangèrent un sourire complice. La connivence entre eux fonctionnait désormais à demi-mot. Ils faisaient partie de la même caste et se reconnaissaient. De toute évidence, Éric appréciait ces moments où il pouvait se désolidariser d'Antoine et se dédouaner de ses excès de langage sans lui porter préjudice. Il voulait se distinguer de lui, car il avait fait beaucoup d'efforts pour sortir du lot, échapper à la fatalité prolétarienne que lui avait imposée sa naissance et qu'il croyait desservir. Pour autant, il ne reniait pas ses origines. Il voulait juste n'en revendiquer que le meilleur et en oublier le pire. La rencontre avec Édouard lui avait offert cette petite parenthèse de plaisir et l'auteur ne lui en était que plus sympathique.

8

Édouard, le nègre noir

En sortant de la majestueuse maison, Édouard traîna péniblement les deux valises et regagna l'épave qui lui servait de voiture tandis qu'Éric se dirigeait vers un taxi qui l'attendait. En bon Parisien, le trentenaire ne voyait aucune utilité d'investir dans un véhicule et conservait sa vieille Volkswagen de 1995 pour ses rares escapades au-delà du périphérique. Il n'avait aucune honte de cette boîte de conserve, et tirait même une certaine fierté de cette désuétude : il la surnommait « la bohème W ». Agacé par la limousine d'Antoine, Éric ne jugea pas l'engin corrodé et ne fit aucune réflexion moqueuse, car il partageait ce sens des valeurs. Il prit congé de lui simplement, lui souhaitant un « bon courage » sincère avant de monter dans son taxi.

Durant le trajet vers chez lui, Édouard regretta déjà d'avoir accepté ce contrat. Même s'il anticipait le pire, il ignorait en revanche où l'entraînerait cette aventure, et en sous-estimait les conséquences. Oui, à cet instant, il ne devinait pas que cette décision bouleverserait toute sa vie ainsi que celle de l'improbable clan Barrocco.

En attendant, le désespoir l'envahissait. L'écrivain n'était pas fainéant, mais en pensant aux deux lourds bagages qu'il avait chargés dans le coffre de sa vieille Golf, il voyait tout son planning voler en éclats. Lui qui escomptait boucler le projet en quatre interviews d'une heure et une semaine de transfert informatique, savait à présent, qu'il se coltinerait une rédaction pénible et interminable. Éplucher les documents, trier, écluser, ce travail préparatoire ne le rebutait pas lorsqu'il s'agissait de fouiller la biographie d'un personnage historique ou d'un homme exceptionnel d'envergure nationale. En revanche, pour un quidam, cette corvée le soûlait. Il savait d'expérience que ses clients étaient incapables de hiérarchiser les événements de leur existence. Dès lors qu'il y avait une trace écrite ou iconographique, une profusion d'anecdotes remontait à la surface sous forme de logorrhée. Le factuel l'emportait ainsi sur l'essentiel, le noyant dans un flot de digressions insipides et de détails inutiles. Son travail, lui, consistait à rappeler le cap choisi au départ, éviter les déroutages inintéressants pour les lecteurs, et transformer une banale croisière de vie en odyssée légendaire. À la vue du goût de Barrocco pour la décoration pseudo-antique, Édouard devinait toutes les dérives inféconde qui l'attendaient, et le seul Homère que Barrocco lui inspirait, c'était Homer Simpson. Oui, il se préparait à souffrir des semaines pour un livre qui finirait immanquablement au pilon ou dans le fond d'un entrepôt humide de la zone industrielle de Maubeuge.

En chemin, il rumina ainsi son erreur. Il avait l'impression d'avoir été idiot et faible lors de cette première rencontre. Idiot de s'être entêté à avoir le dernier mot avec Barrocco au lieu de s'éclipser, et faible en se laissant étourdir par les charmes de Muriel. Tout en conduisant, il maudissait Manuel Békerman, son éditeur, et Valentine, sa collaboratrice chargée de ce type d'ouvrages « diplomatiques ». Mais pouvait-il refuser cette mission ? Non. Pourquoi ? Parce que c'était son métier, son seul gagne-pain.

Malgré sa jeunesse passée sur la rive gauche, Édouard n'espérait déjà plus réussir en littérature. Ses hautes études l'avaient persuadé que le génie était précoce ou n'était pas. Par pragmatisme, il s'était résigné à être un modeste artisan au lieu d'être un artiste, un écrivant plutôt qu'un écrivain. Bien que virtuose de l'expression écrite, Édouard souffrait en effet de leucosélophobie. Vous connaissez ? Bien sûr, vous connaissez ! C'est le nom scientifique du fameux « syndrome de la page blanche » qui frappe les auteurs. Panne d'imagination, âme sèche qui, comme un citron trop pressé, n'a plus de jus ni de pulpe, tout juste encore quelques pépins à sucer. Voilà en somme l'image que l'on se fait de cette tragédie cérébrale. Sur Wikipédia, on peut lire : *Ce phénomène peut être dû à la volonté tellement grande de faire une œuvre parfaite, que toute idée qui vient à l'esprit de l'auteur lui paraît systématiquement mauvaise, de telle sorte qu'il devient alors impossible pour lui de commencer ou de compléter son œuvre. Ce syndrome est aussi souvent dû au fait que l'auteur a mis ses personnages dans une situation complexe, de laquelle il s'avère incapable de les sortir. Elle peut se traduire, lorsqu'elle se prolonge dans la durée, par un abandon de l'auteur ou une période de dépression au cours de laquelle il perd totalement confiance en lui.* Mais Édouard, comme bon nombre de ses confrères, échappait à cette définition. Tous les écrivains ne souffrent pas en effet de complexe d'infériorité ou de « perfectionnite » aiguë qui les condamnent à la procrastination. C'est bien mal connaître ce microcosme rongé par ce besoin maladif de purger son cerveau des mille sujets qui empêchent son repos. La vérité était beaucoup plus triviale pour Édouard qui se posait cette question : « Combien va me rapporter l'année de solitude, de labeur et de doute que je m'apprête à débuter ? » C'est ça, une « page blanche » : un départ à zéro, une course au grand large en solitaire, sans escale, sans GPS et surtout sans ravitaillement. En effet, très rares sont les auteurs qui reçoivent un à-valoir, une avance sur leur œuvre suffisante pour écrire en toute quiétude. 99 % d'entre eux rédigent des manuscrits complets sans savoir s'ils seront un jour publiés et, pire encore, si le public sera au rendez-vous. Tous le reconnaissent dans le monde du livre : vivre de sa plume est une exception. Aussi la plupart des auteurs gagnent leur pain ailleurs : profs, scénaristes de séries télé, journalistes, quand ils ne sont pas au RSA. En fait « le syndrome de la page blanche », c'est celui de la démotivation après l'échec, les humiliations et les incompréhensions. Très vite, le défaitisme l'emporte et transforme les pulsions littéraires en velléités. Et c'est à cela qu'on reconnaît un artiste, à sa force de se relever, à son opiniâtreté, à son optimisme ou à son inconscience. Aujourd'hui on dit « résilience », c'est plus passe-partout et cela évite la nuance. Convaincu par cette définition, Édouard ne se sentait donc pas artiste, mais un simple exécutant besogneux qui ne travaille que sur commande.

Par sincère modestie ou lâcheté pratique, son renoncement à l'immortalité académicienne prit racine dans une autre question : « Pourquoi écrire, si je n'intéresse personne ? » Tout auteur se heurte à cette interrogation. Le plus souvent, ce doute arrive lorsque l'âge rappelle que le temps est précieux et limité. Édouard, lui, s'était posé cette question assez tôt, sans doute en raison de sa précocité littéraire et de l'abondance de sa production. À vingt-huit ans, il avait déjà publié trois essais philosophiques prétentieux, épuisants et désormais épuisés, et sa fameuse biographie de Parvus, théoricien russe de la révolution permanente, que même Mediapart avait ignorée. Son génie incompris, Édouard avait capitulé avec ce dédain qui sauvegarde l'amour-propre des jeunes pédants. Il avait ainsi fait le deuil d'un potentiel chef-d'œuvre qui aurait fait l'unanimité chez ses pairs.

Tout en écrivant déjà pour les autres, il eut un moment la tentation de se mettre à nouveau en avant. Il songea en effet à écrire la biographie d'un militant noir américain, un exercice que sa couleur de peau aurait légitimé et que les médias auraient adoubé. Dénoncer le racisme, la ségrégation et l'esclavage lui semblait un moyen efficace d'acquérir de la célébrité et de la considération à peu de frais. Il savait la presse friande de ceux qu'il surnommait « les minorités lisibles », ces auteurs qu'on présente en exemple parce qu'ils redressent les injustices du passé sans esprit de vengeance. Mais il s'y refusa par honnêteté intellectuelle. Il trouvait la démarche putassière et, de surcroît, il ne voulait pas se retrouver porte-drapeau de cette cause, un statut qui l'aurait enfermé dans un genre, et avec lequel il aurait perdu toute liberté créatrice. Édouard se sentait écrivain plus que Noir, individu plus que membre d'une communauté. Il ne revendiquait aucune hérédité dans l'esclavage ou le colonialisme, un temps bien lointain pour lui, et une souffrance qu'il n'avait pas vécue lui-même. Élevé dans les beaux quartiers, il n'avait jamais connu de ségrégation et rien dans son environnement direct ne l'humiliait ouvertement en raison de son faciès. Mis à part quelques défiances de courte durée, il ne s'était jamais senti victime de rien, et ne réclamait donc aucune réparation. Certes, il avait dû endosser quelques surnoms moqueurs dont on l'avait affublé à l'école, mais ceux-ci ne lui étaient jamais apparus plus méchants que les quolibets adressés à ses camarades de classe pour leur particule, étiquetés « aristos » avec ironie, ou « fin de race » avec dédain. Solitaire dès son plus jeune âge, il se fichait pas mal de ce qu'il considérait déjà comme des enfantillages. Évidemment, il ne put ignorer les contrôles d'identité à répétition dans les transports en commun en raison de sa couleur. Il trouva néanmoins la parade dès son adolescence en se créant un look de dandy sage et parfumé. Oubliés les sweat-shirts à capuche, les baskets et autres casquettes ; le harcèlement policier diminua sensiblement. Édouard en riait et trouvait ridicule cette loi des apparences. Bref, depuis toujours il trouvait stupide d'être réduit à la seule évidence de son aspect physique et supportait encore moins d'être contraint à une pensée unique. Il avait cependant bien conscience que dans les cités de banlieue, sa posture lui vaudrait le titre de « Bounty ». Pour autant, « le petit bourge du 5e » s'en foutait. Par refus d'être amalgamé ou simple orgueil, l'élégant méprisait ceux qu'il traitait de « Bédouins binaires », ces mômes déscolarisés qui ostracisaient ceux qui, comme lui, transcendaient les critères raciaux.

Exit cette velléité politico-ethnique, il tenta, en revanche, une ultime expérience personnelle en écrivant un roman dit

« commercial » ou « grand public », une romance entre un écrivain cancéreux et son infirmière à domicile. Le titre ? Il hésita entre plusieurs. « Épilogue » ; trop négatif et trop littéraire. « Je veille sur vous » ; un tantinet paternaliste. « Ne partez pas encore » fut en définitive celui qui lui parut le plus approprié, le titre offrant une promesse de romance à la fois pudique et déchirante. Édouard se révéla plus calculateur que jamais. Sa démarche n'était donc pas plus sincère que son projet sur le militant noir, mais avec ce mélodrame sirupeux, il pensait cocher toutes les cases marketing pour décrocher un juteux contrat avec une des grandes maisons d'édition pour lesquelles il travaillait déjà comme nègre ou correcteur. « Quitte à se prostituer, autant gagner beaucoup de pognon ! » Telle fut dès lors sa devise. Il savait pertinemment que la fortune du succès en librairie faisait oublier la misère littéraire, et que le respect des éditeurs s'acquérait par les bénéfices économiques plus que par l'estime des critiques. Une femme, un écrivain, un amour rendu impossible par la tragédie médicale, il avait mis tous les ingrédients racoleurs susceptibles de déclencher le fameux coup de cœur d'un éditeur cupide ou d'une éditrice condescendante à l'endroit des bibliophages de son sexe. Mauvaise pioche : son manuscrit fut rejeté par tous et par toutes, accompagné de courriers aux formules polies et aux justifications fallacieuses. Alors il l'autopublia via une plate-forme internet, sûr que son roman à l'eau de rose, truffé de fantasmes féminins, ferait chavirer les âmes esseulées des lectrices des transports en commun. Avec un ami graphiste, il avait poussé la perversion jusqu'à mettre un chaton en couverture, un félin mignon allongé sur un lit médicalisé aux draps fuchsia. Les curseurs de la *New Romance* étaient poussés à fond. Résultat : deux cents bouquins péniblement vendus. À la suite de cet échec cuisant, il en interrompit l'édition et cacha à tous l'existence de cette tentative malhonnête. Il ne s'en était d'ailleurs pas non plus vanté auprès de Barrocco et Muriel. Pourtant elle faisait partie de la cible marketing qu'il convoitait tant. Une conclusion s'était dès lors imposée à lui : il ne savait pas séduire les femmes, lectrices ultra-majoritaires ; il n'avait pas les mêmes goûts et les mêmes préoccupations qu'elles, alors pourquoi insister ? Entre aigreur et machisme confortable, l'écrivain incompris trouvait là une explication rationnelle qui suffisait à effacer ses doutes, rassurer son ego face à la déroute et protéger son talent littéraire de l'autodestruction. Il se sentait bien ainsi. Cette posture apaisante eut en outre le mérite de le déculpabiliser d'un célibat involontaire et subi.

C'est donc pleinement conscient que le statut d'auteur était trop éprouvant pour son équilibre psychique, et trop incertain pour son confort bourgeois, qu'Édouard décida à vingt-huit ans de ne plus travailler que sur commande. Être salarié de la formulation et du formatage lui parut dès lors une alternative suffisante pour conserver un peu d'estime de lui-même et plastronner en société. En aucune façon, il n'avait envie de risquer une nouvelle défaite et son niveau de vie comptait plus qu'un chimérique succès en librairie. Son cynisme éditorial avait atteint là ses limites et son snobisme lui évitait le douloureux constat qu'il n'avait aucune imagination pour les fictions. Sans l'aide d'aucun psy, il s'était ainsi rendu à l'évidence qu'il lui fallait trouver la reconnaissance ailleurs.

Prêter sa plume à des gens qui, avant même d'aligner trois mots, intéressent tout le monde, s'imposa donc comme la solution la plus honorable. C'est ainsi que le talentueux Édouard Laville devint « nègre » à plein temps, « *ghost writer* », comme disent les grands prêtres du politiquement correct qui anglicisent toutes les ambiguïtés nauséabondes de la francophonie. Certes il n'était pas célèbre, mais désormais ses écrits se vendaient, étaient en partie lus, et les éventuelles critiques négatives n'étaient jamais dirigées vers lui, puisqu'il n'était pas censé exister. Ce succès par procuration lui enlevait toute frustration. Lorsqu'un de ses livres de paille devenait un best-seller, il se disait qu'il avait bien travaillé, qu'il avait réussi l'osmose entre le style et le propos, que sa prose avait transcendé émotionnellement un récit brut, anecdotique, dont l'humanité restait très pudique, parfois inconsciente, et le plus souvent absente. Voilà presque sept ans qu'Édouard rédigeait sur commande des « autobiographies », des essais économiques ou sociologiques, des rétrospectives musicales, automobiles ou toute autre passion dont une célébrité voulait faire l'apologie. Ses clients ? Des grands responsables qui n'avaient ni le temps d'écrire ni même celui de réfléchir, et encore moins celui de prendre du recul sur leur propre existence. Les autres étaient plus humbles, pleins de bonne volonté, mais restaient incapables de formuler leurs pensées. Il arrivait parfois que certains sachent à peine lire. Peu lui importait. Il se nourrissait de leur enthousiasme, vampirisait leur érudition, si futile fût-elle, ou labourait leur mémoire afin d'exploiter les traumatismes enterrés. Quel que fût leur profil ou l'objet du livre, il s'interdisait toute condescendance à l'égard de ces personnes qu'il servait, car chacune d'entre elles se confiait à lui, lui offrait ses forces et lui dévoilait ses faiblesses. Oh c'est sûr, il arrivait qu'il tombe sur des connards qui pensaient mieux faire que lui, et le considéraient comme leur scribe. Politicien en recherche de grandeur hugolienne ou consultant déchu en quête d'une résurrection médiatique étaient à ce titre les deux archétypes qu'il évitait. Oui, il préférait cent fois faire « l'autobio » d'une ex-star de *reality-show* qui avait survécu à cinq suicides et autant de liftings que de participer au plan de com de crétins arrogants qui se fichaient du lecteur pourvu que le tour des plateaux de télé soit assuré par leur attachée de presse.

Quand il parlait de l'ingratitude de son métier, Édouard aimait entretenir cette image d'incorruptible écrivain, accoucheur vertueux d'histoires en mal « d'hauteur ». En réalité, sa compassion et sa curiosité humaniste restaient assez embryonnaires, et même si certains destins populaires le touchaient, son attirance pour les gens cultivés dominait sa motivation. Hélas pour lui, cette faune n'avait guère besoin de son talent stylistique, et pour pouvoir subsister, il devait se soumettre à cet exercice contre nature de sublimation du néant. Aussi lorsqu'un éditeur faisait appel à ses services, il prétextait une montagne de travail en cours afin de faire monter le prix de sa prestation, puis il acceptait le boulot qu'on lui proposait.

Édouard ne se plaignait pas de ses missions tant que son labeur était bien rémunéré et peu chronophage. À ce titre, les témoignages et autres pseudo-autobiographies de people de la télé, du cinéma et du sport lui offraient sans aucun doute la meilleure rentabilité. Un dictaphone et un logiciel de reconnaissance vocale lui permettaient généralement de boucler un bouquin en moins d'un mois. Dix heures d'interview réparties en séances entre lesquelles son ordi convertissait les paroles en texte qu'il adaptait, modifiait et chapitrait, tel était son *modus operandi* (son *mode de travail* pour ceux qui ne se la jouent pas). Ainsi il n'avait qu'à orienter ses questions pour créer une structure dynamique du récit, une dramatisation qui captive le lecteur. Enfance difficile, violences conjugales, décès d'un parent, *coming out* laborieux, toxicomanie, maladie orpheline, blessure physique ou psychologique, spiritualité, il manipulait à merveille tout ce registre sordide : il se définissait comme le Mireille Dumas de Microsoft Word. Que cherchaient ces célébrités ? À faire pitié pour se déculpabiliser du pognon qu'elles gagnaient ? À donner une éternité à leur histoire avant que le vent de la mode ne les emporte ? À justifier leurs écarts avec le médiocre espoir d'une renaissance artistique dont tout le monde se fichait ? Édouard se gardait toujours de se mêler de la finalité de ces publications de peur d'être blasé et parce que les fans de ces étoiles filantes s'en foutaient : seul le lecteur comptait pour lui. En outre, il était suffisamment désabusé comme ça pour ne pas aiguiser son cynisme naturel et risquer de compromettre ses missions.

Bienveillant ! Il devait rester bienveillant. Parfois il n'avait pas à forcer sa nature ni à fabriquer quoi que ce soit. Il avait ainsi eu la chance d'aider un célèbre chirurgien à raconter ses aventures humanitaires. Si le livre ne s'était pas limité à trois cents pages, il aurait pu multiplier ses rencontres à l'infini, et partagea son enthousiasme avec Valentine, éditrice et âme damnée du fameux Manuel Békerman.

– Quel pied j'ai pris ! avait-il avoué.

– Il se vend bien et on envisage un tome 2. Ça te dirait de remettre ça ?

– Évidemment ! avait-il répondu spontanément.

– Bon alors, il faudrait qu'avant cela tu t'occupes d'un autre cas…

« Piégé. Cette salope m'a piégé ! » s'était-il dit alors. Mais comment refuser un « service » au joli minois espiègle qui lui refilait de toute évidence le bâton merdeux dont elle avait hérité ?

– Tu m'expliques ? avait soupiré Édouard.

Valentine lui avait alors raconté le deal entre Manuel Békerman, le big boss du groupe Edenbook, et Barrocco. Elle avait dû lui expliquer qu'il avait fait construire une immense piscine dans sa propriété près de Trouville, et qu'en échange d'une substantielle remise il devait publier les Mémoires de l'entrepreneur, personnage haut en couleur. « Une piscine contre un roman ; on touche le fond ! » avait ruminé Édouard. Cependant l'écrivain n'était guère étonné. Bien que d'une puissance intellectuelle redoutable, depuis bien longtemps, le séducteur Manuel Békerman avait renoncé à dénicher et à mettre en lumière des chefs-d'œuvre. Depuis son premier divorce, son unique préoccupation avait été de pérenniser la trésorerie de sa société en vendant du papier noirci. Il avait même ouvert une filiale de publication à « compte d'auteur », ce juteux marché qui consiste à faire passer de l'impression pour de l'édition, le tout autofinancé par l'espoir ou le désespoir d'écrivains amateurs. Ce type de combine lui assurait son train de vie fastueux ainsi que le paiement des pensions des nombreuses ex-épouses qu'il avait cumulées durant quarante ans. En plus de sa piscine, le « contrat Barrocco » allait donc sans aucun doute financer quelques séances de botox de ces dames ou des billets d'avion pour éloigner de Paris les plus emmerdeuses d'entre elles. Pour sa défense, Békerman n'était pas le seul à pratiquer ce type de « ménage ». Édouard avait déjà été à maintes reprises instrumentalisé pour asseoir les bonnes relations actionnariales, politiques ou purement commerciales de tel ou tel éditeur. En revanche, jamais il n'avait eu à écrire une bio pour faire baisser le prix du devis d'un maçon.

– Oui, mais ce n'est pas n'importe quel maçon ! s'était justifiée Valentine.

– Un franc-maçon peut-être… avait plaisanté Édouard avec le secret espoir de partager un peu de symbolique avec un fils de la veuve.

– Ah, ça m'étonnerait fortement, s'était esclaffée Valentine.

– Tu le connais ?

– De vue, comme tout le monde. Tu ne vois pas qui c'est, Antoine Barrocco ?

– Non. Je ne dois pas être comme tout le monde !

– Tu connais Muriel Barrocco ?

– La championne de natation. C'est son mari ?

– Non. Son père.

– Et donc je suis censé vendre les mérites du fabricant de piscines à l'origine du succès de sa fille ?

– Oui et non. À la base il est terrassier démolisseur et c'est le gros de l'activité de sa boîte. L'idée qu'il a, c'est plutôt de parler de lui, de raconter une *success story*. Tu vois, un truc à la Bernard Tapie ou Bill Gates.

– … dans les tractopelles ?

– Donald Trump, si tu préfères.

– Pas sûr…

– Il sera sur Paris dans une semaine. Un de ses collaborateurs va te contacter, je lui ai filé ton 06.

– Et qu'est-ce qui te fait croire que je vais dire oui ?

– Une enveloppe de 10 000 euros pour le job et dix de plus pour tes frais. C'est Barrocco qui régale.

– Békerman lui a pompé 20 000 en plus de la piscine ? avait ri Édouard. T'es sûre qu'il est doué en affaires ton type ?

– Ça, je m'en moque. Manuel lui a vendu un rêve d'immortalité, maintenant il faut que je fasse avec. Bon alors ? Affaire conclue ?

– J'ai le choix ?

– Pas vraiment. Békerman compte sur toi.

Cette phrase sentencieuse l'avait désabusé. « C'est marrant cette lâcheté qu'ont les gens de nous menacer en rejetant la responsabilité de leur décision sur un inaccessible supérieur, une sorte de *Keyser Söze* qui a pouvoir de vie ou de mort professionnelle sur quiconque se dresse sur leur route ou se rebelle », avait-il pensé. Mais bon ! Son Urssaf venait de tomber et lorsqu'on est indépendant, ce type de gribouillage reste bien utile face aux échéances financières.

Non. Édouard n'avait pas eu d'autre choix que d'aller chez Barrocco. Aussitôt sorti du bureau de Valentine, il s'était précipité sur son smartphone pour en savoir plus sur le chef de chantier qu'il devait « panthéoniser ». Le choc. Comme le lui avait malicieusement indiqué sa délicieuse éditrice, Antoine Barrocco avait la même corpulence que Donald Trump, rien qui inspirât de la sympathie à Édouard qui pour sa part possédait la silhouette de Barack Obama.

Sur le site de son entreprise, une photo trahissait sa mégalomanie. En costume digne de Tony Soprano, les bras croisés et les jambes écartées, le colosse perché sur le toit d'un bulldozer dominait le petit peuple de ses employés réunis au centre d'une arène formée par des engins de chantier rutilants. Le cliché, pris en plongée à l'aide d'un drone, se voulait la version BTP de celui de Citizen Kane au milieu des journaux. Sur l'instant, la perspective de plagier Orson Welles l'avait amusé, mais très vite d'autres articles l'avait fait déchanter. Son activité n'avait rien de glamour et les quelques entrefilets dédiés à son histoire ne dégageaient aucun aspect exaltant. « Merde, j'aurais dû dire non ! s'était-il dit. Je sais, je vais prétexter un incident familial, un déplacement lointain pour une durée incertaine ! » Édouard avait alors décidé de rappeler Valentine une fois chez lui, enfin… Non. Le lendemain plutôt, ce serait moins louche.

– Tu te fous de moi, Édouard ? avait rigolé Valentine. T'es célibataire, sans enfants, et tu n'as pas parlé à tes parents depuis leur divorce ! C'est qui ton mourant, au juste ?

« C'est le problème d'être trop proche de son éditrice, elle sait tout et devine tout », s'était désespéré Édouard.

– Bon, OK. Je n'ai pas fini la bio du footeux de Barcelone pour Flixgo, ça te va ça comme argument ?

– Arrête ! Le mec a vingt quatre ans, pas quatre-vingt-dix ! En trois jours son histoire est pliée ! Ne me prends pas pour une quiche, tu veux ? Et en plus je suis sûre que Flixgo te paie moins que nous.

Elle n'avait pas tort. Afin de justifier sa volte-face, Édouard avait raconté ce qu'il avait pu glaner sur le prince des fondations. Fouillant au plus profond de sa mauvaise foi, il lui avait affirmé que couper des arbres pour un terrassier, c'était blesser sa conscience écolo, une double peine et un sacrilège pour ceux qui luttaient contre la déforestation. Là encore Valentine ne s'était pas laissé émouvoir par les états d'âme de son gratte-papier et avait explosé de rire.

– De toute façon, chaque fois c'est la même chose : au début tu râles, tu te plains, et ensuite tu te prends au jeu !

Édouard avait dû en convenir, chaque nouveau contrat le rebutait. En fait, il avait toujours peur de se planter quand il commençait quelque chose, une sorte de terreur face à l'ampleur de la tâche. Et ça n'affectait pas que son écriture : un voyage, du bricolage ou une relation amoureuse, quel que fût le projet, il avait tendance à renoncer s'il n'était pas encouragé. Valentine le savait et l'avait incité à fouiller du côté de Muriel afin de mettre du piment et de la sensualité dans cette corvée biographique.

En tapant « Muriel Barrocco » sur son ordinateur, l'enthousiasme n'avait pas plus été au rendez-vous : Muriel dans des pubs, les confidences de son ex, ses chaînes YouTube et TikTok d'entraînement sportif, son compte Instagram, ses sorties nocturnes au milieu des *people* du moment, l'ex-médaillée olympique avait de toute évidence troqué ses écailles de sirène pour les strass et les paillettes de la jet-set. Valentine savait très bien quelle considération Édouard avait pour ce type d'influenceuse écervelée. L'intérêt devait donc être ailleurs, dans son parcours sportif. Le sport en général, et la natation en particulier, n'était pas un domaine dans lequel Édouard excellait. Certes il avait fréquenté longuement de grands athlètes dont il avait transformé sur le papier les monologues égocentrés en préceptes philosophiques, mais il n'avait aucune appétence pour ce domaine d'activité. Bénéficiaire d'une minceur génétique, il n'avait guère besoin d'exercices répétitifs pour maintenir son poids, en conséquence de quoi il jugeait inutiles les efforts physiques. La piscine était de loin l'endroit qu'il fuyait par-dessus tout : l'humidité, l'odeur du chlore et le rituel des vestiaires le rebutaient. Chaque fois que son médecin lui suggérait de faire de la nage pour soigner son dos usé par les heures passées devant son clavier, il se réfugiait avec délices derrière l'idée préconçue que les Noirs sont nuls en natation pour échapper à ces ablutions méphitiques. L'attrait de la championne était donc limité. *A contrario*, comme il avait déjà côtoyé le « haut niveau » pour ses écrits, le jeune âge de la jolie naïade l'avait intrigué. « Elle arrête déjà ? Elle a à peine vingt-trois ans ! » C'est ce détail qui l'avait motivé en définitive à se rendre au rendez-vous que lui avait fixé Éric Martel.

*

En arrivant chez lui avec ses deux lourdes valises, Édouard ne décoléra pas de s'être laissé embarquer dans cette galère. Il s'en voulait de n'avoir pas saisi l'occasion de se carapater quand le terrassier l'avait provoqué. Le prétexte était suffisamment honorable et justifié pour convaincre Békerman, son éditeur, de ne pas le mettre à l'amende et de trouver un remplaçant plus rabelaisien que lui. En emportant les archives, Édouard ne pouvait cependant plus faire machine arrière et craignait la suite. Il devinait en effet que tous les échanges qu'il aurait avec Barrocco, cet individu dénué de finesse, seraient à l'image de cette première rencontre : des rapports de force. Se laissant envahir par la procrastination, il abandonna les deux bagages cabine au milieu de son salon, mit une pizza surgelée au four et s'installa devant la télé.

9

Le Yang et le Yin

Tandis qu'Édouard luttait contre sa démotivation, Martel, lui, avait des préoccupations bien plus essentielles. À 23 heures, tout comme l'écrivain, il n'avait toujours pas ouvert ses valises. Il était déjà reparti de son hôtel afin de rencontrer Du Chaffaut, son « sous-marin » chez Selfbate. Le corrompu lui avait donné rendez-vous à minuit, dans un kebab tenu par des Turcs à l'autre bout de Paris, près de la place Stalingrad.

Le périphérique était fermé entre la porte d'Asnières et la porte des Lilas. Le taxi de Martel coupa donc par le parc Monceau, atteignit la place de Clichy et s'engagea sur les boulevards qui longent la ligne 2 du métro. À mesure qu'il approchait de sa destination, Martel se sentit oppressé : Blanche, Pigalle, Barbès, La Chapelle, le petit-bourgeois quitta la France d'en haut pour s'enfoncer dans la France d'en bas, voire d'en dessous. Son angoisse augmenta sensiblement lorsque la ligne devint aérienne, les piliers du métro abritant toutes sortes de trafics et de fantômes bigarrés. Sa trouille monta encore d'un cran lorsqu'il aperçut un camp de migrants agglutinés sur le quai de Jemmapes. Il demanda alors à son chauffeur « C'est encore loin ? », espérant s'en éloigner suffisamment. Hélas, ce dernier lui indiqua qu'ils n'étaient plus qu'à cinq cents mètres de leur point de chute. Le stress atteignit son paroxysme lorsque, un peu plus loin, l'homme d'affaires qui ne connaissait que les krachs boursiers et ses épargnants désespérés découvrit le crack et ses fumeurs lobotomisés. Quand le taxi s'arrêta, Martel eut donc bien du mal à en sortir. Il maudissait Du Chaffaut de l'avoir convoqué là, et se sentait bien seul dans son petit costume-cravate en affrontant la rue. À cette heure de la nuit, tous les commerces étaient fermés à part le minuscule établissement de sandwichs interlope dont le néon semblait attirer les hommes étranges comme des moustiques en été. Surmontant sa peur, Éric se faufila entre ces habitués du quartier et pénétra dans l'étroit fast-food cosmopolite où la langue de Molière n'était pas la plus pratiquée. Évidemment, la clientèle exclusivement masculine s'interrogea avec inquiétude en observant le cadre sup venir là, qui plus est à cette heure. Flic ? Inspecteur du travail ou de l'hygiène ? L'arrivée de l'élégant Visage pâle faisait naître une tension palpable. L'attitude d'Éric n'arrangea pas les choses. En effet, l'œil soucieux, il scrutait la petite arrière-salle, tel un chasseur de primes, avec l'espoir de débusquer au plus vite Du Chaffaut. Ce fâcheux quiproquo accentuait l'hostilité ambiante à laquelle Éric, ne trouvant pas son hôte, était pressé de mettre fin. Déjà prêt à déguerpir, Martel tourna les talons, mais le patron, un jeune cuistot très affable, l'interpella, sourire en coin.

– Vous cherchez quelqu'un ?

– Un monsieur, la quarantaine, habillé un peu comme moi…

– Pas vu. Par contre, le type de dos, au fond avec la capuche, on dirait qu'il a piqué ses fringues au Bon Marché. J'serais vous, j'vérifierais !

– Merci…

Non sans une certaine appréhension, Éric avança jusqu'à l'individu mystérieux, recroquevillé sur son verre. Il le contourna.

– Du Chaffaut ?

– Chut !!! Asseyez-vous ! lui enjoignit l'espion paniqué.

Martel s'exécuta tout en remerciant d'un geste de la main et d'un large sourire le patron du kebab. L'atmosphère du fast-food se détendit simultanément, et Éric retrouva ses aises. C'est là que son sourire, au départ forcé, se transforma en réelle hilarité. Il put en effet regarder en détail le déguisement de « l'infiltré » installé face à lui. Casquette du Racing Club de France, lunettes de soleil Yves Saint Laurent et surtout sweatshirt à capuche du lycée Saint-Louis-de-Gonzague, le look incognito de Du Chaffaut, en plus d'être ridicule, était estampillé « rue de Passy ». Lui qui crevait de peur deux minutes auparavant avait beau jeu de se moquer de son informateur qui explosait dans son accoutrement moulant.

– Alors, Du Chaffaut, c'est quoi cette tenue de rebelle du 16e ?

– Ce sont les affaires de mon fils. Faut que je passe inaperçu.

– Si vous vouliez vous fondre dans la masse, c'est raté !

– En attendant, j'ai pu sortir de chez moi sans être suivi.

– Ah, je vois. D'où ce rendez-vous ridicule, conclut ironiquement Éric.

– Ridicule ? Mais vous ne savez pas à qui vous avez affaire ? On ne rigole pas avec Cognac Delille. Je n'ai pas envie de finir coulé dans une pile de pont !

Du Chaffaut était rongé par la peur et son corollaire, la paranoïa. Il se croyait surveillé, sur écoute. Ainsi, c'était pour semer les hypothétiques « barbouzes » de son patron qu'il avait donné rendez-vous à Martel en terres d'insoumis, un lieu où le grand capital ne met jamais les pieds. Sûr qu'ici ils ne seraient pas espionnés et que le moindre sbire caucasien serait détectable !

– Au moins dans ce kebab on est en sécurité ! affirma l'agent secret intérimaire.

Le constat n'était pas vraiment partagé par Martel qui, depuis son arrivée, avait vérifié à maintes reprises qu'on ne lui avait pas fauché son portefeuille. Ce geste de défiance réflexe avait entraîné des petits hochements de tête et des regards fixes qui l'avaient un peu plus stressé. Le bon chrétien n'avait en effet pas saisi que sa main sur le cœur était interprétée différemment par les habitués de l'établissement musulman qui lui rendaient juste des saluts respectueux.

– J'prends des risques, moi… Vous avez les papiers de la piscine ?

Éric lui remit alors les documents signés par Barrocco.

– Comme convenu, tout est au nom de jeune fille de votre femme.

Du Chaffaut jeta un œil rapide et planqua avec difficulté l'enveloppe sous son sweatshirt déjà trop petit pour lui. Martel le regarda avec un peu de pitié et le relança sur un ton désabusé.

– Et sinon, qu'est-ce que vous vouliez me dire de si urgent ?

– C'est Eurofondations, Mortèze, votre concurrent.

– Très bien. Contre lui, on a nos chances, se satisfit Éric. Au niveau prix, on est imbattables ?

– Oui, mais il a un avantage sur vous : il est coté en Bourse. Et puis, il y a un autre souci.

Éric s'inquiéta d'un coup.

– Lequel ?

– Vos méthodes de travail.

– Ça intéresse qui ? Robert Cognac s'en moque.

– Lui peut-être, mais pas son fils, Henri.

– Qu'est-ce qu'il vient faire là-dedans ?

– Hériter. Cognac Delille veut profiter de sa retraite, et son fils de trente ans est prêt à lui succéder. Le vieux ne prend plus aucune décision sans lui demander son avis. Bref, le fiston se fait la main sur ce programme immobilier. C'est lui qui dirige le projet.

– Et pourquoi ne nous soutiendrait-il pas ? C'est notre management qui le chagrine ?

Du Chaffaut soupira en soulignant l'euphémisme.

– Vous voulez dire vos vacations en autocars d'ouvriers polonais sous-payés ?

– Des Européens, des travailleurs détachés, rien d'illégal. En plus, Barrocco exige qu'on les paie au prix fort, se justifia Martel. Et il a raison : on n'a jamais de souci d'effectifs. À chaque chantier ils répondent présent. Ce n'est pas comme les Français.

– Je sais, mais ça reste des étrangers. N'oubliez pas qu'il y a des élus de gauche dans la commission et avec le chômage… le mit en garde l'indic.

– Et Mortèze ?! Lui, il emploie des Bulgares via une agence d'intérim de chez eux qui leur ponctionne 60 % de leur salaire. Il va faire comment ?

– Oublions ! Ce n'est pas ça le problème le plus important.

– Alors c'est quoi ? s'impatienta Éric.

– Henri Cognac Delille a fait ses études à Oxford en urbanisme et a un MBA à Tokyo en gestion des risques environnementaux.

– Et alors ? Moi j'ai fait HEC et j'ai un MBA de finances internationales à Stanford, vous croyez que ça m'impressionne ?

– C'est un écolo ! insista la taupe. Et il coince sur vos méthodes de démolition.

Martel mesura instantanément le danger et cessa d'un coup d'être narquois avec le pauvre Du Chaffaut.

– Merde... Il n'a pas avalé le coup des hauts fourneaux à Heurterange...

– Et encore moins la conférence de presse aux abattoirs Corlay. Votre boss est vraiment un bourrin.

– Je sais : il est aussi discret qu'un Panzer dans un garage de Smart.

Cette fatalité, Martel la connaissait bien et avait prévu que les incartades d'Antoine viendraient aux oreilles des Cognac Dellile. Mais Du Chaffaut l'acheva.

– Henri l'appelle « le crétin des Ardennes » ! Je vous le dis, ce n'est pas gagné !

Bien qu'anodine, la remarque soulevait un épineux problème : l'équation s'était enrichie d'une nouvelle inconnue, Henri Cognac Delille. Martel avait toujours su jouer la caution morale avec les clients qu'il avait pratiqués ou déjà rencontrés comme son père, Robert. Or, avec ce nouveau venu, tout était encore à faire, et il n'avait pas le temps de se faire apprécier. Il lui fallait donc recadrer son encombrant patron afin de calmer le jeu pour emporter le contrat. Ce rendez-vous grotesque n'avait pas été inutile et

Martel remercia Du Chaffaut pour son aide avant que ce dernier ne disparaisse dans la nuit, tel un résistant pendant le couvre-feu. Resté seul, Martel commanda un taxi et ne se fit également pas prier pour quitter ce quartier qu'il jugeait inhospitalier et peu propice aux errances romantiques, type *Paris by night*, du provincial qu'il était.

*

À la même heure, le film d'Édouard s'acheva. Tout comme Martel, Édouard se sentit de nouveau tracassé, mais pour une raison bien différente. L'image de Muriel lui revenait, l'obsédait. Certes la culture atrophiée de la naïade et son vocabulaire minimaliste ne la flattaient guère, mais une innocence touchante se reflétait dans son sourire spontané et son regard gourmand. Évidemment son magnifique corps de femme avait déstabilisé le célibataire, cependant c'était son visage qu'il revoyait en boucle. Sa candeur était si charmante qu'il ressentait l'envie de protéger cette jeune femme de presque dix ans sa cadette. Avait-il succombé à un coup de foudre ? Était-il amoureux ? Il ne le savait pas, et le redoutait presque tant il tenait à contrôler sa psyché. Toutefois c'était la première fois qu'une telle attraction échappait à son cartésianisme congénital.

Cette vision passée, sa curiosité se réveilla enfin. Il finit par être intrigué par les deux valises : qu'y avait-il là-dedans pour qu'elles pèsent si lourd ? Quels secrets de famille renfermaient-elles ? Bien que nullement motivé à travailler, l'écrivain ouvrit les bagages et se transforma en archéologue généalogiste. À l'intérieur il dénicha des dossiers, des albums et des DVD soigneusement étiquetés.

Martel était un homme méthodique. Tout y était classé par ordre chronologique. Chaque photo, chaque document portait à son verso la date, le lieu et parfois l'heure qui correspondaient. Édouard y découvrit la mère de Muriel, une femme splendide, source évidente du patrimoine génétique de la nageuse. Derrière ce cliché, Martel avait noté : « N'en parler à Antoine que s'il aborde le sujet lui-même. » L'indication ne surprit pas Édouard qui sourit avec malice tant la beauté de cette femme tranchait avec le physique ingrat de son époux. Photo de classe aux enfants multicolores, cité-dortoir, vacances au camping, le cadre de vie de la petite Muriel n'avait rien de commun avec le luxe dans lequel baignait à présent la championne. Ce passé modeste attendrit l'écrivain, renforçant son inexplicable attirance pour la nageuse. Édouard, le Black du 5e arrondissement, fils de surdiplômés, élevé à l'ombre du Panthéon et de ses grands hommes, allait-il trouver des excuses aux lacunes intellectuelles de la sirène avec la bourgeoise condescendance de son milieu, ou sombrer dans la solidarité des opprimés que sa couleur de peau lui suggérait ? Ni l'un ni l'autre. Il reprit ses esprits, et son éducation élitiste le fit revenir sur terre : « Sortir avec cette gamine débile, c'est pire qu'aller à la guerre avec BHL ! », se ravisa-t-il.

Édouard poursuivit néanmoins son inspection, et commença à étudier les DVD. Parmi les films de vacances et de divers meetings sportifs, il dénicha un reportage qui retraçait la carrière de Muriel. Il s'agissait d'un passage d'*Envoyé spécial* diffusé un an auparavant, juste après sa décision d'arrêter la compétition. Édouard s'en saisit, consulta sa montre et résolut finalement de le visionner. Il y découvrit une vieille vidéo démagnétisée d'un championnat où des fillettes de huit ans nageaient sous les cris et les sifflets. L'image amateur était instable avec des zooms violents sur Muriel accédant à son premier podium : sans doute une archive fournie par Barrocco à la chaîne. Façon film des années 1930, le titre du canard local tourbillonna et arriva en gros plan : « Une sirène est née », avec la photo de la petite Muriel championne de France. L'auteur de ce reportage s'était, semble-t-il, éclaté à créer un ersatz cinématographique avec probablement l'espoir de passer pour un documentariste. Le reste suivait la chronologie. La fillette grandit et l'importance des « chapeaux des unes » aussi : championne d'Europe Cadette, de France Junior… Édouard reconnut alors Lino, son entraîneur, plus jeune. Le type costaud, en marcel, des tatouages aux bras et une tête de voyou, lisait *L'Équipe* pendant que sa protégée tirait des longueurs. À quoi servait-il ? Malgré ses explications le soir même, en voyant cette vidéo, Édouard avait encore plus de mal à se le figurer : l'expertise de Lino semblait limitée à une surveillance distraite du bassin. Puis un autre titre montra la nageuse à seize ans au côté de son père : « La fille gagne des médailles, le père remporte des marchés. » L'écrivain observa l'homme imposant, rondouillard et jovial serrant des mains d'ouvriers sur un chantier : il paraissait dans son élément parmi les siens et, à bien y regarder, les manutentionnaires le reconnaissaient comme un des leurs. La fin du reportage était plus récente. Muriel était devenue une jeune femme de dix-huit ans. Interviewée à l'époque, la championne se révélait docile, adulte dans ses réponses sportives et encore une enfant naïve et timide dès lors que le sujet abordé bifurquait sur des thèmes relatifs à sa génération. Professionnelle et immature, le mélange attristait un peu Édouard, mais elle semblait heureuse. « Championne du monde au Japon » paru en une d'un journal sportif ; « Roi du terrassement », titrait une revue économique avec la photo de Barrocco. C'est là qu'Édouard comprit enfin l'insistance de son éditrice et il mit la vidéo sur « pause ». Comme la presse, Édouard fut persuadé que Barrocco avait sans scrupule utilisé les exploits de sa fille pour développer l'activité de son entreprise. L'écrivain n'y voyait rien d'immoral ou de répréhensible et se dit que Valentine avait eu raison de le pousser à fouiller le passé de ce « couple » baroque. La perspective d'attaquer cette vulgaire biographie d'un « nouveau riche » sous l'angle de la saga familiale donna enfin de l'intérêt à cette corvée. Édouard avait trouvé un angle à ce récit : une porte s'ouvrait enfin. Il relança alors la vidéo avec un regard moins supérieur et surtout une approche plus volontaire. La nageuse finit sa course, releva la tête et sourit en faisant un signe de la main. L'image se figea pour devenir une photo de *L'Équipe* : « Triple championne olympique, Muriel Barrocco fait une pause dans sa carrière. » Édouard resta sur sa faim, parce qu'il n'avait toujours pas l'explication de cette soudaine retraite qui l'intriguait tant. Heureusement, le reportage se prolongeait par une interview en plateau du jeune journaliste réalisateur fier comme s'il venait de recevoir le prix Albert Londres. Durant ces minutes de gloire médiatique, l'homme raconta que Muriel faisait un break, car elle n'avait pas eu d'adolescence et qu'elle avait besoin de vivre un peu, afin de donner du sens à sa vie et rebooster son désir de compétition, sa soif de victoire. Il aborda ensuite le sujet complexe de sa relation fusionnelle avec son père qui gérait de près ses sponsors et qui comptait l'associer pleinement aux activités de sa société. Connaissant désormais les deux, Édouard rigola. Cet attelage mal harnaché régalait son imagination. À partir de cet instant, il fut vraiment curieux de s'immiscer dans l'intimité de ce duo improbable, lui qui, depuis sa prime jeunesse, n'avait plus la moindre complicité avec ses parents.

10

Le petit monde

Le lendemain matin, Barrocco était encore en tenue décontractée et lisait *L'Équipe* tout en engouffrant un copieux petit déjeuner sur la terrasse de la villa quand Éric arriva, la mine soucieuse. Cette apparition imprévue déclencha l'animosité d'Antoine, bien décidé à profiter sereinement des prestations fastueuses de sa location.

– Qu'est-ce que tu fous là ? T'as vu l'heure ? On avait dit dix heures, le rendez-vous avec les artificiers !

– On a un gros problème ! s'empressa de lui annoncer Éric, plus tendu que jamais.

Ces cinq mots calmèrent d'un coup le terrassier.

– Vas-y ! Raconte.

– J'ai rencontré Du Chaffaut hier soir : le fils Cognac Delille ne peut pas te blairer.

Antoine se relâcha de nouveau et rigola de cette information.

– Oh, putain quel scoop ! Appelle BFM !

– Mais c'est important ! C'est lui qui dirige le programme des Alouettes.

– Et qu'est-ce tu veux que ça me foute ?

– C'est un écolo. Il va voter contre nous !

Loin d'apeurer Barrocco, la nouvelle l'amusa comme si l'information servait ses plans. Il fanfaronna, jubila et savoura son café.

– Te bile pas. Moi j'ai lu dans *Gala* que ce crétin de fils à papa n'est pas foutu de garder une gonzesse. Il vient encore de se faire plaquer par une nana, une Milanaise, la fille du proprio de Barilla, ou Panzani, j'sais plus. En tout cas, il lui écartera plus les pattes !

Fier de sa vanne, Barrocco se marra tandis qu'Éric restait imperméable à son humour grivois.

– Et qu'est-ce que ça change ?

– Eh ben, il m'oubliera en dix secondes quand il verra Mumu.

– Parce que t'es prêt à prostituer ta fille pour gagner ce marché !?

– Tout de suite les grands mots ! J'te dis pas qu'ils doivent coucher ensemble, j'te dis juste qu'il va vouloir lui plaire. Tu verras quand elle descendra le grand escalier, il sera direct au tapis, comme ton Alka-Seltzer.

– Parce que tu l'as invité ici ?

– Oui. Il vient déjeuner avec son père demain !

– Robert Cognac Delille a accepté de venir ici ?

– Oui. Évidemment !

– Et pourquoi ici ?

– Ben parce que ça en jette ! Et pour le déj, te casse pas, j'ai tout prévu avec Nestor.

– Nestor ?

– Ben le majordome, là ! Bon, maintenant que t'es rassuré, assieds-toi et prends un caoua.

Éric se posa et se servit une tasse. Il demeurait tourmenté. La stratégie de séduction d'Antoine lui échappait.

Observant la table de petit déjeuner digne d'un cinq-étoiles, il réalisa...

– Mais c'est pour ça que tu m'as fait ce cirque avec ta limousine ridicule et cette baraque monstrueuse !

– Ben, évidemment ! Ça faisait partie de mon plan depuis le début. Là, les Parigots, ils vont en prendre plein la gueule !

– C'est complètement débile ! Si tu crois que Cognac Delille se laissera impressionner par la longueur de ta voiture ou la taille de ton salon, tu te fous le doigt dans l'œil.

– Tu verras, il sera sur le cul !

– Parce qu'à ton avis il n'en a pas vu d'autres ? Mais, mon pauvre Tony, les riches c'est comme les cons, t'en trouves toujours qui le sont plus que toi !

– Tu m'excuseras, mais en voyant la baraque, il comprendra qu'on joue dans la même cour !

– Je ne te suis plus ! Tu m'as toujours dit qu'il fallait paraître modeste pour faire croire qu'on n'avait qu'une toute petite marge !

– Oui, pour les particuliers et les petits marchés, c'est bien d'être crasseux, ça fait honnête. Pour les gros, faut montrer qu'on a réussi, qu'on est des princes, qu'on est du club.

– Mais nom de Dieu, quand est-ce que tu vas comprendre que vous ne faites pas partie du même monde ?

– Moi, peut-être pas encore, mais Mumu, elle, c'est une star : elle en fait déjà partie.

Martel savait pertinemment que, quels que soient ses attributs, le démolisseur de Maubeuge ne ferait guère illusion. Il se sentait impuissant face à l'inconscience de son copain. Il renonça donc à le convaincre et sortit un dossier de sa sacoche, bien décidé à compenser par le travail ces paris incertains.

– Tiens, c'est l'étude des implosions avec les artificiers de Dupraz-Dust. Si tu veux y jeter un œil avant la réunion…

Antoine soupira d'être interrompu dans ses agapes, mais il savait se mettre au travail. Avec professionnalisme, il se saisit du classeur et commença à le feuilleter.

*

La réunion avec les artificiers de la société Dupraz-Dust dura toute la journée car Barrocco voulut retourner sur le terrain pour contrôler certains points qui le chiffonnaient. Antoine s'éternisa sur le site sans que Martel s'en plaigne, pour une fois. Lorsqu'ils travaillaient, les deux compères ne comptaient pas leurs heures. Rien ne comptait d'ailleurs, pas même Muriel qui attendait la limousine pour sa grande sortie à Paris.

Tandis qu'ils rentraient enfin, Muriel se préparait en effet pour sa soirée VIP dans le triangle d'or parisien. Durant la journée, son compte Instagram avait battu des records de fréquentation et d'interactions. Comme elle l'avait promis dès son arrivée dans la limousine, elle avait fait participer ses *followers* à ses essayages de tenues, à ses essais de maquillage et de coiffure. Le résultat des votes l'amena à se vêtir d'une provocante salopette à paillettes dont le buste ainsi que le dos étaient scientifiquement fendus. Pour l'occasion, la frivole jeune fille s'était fait un brushing volumineux et s'était copieusement maquillée : un *revival* des plus excentriques années du Palace, la choucroute de Bonnie Tyler et l'aguichant décolleté de Donna Summer. Dépourvue de goût personnel, elle avait scrupuleusement suivi les choix de ses fans qui jouaient avec son corps comme avec une Barbie. Au final, tout dans sa tenue était une invitation à la luxure. Mais l'ingénue n'en avait pas conscience. Pour elle, ce n'était qu'un déguisement ludique, juste sexy, une panoplie pour un soir de fête.

Muriel était donc tout excitée d'observer les réactions que provoquerait à coup sûr sa tenue. Elle rongeait son frein à l'idée d'aller s'éclater et, ne voyant pas revenir son père ainsi que sa précieuse limousine, elle s'impatienta. 22 heures. Il fallait y aller. Elle descendit les escaliers avec difficulté à cause de ses hauts talons et sembla agacée en appelant Lino.

– On est à la bourre ! Commande un taxi !

– Pas la peine, ils sont là ! la rassura le coach.

Barrocco entra, l'air exténué, suivi par Martel dans un état similaire. Ils n'eurent pas le temps de se poser que Muriel engueula son père.

– T'as vu l'heure ? J'vais être en retard !

– Eh ! Tu me parles autrement, tu veux ? la remit à sa place Antoine.

– Désolée… mais ça fait une heure que je t'attends et…

– Et c'est pas grave ! la calma-t-il affectueusement. Au contraire ! T'es plus dans une piscine, ma chérie ! Dans le grand monde, c'est les derniers arrivés qu'on photographie le plus, pas les premiers ! En plus, tu es sublimissime, ma fille.

Antoine était fier de la beauté de Muriel. Son look hypersexué était, semble-t-il, à son goût. Il ne s'inquiétait pas de son sex-appeal en libre-service, car il était sûr que son fidèle Lino assurerait la garde de son corps mieux qu'un frère corse. Aussi n'avait-il plus qu'à donner ses dernières directives avant le départ de la femme fatale.

– Oh. Encore une chose…

– Je sais, je vérifie avec Nono le pedigree des mâles dominants, récita-t-elle.

– Méfie-toi : t'es une star et tu dois le rester. Les mecs ne veulent pas décrocher les étoiles, ils veulent être les premiers à planter leur drapeau sur la Lune.

Martel leva les yeux au ciel. La métaphore était des plus vulgaires, voire pornographique pour quiconque aurait eu l'esprit mal tourné, ou qui, comme lui, surveillait les écarts verbaux d'Antoine. Ce dernier était coutumier de ces infortunées maladresses où se télescopaient leçons de vie emphatiques et allégories détournées. Élevée à grands coups d'approximations rhétoriques, Muriel ne voyait, quant à elle, rien à redire à ces recommandations paternelles.

– Et si un jour je tombe amoureuse d'un type qui ne te plaît pas, tu vas faire quoi ?

– T'es amoureuse ? s'affola d'un coup le père.

– Qui sait ?

– Nono, t'es au courant ?

– Heu… non, Tony, j'vois pas.

– Mais non, je te taquine, mon papounet ! s'amusa-t-elle, heureuse de l'avoir cueilli.

Barrocco n'avait pu masquer sa panique à l'idée que le cœur de sa fille lui soit volé. Il s'empressa donc de changer de sujet pour ne pas se dévoiler plus.

– Ils offrent quoi à cette soirée ?

– Un portable et du parfum.

– Super. Ça m'évitera de chercher une idée de cadeau de Noël pour ta grand-mère. Et t'oublie pas !

– Tout invité est un paparazzi en puissance, je sais.

– Amuse-toi bien ! Et, Nono, je compte sur toi : retour avant 2 heures ! Demain on a un déjeuner important où je veux que Mumu soit au top.

– Je te copie, Tony, cinq sur cinq, répondit le *bodyguard* du soir.

– Allez ! La limo t'attend !

Muriel sourit, embrassa tendrement son « papa chéri » et se dirigea vers la porte que lui ouvrit Lino. Une fois les « fêtards » partis, Barrocco s'adressa à Éric.

– T'as vu mon arme fatale ! Demain au déjeuner, le fils Cognac, il aura le coup de foudre en dix secondes.

– Si tu le dis ! lui répondit Martel, quelque peu consterné.

Une nouvelle fois, Martel ne chercha pas à contredire Barrocco, fatigué par sa journée et désabusé par les stratégies idiotes de son patron. Certes, il aurait voulu objecter quelques réticences morales quant à l'instrumentalisation de Muriel et de ses charmes, mais il savait ce débat perdu d'avance. Un sentiment de gâchis l'envahit alors. Gâchis humain pour Muriel, mais aussi et surtout pour lui, le brillant financier, otage d'un boss qui reniflait plus qu'il ne réfléchissait.

Ce soir-là, la démotivation gagna Martel, condamné à subir et à rattraper les conneries du terrassier. C'est ainsi que, le moral dans les chaussettes, il décida de s'en retourner à pied vers son Inter-hôtel en centre-ville. Ultime humiliation qui l'acheva à son arrivée, il dut attendre vingt minutes pour récupérer la clef de sa chambre : le modeste établissement qu'il avait scrupuleusement choisi par mesure d'économie pour la société était en effet envahi de touristes chinois. Revenus d'un marathon des *duty-frees*, chargés comme des coolies, les envahisseurs de l'Empire du Milieu bloquaient la réception, les sacs du BHV et des Galeries Lafayette traînant naturellement… au milieu.

*

La limousine arriva devant la boîte de nuit où se déroulait la soirée promotionnelle. Lino et Muriel en sortirent, aussitôt assaillis par les cris stridents d'une meute de groupies contenue par des barrières et des « men in black » aux oreillettes connectées. Spots aveuglants, tapis rouge, photos, selfies, Muriel se prêta encore au jeu de la popularité sous la protection de son ange gardien personnel. Elle y croisa nombre de ses groupies venues constater que sa toilette correspondait à leurs votes, des jeunes filles souvent disgracieuses qui projetaient sur Muriel tous leurs fantasmes.

Une fois à l'intérieur, Muriel fut happée par une attachée de presse qui l'entraîna au *photocall*. Lunettes noires et visage impassible, Lino surveilla sa protégée qui prenait des poses festives avec d'autres célébrités dont seuls les photographes connaissaient les prénoms.

Passée cette intense séance publicitaire, ils investirent un carré VIP. Très rapidement, Muriel fut rejointe par toute sa petite bande de nouveaux amis. Chroniqueurs télé jacassiers, mannequins désœuvrées et jeunesse des beaux quartiers aux narines saupoudrées composaient cette étrange cour aux amusements ritualisés et aux rires artificiels. Ces rendez-vous mondains consistaient à être vu plus qu'à être entendu, et la musique techno-rap poussée à fond était de loin le meilleur argument de vente de ces établissements nocturnes. Alors parler d'amitié pour les relations de Muriel serait un peu exagéré. Ses fréquentations étaient « instagrammiennes », des profils qui se *followent*, se *likent* et se *taguent*, communiquent par grimaces comme des *émojis*, commentent le *live* par des phrases courtes insipides, et *selfisent* l'événement afin d'immortaliser l'éphémère importance de leur existence. Ce nouveau cercle d'amis était toujours présent sans jamais être vraiment là, toujours connecté à d'hypothétiques spectateurs. Ces gens-là avaient troqué leur histoire contre une *story* à durée limitée. Par naïveté ou débordement d'énergie, l'ex-championne ne percevait cependant pas la chose ainsi. Sa joie à elle était sincère, et elle s'éclatait vraiment en dansant sur la table basse de leur enclos. Elle qui avait connu la solitude des entraînements de natation se régalait d'être enfin entourée, d'interagir physiquement avec d'autres corps et de faire la fête sans risquer la contre-performance du lendemain.

La soirée battait son plein. Planté dans leur carré de jardin VIP, au beau milieu d'un parterre de jeunes pousses surarrosées, Lino resta assis, immobile et impassible, surveillant le verre de Muriel pour le cas où certains tenteraient d'y glisser du GHB ou tout autre psychotrope. Toujours en perfecto malgré la chaleur et les lunettes de soleil vissées sur le nez en dépit de l'obscurité, le *bodyguard* aurait pu faire tache. Bien au contraire !

En ces lieux où la mode autorisait tous les recyclages textiles, où, comme on dit par snobisme, l'on « revisite les tendances », le look de Lino passait pour de la haute couture *vintage*. Entre Laurent Baffie et Thierry Ardisson, son habitude vestimentaire rappelait la grande époque des Bains Douches et attirait l'attention de toutes les jeunes filles biberonnées aux *Enfants de la télé*. Le Thierry Mugler involontaire dut donc se soumettre à l'interrogatoire de l'une d'entre elles qui lui hurlait dans l'oreille ses questions pertinentes couvertes par le boum-boum assourdissant de la sono.

– C'est vrai que t'es préparateur physique ?

– Ouais.

– T'es kiné ?

– Non.

Malgré les réponses lapidaires du mutique colosse, la jeune fille ne décrocha pas.

– T'es ostéo alors ?

– Non.

– Prof de gym ?

– Non.

– Alors t'es quoi ?

– Préparateur physique.

– Ah ouais… conclut admirativement la jeune femme. Et t'es homo ?

Cette ultime question déconcerta Lino. Qu'est-ce qui amenait cette gamine à penser qu'il était « pédé » ? se demanda-t-il. Était-ce sa froideur à son encontre, son job ou son look qui prêtait à confusion ? Sans doute un peu des trois, et cela le déstabilisa. Lui qui cultivait tous ses attributs de mâle dominant, d'hétéro fier de l'être, ignorait qu'en terre de noctambules sa tenue répondait à tous les codes du cuir gay.

– Non, finit-il par répondre, un peu vexé.

Et cette profonde conversation en resta là, car Lino se mit en mode alerte : un bellâtre approcha de Muriel, interrompit sa danse, lui parla à l'oreille et l'entraîna hors de la démarcation sécurisée du carré VIP. Aussitôt Lino se leva pour les suivre à distance. Le jeune homme, un certain Maxime, voulait présenter à Muriel un de ses amis, un beau trentenaire, propre sur lui, en costume classique et chemise blanche, le genre à sortir tout droit de la salle de trading de sa banque à la clôture des cours de Wall Street. Sans la moindre défiance, Muriel embrassa le tombeur de ces dames et hurla dans son oreille pour se faire comprendre.

– Salut, moi c'est Muriel, mais mes copains m'appellent Mumu.

– Salut. Moi, c'est Henri Cognac.

– Non, merci, c'est trop fort, je préfère le mojito.

Henri, qui connaissait déjà l'identité de son interlocutrice, rigola. Était-ce une coïncidence ou un coup monté ? Quoi qu'il en fût, de toute évidence l'héritier avait envie de la rencontrer, d'en apprendre plus sur elle avant d'affronter Barrocco le lendemain. À son tour, il se pencha sur Muriel et parla plus fort à son oreille.

– Ce n'est pas ça ! Je disais, je m'appelle Henri.

– Henri, j'adore !!! J'peux t'appeler Riri ?

Le surnom ridicule affligea le trentenaire qui avait l'impression de s'adresser à une candidate de téléréalité. Mais il joua le jeu avec cette hypocrisie naturelle et cette abnégation face à la bêtise qu'ont les snipers de « coups d'un soir ».

– Si tu veux. Oui.

– Tu viens souvent ici ? le relança-t-elle.

Le bel homme d'affaires plissa les yeux, visiblement gêné par le volume sonore, mais amusé par ce dialogue de sourds.

– Ça m'arrive. J'y amène parfois des clients de passage.

– Moi aussi j'suis pas sage ! Faut bien s'éclater de temps en temps.

– Ce soir, je suis venu pour les smartphones.

– Moi aussi. J'arrête pas de perdre mes portables.

– Non… C'est la boîte d'un copain qui les commercialise.

– Oui, il est super ! Moi aussi, demain je l'utilise.

– Il paraît que tu bosses dans le bâtiment ?

– Non, je ne travaille pas ici, je m'amuse… Tu viens danser ?

– Non, je me méfie des photographes.

– Un autographe ? Tu préfères pas un selfie ?

– Ouais.

Henri prit son portable et fit un selfie avec elle. Puis il la quitta d'un geste et rejoignit satisfait son copain Maxime en rigolant du cliché. Ils se dirigèrent vers un coin du bar moins bruyant.

– Je te remercie de m'avoir invité. T'avais raison, c'est de la conne de compétition : elle est en apnée intellectuelle totale.

– Je te confirme : l'oxygène, c'est pas son truc, ironisa Maxime. Mais pourquoi tu voulais la voir ?

– Je suis en affaires avec son père et elle possède presque la moitié de sa société. Je sens qu'on va bien se marrer…

Henri piqua une bouteille de champagne et deux flûtes.

– Excuse-moi, j'y retourne : j'vais lui offrir des bulles !

Et le malicieux trentenaire repartit vers Muriel plein de mauvaises intentions.

11

Les pieds dans le tapis

C'est le lendemain midi, à 12 h 30 précises, qu'arrivèrent les Cognac Delille au quartier général de Barrocco, à Rueil-Malmaison. Postés sur le perron, en haut des marches comme pour une visite présidentielle, Antoine et Éric observèrent la Jaguar de leurs invités avancer dans l'allée et s'arrêter à côté de l'imposante limousine du terrassier.

– Regarde ! Leur caisse est ridicule à côté de la mienne, ricana bêtement Barrocco.

Martel leva furtivement les yeux au ciel, affligé une fois de plus par les gamineries de son compère. Cette réflexion stupide eut néanmoins le mérite d'attiser sa méfiance. Avant toute chose, il devait se tenir prêt à rattraper les gaffes que la faconde d'Antoine favorisait. Il se reconcentra dès que leur majordome ouvrit la portière de la berline aux vitres teintées. Robert Cognac Delille apparut en premier, visage inhabituellement avenant, suivi peu après par son fils, Henri, l'air joueur comme s'il se rendait à un « dîner de cons ». Bien conscient de l'impact physique de sa corpulence sur ses interlocuteurs, Barrocco descendit quelques marches à leur rencontre.

– Mon cher Robert, lança-t-il.

– Antoine Barrocco, enfin nos routes se croisent. Je vous présente mon fils, Henri.

Antoine ne se priva pas de broyer la main du jeune homme, ce petit jeu qu'il affectionnait, surtout avec les « cols blancs ». Il justifiait cette mini-torture en se prétendant « poignée-de-main-tologue », expert dans l'art de jauger une personne par simple contact palmaire. Aussi il savourait ces secondes où, le regard droit dans les yeux de sa victime, il attendait que cette dernière montre un signe de soumission. « La relève ! », commenta Barrocco afin de prolonger son étreinte. Mais, sans doute prévenu de cette pratique, Henri ne cilla pas et répondit d'un « enchanté » souriant à son tortionnaire. Un peu déconcerté par l'asymptomatique héritier, Antoine enchaîna les présentations.

– Vous connaissez déjà mon fidèle bras droit. Je crois que vous vous êtes déjà rencontrés lors des préparatifs…

Robert et Henri Cognac Delille serrèrent la main de Martel avec la lenteur élégante de ceux qui sont bien nés.

– Éric, enchanté de vous revoir.

– Robert.

– Mon fils, Henri.

– Éric Martel. Heureux de faire enfin votre connaissance.

– Ce plaisir est partagé, lui répondit l'héritier avec aisance.

Pour sa part, Barrocco observa cet échange feutré avec défiance. La connivence de caste qui suintait de ces simples saluts le contraria. Comme s'il avait toujours peur qu'Éric ne le cocufie, il voulut très vite reprendre le contrôle de la situation.

– Eh bien, restons pas dehors ! Bienvenue dans ma modeste demeure.

Et il les convia d'un ample geste à monter l'escalier. Aussitôt l'ascension terminée, Henri l'interpella.

– Votre associée n'est pas là ?

La question réjouit instantanément Antoine.

– Qui ça ? Ma fille ? Si, mais elle nous rejoindra en cours de route. Elle a travaillé tard hier soir.

Présent à la soirée, Henri s'amusa intérieurement de cette notion de travail qui justifiait l'absence de Muriel, mais ne releva pas. Antoine, lui, jubilait de voir son plan de séduction fonctionner à merveille et fit un clin d'œil à Éric qui haussa les épaules. Durant ses études, Martel avait côtoyé des clones d'Henri, tous plus sympathiques les uns que les autres. C'étaient cependant des compétiteurs viscéraux qui laissaient leurs sentiments de côté dès que débutait la partie. Ainsi, plus il regardait le bellâtre, plus les rêves de Barrocco lui semblaient irréalistes.

Contre toute attente, les Cognac Delille Père et Fils passèrent un agréable moment durant le déjeuner. Comme tout repas d'affaires, celui-ci était un prétexte pour faire connaissance et se séduire mutuellement avant d'aborder le dossier qui les réunissait. Certes l'immense table « à la Poutine » était disproportionnée pour le nombre d'invités et n'incitait pas à la convivialité, mais Barrocco combla la froideur du décor par sa verve chaleureuse et drôle. Même Martel, tendu au départ, n'était plus aux aguets. Lui qui surveillait les moindres dérapages de son copain fut apaisé en constatant que les Cognac Delille appréciaient sa truculence et son humour populaire. Il faut admettre qu'Antoine était ce qu'on appelle « un bon client ». Jamais à court d'anecdotes surprenantes, il savait captiver, amuser et détendre son auditoire. Quoi qu'on puisse s'imaginer, les personnes les plus coincées sont souvent les plus faciles à embarquer dans une atmosphère franchouillarde pour qui sait bousculer les codes et faire fi de l'étiquette. Or Barrocco avait ce génie et, de leur côté, Robert et Henri ne firent pas exception. Certains diraient qu'Antoine était « mal élevé », d'autres « qu'il osait tout » pour paraphraser Audiard, et d'autres encore « qu'il était sans filtre ». En vérité, il maniait l'autodérision à la perfection dès qu'il se sentait en confiance. C'était sa façon de se faire aimer, quitte à ébrécher un peu son image et à la fragiliser. Néanmoins, si nécessaire, il savait imposer le respect et prendre à revers ceux qui le sous-estimaient trop vite ou confondaient humour et vérité, sympathie et réelle amitié. Comme Cyrano de Bergerac, Barrocco se servait lui-même des plaisanteries qui le concernaient et ne supportait guère qu'un inconnu les lui serve.

Lorsque le dessert arriva, le moment de parler affaires mit fin aux paillardises de l'hôte. Robert Cognac réexposa l'état de la procédure d'appel d'offres et revint sur le cahier des charges.

– Comme à votre concurrent direct, Eurofondations, je vous demanderai de revoir votre devis. Il y a du changement.

– Pas de problème, répondit spontanément Antoine.

– Et c'est quoi au juste ces changements ? s'inquiéta aussitôt Martel.

– L'hôpital : on ne le rase plus en totalité, se délecta d'annoncer Henri. Autrefois, c'était un couvent. On voudrait préserver les parties historiques.

Éric se cabra tandis qu'Antoine gardait en bouche une grosse part de dessert qu'il avait engouffrée. L'un et l'autre mesurèrent instantanément les conséquences d'une telle requête. De leur côté, Robert et Henri savourèrent cette déstabilisation avec un plaisir à peine dissimulé.

– En effet, c'est une idée merveilleuse de mon fils que la mairie a entérinée : un centre culturel au cœur des logements sociaux.

Là, Barrocco avala d'un coup sa bouchée et manqua de s'étouffer tant il trouva le projet incongru.

– Pour quoi faire ?

– Pour ouvrir l'esprit des populations modestes à la connaissance tout en offrant un cadre à la fois historique et moderne, se gargarisa le jeune bâtisseur.

– J'avais compris, le rembarra Antoine sans ménagement.

– Voyez-vous, ces quartiers défavorisés en ont besoin ! insista Henri.

– Je vois. Vous êtes du genre à installer un pub irlandais à l'entrée de La Mecque.

La moquerie de Barrocco estomaqua tout le monde, mais Robert voulut aussitôt désamorcer la situation.

– Vous trouvez la culture inutile, Antoine ?

– Moi non, mais eux, oui ! rebondit le démolisseur, conscient d'avoir outrepassé ses prérogatives de sous-traitant.

– Justement ! Il faut leur prouver le contraire, répliqua Henri. La culture est un besoin vital, surtout pour ces populations modestes.

– À mon avis, dans ce quartier, ils ont plus besoin d'une galerie commerciale que d'une galerie de peinture.

Maintenant, moi je suis aux ordres et je vais pas habiter là-bas.

– Moi non plus, plaisanta dans la foulée le grand P-DG pour détendre l'atmosphère.

Le sourire revint ainsi sur le visage de chacun, restaurant la connivence des parties.

– Mais vous vous rendez compte du bin's que ça représente ? s'inquiéta de nouveau Antoine. Ça va vous coûter une blinde.

– On est prêts à mettre le prix, le rassura Robert Cognac.

Barrocco sourit, entrevoyant déjà les bénéfices supplémentaires d'une telle mission. Les avenants avaient toujours été l'occasion d'assaisonner les devis, car les clients fermaient les yeux concernant leurs caprices de dernière minute. Martel, lui, resta sur la défensive.

– Et si en terrassant on tombe sur des vestiges ? Vous y avez pensé ?

– Bien sûr, mon cher Éric, et on l'espère, rétorqua Robert avec une fausse candeur.

La réflexion fit aussitôt halluciner Antoine.

– Vous l'espérez, vous êtes maso !

– Pas le moins du monde, se défendit Henri. Une découverte archéologique serait un coup de communication formidable.

– Et un surcoût financier, intervint Martel. Vous connaissez la législation en la matière…

Les deux Cognac Delille demeurèrent tout sourire et échangèrent un regard complice avant de leur dévoiler, avec un plaisir sadique, la suite des opérations.

– Il ne faut pas vous inquiéter, les imprévus seront pris en charge par la Mairie. En outre, un architecte des

Monuments historiques vous sera fourni pour ajuster vos devis et vous assistera pendant toute la période des travaux.

Se coltiner un œil de Moscou durant tout le chantier rebutait Barrocco et pour tenter de s'y soustraire, il renouvela ses mises en garde.

– Vous savez ce que vous risquez avec ce type d'expert ? L'immobilisation du chantier durant plusieurs mois.

– Je sais surtout ce qu'on risque si on vous laisse seuls, le fusilla Henri, son regard défiant celui de Barrocco.

L'allusion au fameux accident de Heurterange occupa aussitôt toutes les pensées et Antoine commença à trouver Henri passablement irritant. Sentant la tension monter d'un cran, Robert Cognac débloqua la discussion.

– Même si cette partie est arrêtée, on peut tout de même travailler et avancer autour. Tenez, Antoine, l'ancien collège…

– Parlons-en de cette boîte de conserve, poursuivit-il, énervé. Métal, plâtre et amiante, une de ces merdes au rabais des années 1970.

– On sait : c'est une des premières opérations immobilières de mon père, glissa Henri pour piquer à nouveau le colosse.

Conscient de sa gaffe, Antoine toussa comme un taureau, une sorte de râle contenu pour étouffer son agacement.

– Ça vous pose problème ? lui demanda Robert.

– Nous ne vous avons fourni qu'une estimation du désamiantage, reprit Éric. Tant qu'on n'a pas sondé le bâtiment, cela reste un devis provisoire.

– Je sais. *Mea culpa.* Je mesure que mon erreur de jeunesse complexifie votre travail. Vous savez, à l'époque, c'était le summum de la qualité.

– Ouais mais aujourd'hui c'est le top des emmerdements, rebondit Antoine. Avec tous ces règlements, ça va méchamment saler l'addition !

– Comment voulez-vous faire autrement ? admit Robert. Maintenant si vous avez une autre solution pour me faire augmenter ma marge, je suis preneur !

Antoine se retint puis, détectant un semblant de connivence dans le regard du patriarche, il se lança.

– Un coup de disqueuse… quelques étincelles… et…

– Un nuage d'amiante, comme à Heurterange ? le tança Henri.

En dézinguant le rustre, le fier roquet jeta un froid. Éric ne savait plus où se mettre. L'agressivité d'Henri menaçait de déclencher un esclandre fatal. Heureusement, Robert Cognac Delille désirait préserver Barrocco. Il ne voulait pas que son fils l'humilie trop tôt au risque de perdre le maladroit challenger si précieux pour leurs plans. Le grand P-DG se mit alors à rire aux éclats et se moqua de son fils.

– Alors cette fois-ci, Henri, tu t'es bien fait avoir ! C'est une blague de chantier ! N'est-ce pas, Antoine ?

Barrocco acquiesça d'un léger sourire et Henri, qui comprit que son père rattrapait son erreur, fit de même. Éric profita de ce sursis pour embrayer.

– Si c'est vous qui avez construit le collège, vous devez connaître le tonnage exact d'acier recyclable contenu dans ce bâtiment ?

– 320 tonnes… répondit Henri du tac au tac, histoire de compenser son erreur.

– 220… 220 tonnes, le reprit aussi sec Robert.

Une fois de plus, Henri réalisa que son père redressait la barre et corrigeait ses dérives. En un éclair, il devina que ce rectificatif était une nouvelle peau de banane que son mentor venait de jeter pour faire trébucher Barrocco. Il ouvrit alors un dossier pour se redonner de la contenance.

– Ah, oui, excusez-moi… 220.

L'incident n'éveilla aucune suspicion de la part de Barrocco et Martel, car l'apparition de Muriel dans une de ses tenues excentriques interrompit le débat.

– Bonjour, excusez pour le retard, marmonna timidement Muriel.

– Ma chérie, je te présente Robert Cognac Delille et son fils Henri, lui dit Antoine en bon maître de maison.

Robert et Henri, qui lui tournaient le dos, se levèrent pour la saluer. En pivotant vers elle, « l'héritier » feignit alors la surprise en la découvrant.

– Mumu ? lança Henri sur un ton démesurément enjoué.

Muriel sourit, se détendit soudain et se jeta à son cou pour l'embrasser.

– Riri ! Ah ben ça, c'est grave génial !

Éric resta bouche bée alors qu'Antoine ne boudait pas son plaisir. Ils crurent à cet instant que la miraculeuse chance du clan Barrocco revenait en force.

– Vous vous connaissez ? Vous êtes amis ? interrogea Barrocco.

– Oui. On a fait la fête ensemble hier soir, mais je n'avais pas fait le rapprochement, s'extasia le jeune homme d'affaires.

– Ah ouais, le monde est petit ! s'exclama le terrassier qui lança simultanément un regard moqueur à Éric.

– Je te présente mon père, poursuivit Henri.

– Bonjour, monsieur…

– Mademoiselle, se contenta de répondre Robert sobrement afin de masquer sa révulsion pour ce genre de bimbo aux surnoms grotesques.

Le grand P-DG resta en retrait, ne comprenant plus le jeu de son fils. Il le savait parfois noctambule, fêtard, mais il ne l'imaginait pas entretenir une amitié avec une telle créature et encore moins s'en vanter devant lui. Or, il n'était pas au bout de ses surprises. En présence de son copain qui la rassurait, Muriel fut désormais désinhibée.

– Alors ? Comment tu trouves la maison ?

Robert sourit à son fils, amusé de le voir coincé par cette question. Comment Henri allait-il se sortir de ce piège esthétique ?

– La déco est… olympique !

– C'est plutôt de style romain ! rectifia Barrocco.

– La preuve, la piscine fait pas cinquante mètres, ajouta benoîtement la championne.

Henri échangea un regard complice avec son père qui déchiffra enfin la partition qu'il jouait avec cette fille. Toutefois leur attitude n'échappa pas à Éric qui passa en mode « alerte-danger ». Les Cognac se retenaient de rire, un self-control difficile à maintenir car Barrocco s'engagea alors sur un terrain glissant.

– J'ai loué cette maison, car l'Antiquité, ça m'inspire. Surtout Jules César : Vinivivivivichy.

– Moi, ce serait plutôt Aristote ! Le Grec ! lui rétorqua Robert Cognac qui entrait dans la danse.

– Ah, mais ça n'empêche pas ! Pour moi aussi c'est un modèle ! C'était un homme puissant qui s'est fait lui-même ! Comme moi, se gargarisa Barrocco.

– Et puis sa femme, c'était une grande dame, intervint Mumu.

La remarque interrompit la discussion. Éric, Robert et Henri tournèrent la tête vers elle, circonspects.

– Quelle femme ? demanda poliment Robert.

– Ben, Jackie Kennedy ! expliqua Barrocco comme une évidence.

Silence. Lentement les Cognac Delille se retournèrent vers Antoine et furent cette fois au bord du fou rire.

– Vous savez qu'Aristote Onassis lui a offert l'île de Skorpios en cadeau de mariage ? embraya-t-il.

Martel s'effondra de honte et le coupa.

– Bon. Si on passait au salon pour le café ?!

Les deux magnats du BTP ne se firent pas prier. Ils avaient hâte de poursuivre cette discussion absurde au salon. Autour du café, l'austère Robert Cognac Delille se fit un malin plaisir de flatter les goûts de Barrocco. Sans qu'Antoine et Muriel s'en rendissent compte, lui et son fils usèrent cyniquement du second degré pour se moquer d'eux. Contrairement au déjeuner, ce n'était plus le terrassier qui était aux commandes des sujets abordés et de l'humour pratiqué. Loin d'être dupe, Martel se sentait impuissant face à leurs sarcasmes. Il ne pouvait intervenir dans ce qui ressemblait à une pause café très détendue. Il se contenta donc de sourire diplomatiquement à l'humour des requins et regarda Robert endormir la méfiance d'Antoine à coups de grivoiseries qu'on n'aurait jamais suspectées venir de lui.

– … Juste après le Big Bang, les animaux ont perdu la mémoire, et un petit lapin rencontre un serpent. Il lui demande : « Dis-moi. Tu peux me dire ce que je suis ? » Le serpent se concentre longuement, l'analyse et dit : « Tu as deux grandes oreilles et une petite queue, tu es poilu : tu dois être un lapin ! Et moi, petit lapin, tu peux me dire aussi ce que je suis ? » Le lapin l'observe, réfléchit à son tour, puis lui dit : « Tu es froid, tout glisse sur toi, t'as pas de couilles : tu dois être énarque ! »

Tasse de café en main, tout le monde rit, même Muriel qui ne comprenait pas la blague, confondant « Big Bang » et « gang bang ».

– Excellente ! se gaussa Barrocco.

– Elle est un peu vulgaire, mais elle est très drôle en effet, conclut Cognac.

– Avec votre permission, j'vais vous la piquer pour mon bouquin.

– Quel bouquin ? réagit d'un coup Henri.

– Il écrit son autobiographie, répondit Muriel, très fière de son papa.

– Mais vous nous aviez caché ce talent, le flatta Robert.

Sentant que l'information impressionnait les Cognac, Barrocco se poussa du col.

– C'est une demande d'un éditeur, Manuel Békerman, à la suite d'un déjeuner comme celui de ce midi…

– Évidemment, vous avez tellement d'anecdotes croustillantes à raconter, le complimenta Henri.

– Ouais, en trente ans de carrière, j'en ai sous le pied.

Agrippé à sa tasse de café, Éric était de plus en plus préoccupé par cette tartufferie et tentait par toutes ses mimiques d'arrêter son mégalomane patron. En vain, car Antoine voyait qu'il avait captivé son éminent auditoire.

– Et puis je pense que la jeunesse d'aujourd'hui a besoin d'exemples. C'est très motivant pour écrire un bouquin de se dire qu'on offre de l'espoir aux gamins.

– Il n'empêche, je vous admire, commenta Robert. C'est un tel travail !

Tel le corbeau de Jean de La Fontaine, Barrocco buvait les paroles du fameux érudit et toisait son comparse qui dénigrait ce projet de biographie.

– Personnellement, ajouta le grand P-DG, je n'ai jamais réussi à faire ce travail de mémoire.

De peur de les décevoir, Antoine n'évoqua pas Édouard et commença à chercher une porte de sortie.

– C'est qu'une question de volonté…

– Et vous avez déjà le titre ? demanda Henri.

Là, Martel sentait qu'ils étaient au bord de la falaise, que son titre *Le Démolisseur* serait la risée du Tout-Paris avant même le premier tirage. Il les coupa, quitte à à passer pour un rabat-joie.

– Si vous me permettez, l'heure tourne et je voudrais revenir à notre affaire. La commission d'appel d'offres est toujours prévue dans un mois ?

– Oui, à la mairie. Bien sûr, l'audience est publique avec des journalistes. À ce sujet, je vous rappelle que nous ne sommes pas décisionnaires, même si notre avis pèse pour 50 % dans le choix final.

– J'suis pas inquiet, fanfaronna Antoine.

– Vous devriez ! le mit en garde Henri. La séance sera présidée par le maire… qui est une femme. Le genre de Parisienne revancharde qui aime bien mettre les hommes au pas. Vous voyez ?

– Ah, très bien ! J'en ai connu des emmerdeuses sur les chantiers de piscine. C'est une torture, ces bonnes femmes qui parlent aux ouvriers comme à des débiles profonds.

– Et avec les politiques, c'est pire ! insista Henri. Le seul truc qui les intéresse, c'est d'être photographiés avec des stars de ciné ou des champions sportifs, pour avoir leur photo dans les médias et être sûrs d'être réélus.

Sans très bien comprendre la finalité des propos de son fils, Robert détecta tout de suite une manœuvre et lui emboîta le pas.

– En plus cette femme-là, c'est une féministe paranoïaque : le type de militante qui ne se sent en confiance qu'entre femmes. Vous voyez ?

– Très bien… affirma le démolisseur. Je déteste ce genre de gonzesse. Je supporte pas !

– Il le faudra bien, mon cher Antoine.

– À moins que vous, monsieur Martel, ne fassiez la présentation, suggéra Henri.

La réflexion du jeune homme enchanta son père qui comprit enfin la stratégie de son fils. Moins heureux était Éric, peu enclin à endosser cette responsabilité.

– Non, je ne suis pas doué pour ce genre d'exercice, se défila-t-il.

– Je confirme, appuya Antoine. Déjà en CM2, il était nul pour les exposés.

Martel encaissa cette remarque désobligeante en silence. Chacun but alors une gorgée de café pour réfléchir. Antoine médita puis…

– Ben Muriel pourrait faire la présentation ! lança-t-il.

– Ça, c'est une excellente idée ! s'exalta Henri.

Estomaqué et terrorisé, Martel manqua de s'étrangler avec sa boisson.

– Moi, je ne trouve pas !

– Votre misogynie me surprend, Éric, le tança Robert. Je ne vous imaginais pas si phallocrate. Muriel, en tant qu'actionnaire, est totalement légitime pour cette mission.

– Cent pour cent d'accord ! applaudit Antoine.

Tout comme Éric, Muriel paniqua à son tour.

– Mais j'ai jamais fait ça, moi !

– C'est juste un exposé ! C'est facile, tu verras ! minimisa Henri.

– Il a raison ! Tu feras comme les autres fois. T'as juste à savoir ton texte, et ce sera dans la poche, la rassura Antoine.

– Ah ben si c'est que ça, obtempéra-t-elle.

– Et moi je crains, messieurs, qu'elle ne soit pas à la hauteur pour la séance de questions, insista Éric.

Robert, qui savait que Martel pouvait faire capoter leur stratégie, tenta à nouveau de le bloquer.

– Une formalité, mon cher Éric, le contra-t-il. Ce n'est pas une soutenance de thèse de médecine ! En outre, ce sera très positif pour l'image du BTP qu'une femme soit en première ligne.

– Et puis c'est la relève : votre fils avec vous, Muriel avec moi, c'est une belle image pour la télé. Qu'est-ce que t'en penses, chérie ? demanda Barrocco.

– C'est grave une bonne idée ! s'emballa Muriel.

– Oui, les médias vont adorer ! jubila Henri. Ça va mettre une sacrée pression aux élus, croyez-moi ! Je me charge de prévenir la presse.

– Et moi j'fais un post sur mon Insta, proposa Muriel. Éric, tu peux nous prendre tous les quatre en photo ? J'te file mon portable.

Face à ce tir de barrage des deux dynasties, Martel se savait désarmé et inaudible : argumenter était sans espoir. Il s'exécuta l'air atterré, saisit le portable et immortalisa les quatre célébrités qui posèrent pour cette photo piégée. Aussitôt le cliché approuvé par tous, Muriel reprit son smartphone et balança son post. Désormais c'était acté à grands coups de hashtags et d'arobases : Muriel présenterait le dossier à l'appel d'offres.

Comme à l'arrivée, Antoine, Muriel et Éric raccompagnèrent leurs invités jusqu'au perron. Barrocco et sa fille étaient tout sourire alors que Martel se forçait à esquisser un air réjoui. Plus satisfaits que jamais, les Cognac Delille saluèrent leurs hôtes tout en remontant dans leur voiture.

– Rentrez bien ! leur envoya Barrocco, ignorant que la Défense se trouvait à peine à dix minutes de trajet.

Aussitôt les portières fermées, Robert félicita Henri.

– Joli coup, mon fils. L'idée de la fille était excellente.

– J'ai juste suivi tes conseils : j'ai visé le maillon faible.

Une alerte sonna alors sur le portable d'Henri, ce qui agaça son père.

– Tu ne peux pas mettre ton engin en sourdine ?

Henri rigola en lisant le message qu'il venait de recevoir.

– C'est Cécile Capo-Canellas, des *Échos*. Elle me demande si c'est une blague, la présentation de « Mumu ».

– Déjà ? s'étonna le patriarche.

– C'est l'avantage des réseaux sociaux, ça réagit vite. Tu sais, ma génération est très impulsive, ironisa le trentenaire.

Robert encaissa la remarque qui sous-entendait qu'il était *has been*, d'autant que d'autres notifications arrivèrent en rafales, soulignant l'efficacité de son fils.

– Je crois que j'ai mis dans le mille : ils me contactent tous ! Je vais relayer ça sur LinkedIn.

– Formidable, mais coupe-moi cette sonnerie, c'est horripilant, finit par s'agacer le vieux Cognac.

La voiture s'éloigna et les Barrocco arrêtèrent d'envoyer leurs au revoir enfantins de la main. Antoine était aux anges.

– Eh ben c'est gagné ! se réjouit-il.

Martel, qui retenait ses nerfs depuis le matin, éclata enfin. Il était furieux.

– Ah non, c'est pas gagné !

– T'es aveugle ? Mon plan a fonctionné du tonnerre. Ils ont passé leur temps à rigoler et ils m'ont même commandé un bouquin dédicacé !

– Et moi, mon post sur Instagram, il a déjà cinq mille *likes*, s'extasia fièrement Muriel qui consultait son fameux compte.

Mais Éric ne releva pas et concentra sa colère sur Antoine.

– Je croyais qu'à défaut d'être cultivé t'avais de l'instinct. Mais t'es plus con qu'une bétonnière.

– Ah oui, j'suis con ?

– Oui, t'es con ! Ces deux types viennent de se foutre ouvertement de ta gueule pendant trois heures et tu n'as rien vu, tu n'as rien senti. On aurait dit un chien des douanes dans un camion Royal Canin !

Surpris, Barrocco resta court tandis qu'Éric rentrait dans la maison, le pas déterminé. Antoine et Muriel se regardèrent, l'air interdit. Martel s'était rarement laissé aller à de tels emportements. Puis ils finirent par le rejoindre à l'intérieur afin d'éclaircir le mystère de cette soudaine agressivité.

– Rico ! T'es où ? le héla Barrocco, quelque peu vexé de s'être fait insulter devant sa fille.

Suivi par cette dernière, Antoine le retrouva dans le salon. Assis dans un fauteuil, Martel sortit de sa sacoche une feuille qu'il posa sur la table basse.

– Va falloir changer de ton avec moi ! le fustigea Barrocco.

Mais Éric ne cilla pas. Il dégaina un stylo puis data et signa un document. Barrocco fut déconcerté par ce qu'il faisait et le calme froid que son associé affichait soudain.

– Qu'est-ce que c'est ? demanda-t-il, circonspect.

– Ma démission. J'en ai toujours une de prête avec moi au cas où le fisc débarquerait. Tiens !

Éric tendit la missive qu'Antoine saisit avec stupeur. Sur sa lancée, Martel remballa militairement son attirail et se leva pour partir. Copain d'enfance, Barrocco ne crut pas une seconde à l'accès d'humeur de son éternel complice. Il tenta de le démystifier.

– Arrête ton chiqué ! Tu partiras pas : ta femme bosse pas et tes mômes sont encore à l'école primaire.

– Justement : moi j'ai encore quinze ans à tenir avant qu'ils soient tirés d'affaire !

– C'est pas de ma faute si vous, les cadres sup, vous attendez d'avoir quarante ans pour faire des gosses !

– Mais c'est de la tienne si avec tes conneries dans un mois je suis cramé et bon pour le chômage de longue durée ! Je n'ai pas envie de passer pour un bouffon dans tout Paris. Je préfère chercher un nouveau job tant que j'ai encore un peu de crédibilité. Heureusement, je ne suis pas sur la photo… se rassura-t-il.

– Tu vois le mal partout. Les Cognac Delille ont juste bien rigolé. Ils n'ont aucune intention de nous planter. Pourquoi ils feraient ça ?

– Je ne sais pas. Mais ce que je sais, c'est pourquoi ils ont exigé que ce soit Muriel qui fasse la présentation. Ils veulent nous humilier !

La démonstration perturba Antoine qui chercha à la déconstruire.

– D'abord, c'est moi qu a eu l'idée !

– Parce qu'ils te l'ont soufflée : tu t'es fait balader et t'es tombé dans leur piège. Tu crois vraiment que leur multinationale a besoin de notre petite PME de Maubeuge ? Ils veulent s'amuser, c'est tout !

Antoine perdit d'un coup sa bonhomie. Il s'assit et prit conscience de son erreur. Face au désarroi de Barrocco, Éric se calma un peu.

– Je t'avais pourtant prévenu que le fils Cognac t'avait dans le nez…

– Oui, mais moi, Henri, il me kiffe grave, le défendit Muriel.

– Ben évidemment qu'il te « kiffe grave », la reprit Éric, excédé par son intervention intempestive. Il a trouvé l'idiote parfaite pour qu'on passe pour des baltringues auprès de la mairie.

La championne se vexa d'être ainsi rabaissée et se tourna vers son père dans l'espoir d'un soutien.

– Tu ne dis rien pour me défendre ?

Penaud, Antoine tarda à répondre. Il se rongeait les ongles, ressassant les trois heures où il avait été roulé dans la farine et évaluant les dégâts.

– Il a raison. T'as arrêté l'école à quinze ans, t'y connais rien aux chiffres et t'as deux sous de vocabulaire. Pour eux ce sera un jeu d'enfant de te torpiller au moment des questions.

– Mais je peux apprendre, assura-t-elle. Au *Trivial Pursuit*, je cartonne.

Silence embarrassé des deux hommes. La réflexion de la candide jeune femme ne fit que confirmer les craintes d'Éric qui essaya de lui faire mesurer l'enjeu sans la blesser plus.

– Excuse-moi, Muriel, je ne voulais pas t'insulter. Mais là ce n'est pas un jeu. La société a grossi trop vite : nos fonds propres sont à découvert. Si tu échoues, on est morts.

– J'comprends pas bien.

– J'ai commandé beaucoup d'engins neufs, lui expliqua alors son père. Je me suis surendetté pour ce contrat et s'il nous échappe, on sera ruinés.

– Et pourquoi je me planterais ? Si c'est une compétition, je sais me préparer.

– En un mois ? se désespéra le terrassier, désabusé par l'inconscience de sa fille.

Tandis que les deux hommes réfléchissaient à une solution pour se sortir de ce guêpier, Muriel feuilleta les deux gros dossiers d'études reliés.

– C'est ça qu'il faut apprendre ?

– Ouais…

– J'peux gérer !

L'entêtement puéril de Muriel vint à bout de la patience de Barrocco qui partit à son tour dans une colère éclair.

– Non, tu peux pas gérer, comme tu dis ! Crois-tu que si t'avais eu deux grammes d'intelligence t'aurais passé six heures par jour dans la flotte à faire des allers-retours comme un poisson rouge ?

Cueillie par la violence de ces propos, Muriel regarda Antoine avec effroi. Un monde s'écroulait. C'était donc à ça que se résumait sa carrière de nageuse pour son père ? Elle n'était pour lui qu'un poisson d'élevage, dressé à battre des chronomètres ? Ses yeux s'emplirent de larmes, et pudiquement elle se retira en silence, tête basse. Éric le remarqua. Par pitié, par loyauté, mais aussi par amour pour cette jeune femme qu'il avait vue grandir, Martel la retint malicieusement en s'adressant à Antoine.

– On peut toujours essayer avec elle. De toute manière, avec son post sur Instagram, toute la presse est déjà au courant.

Muriel s'arrêta et tendit l'oreille.

– Y a p'têt' moyen de faire marche arrière ? s'interrogea Barrocco.

– Impossible, c'est déjà trop tard : le petit con a déjà relayé l'info sur LinkedIn : six mille impressions. Le buzz est lancé et si Muriel se retire maintenant, on passera encore plus pour des amateurs. Ça donnerait aux Cognac Delille une raison objective de nous évincer. On n'a pas le choix : on doit préparer Muriel à ce grand oral.

À ces mots, Muriel se retourna, pleine d'espoir.

– Comment ça « on doit » ? J'croyais que t'avais démissionné ! se moqua Barrocco.

Pris à son propre piège affectif, Éric, sourire en coin, arracha des mains de son copain sa « lettre d'adieu » et la déchira lui-même.

– Bon ! reprit alors Barrocco. Reste un problème : où tu trouves le temps pour la faire réviser ? Faut revoir le chantier de A à Z et refaire tout le devis.

– On embauche un prof.

– Tu penses qu'Alka-Seltzer, il pourrait faire ça ?

– Édouard ? Pas con ! Mais ton bouquin ?

– Ben, on le fera après, quand on aura remporté le marché !

Martel se retourna alors vers Muriel. Il fut un peu plus attendri par ce visage couvert des stigmates de ses pleurs.

– T'es d'accord pour plonger ? lui demanda-t-il.

Muriel lui sourit et répondit d'un hochement de tête enfantin, sa gorge encore nouée l'empêchant toujours de parler.

12

Cas de conscience

Le soir même du désastre, Martel se rendit chez Édouard pour lui exposer l'impasse dans laquelle le clan Barrocco se trouvait, et lui proposer la mission de coaching. Il s'était cependant bien gardé de lui révéler la raison de sa visite de peur d'un refus si facile à exprimer par téléphone. L'homme d'affaires, aguerri aux négociations, savait en effet qu'il aurait plus de chances de le convaincre en le rencontrant physiquement. Il aurait ainsi tout loisir de décrypter son langage corporel et d'anticiper ses réactions.

Édouard habitait dans un atelier d'artiste de plain-pied, au fond d'une impasse du 14e arrondissement de Paris, ce que les agents immobiliers nomment avec insistance « villa » pour vendre de l'authenticité et justifier les prix exorbitants des passoires thermiques qui s'y trouvent. Même si les peintres de Montparnasse avaient depuis longtemps quitté ces enclaves fauvistes, il régnait dans cette ruelle fleurie une atmosphère artistique et romantique. L'écrivain profitait du prestige de cette adresse et goûtait à l'illusion d'être encore un créateur inspiré malgré ses basses œuvres éditoriales. Cependant, la plupart des espaces artisanaux étaient à présent entre les mains de bobos fortunés, des CSP + de la communication ou de l'informatique, qui avaient remplacé les vitres inférieures par des verres sablés, un gage d'intimité. La métamorphose et la sécurisation de ces espaces permettaient de les honorer du titre de « loft ». Édouard, lui, habitait toujours un atelier. L'endroit était resté dans son jus, comme sa vieille bagnole, et s'offrait au regard des curieux en toute transparence. Paradoxalement, son ouverture attirait moins les voyeurs que les lofts obturés : les curieux n'aiment pas passer pour des voyeurs. Aussi, seuls de vieux rideaux lui suffisaient pour s'isoler la nuit, mais il ne les fermait pas systématiquement. La grande baie qui donnait sur la courette lui présentait un écran géant et un film permanent de la vie, « une fenêtre sur cour ». Ce spectacle de la ruelle et des saisons lui faisait oublier sa solitude d'écrivain et l'apaisait. Édouard ne craignait pas non plus les cambriolages. Comme chaque passant pouvait le constater, son mobilier avait peu de valeur. Sa garde-robe restait également modeste et son unique bijou digne d'être volé était sa montre, qu'il ne quittait jamais. Il savait de surcroît que sa grande bibliothèque n'attirerait aucune convoitise et que l'obsolescence de son écran de télé affligerait le plus cupide des voleurs. Seuls son ordinateur et tout ce qu'il renfermait étaient son obsession. Aussi possédait-il un coffre à la banque où se trouvaient plusieurs disques durs d'archives, mesure qu'il doublait par des sauvegardes sur un cloud. Entre garçonnière et refuge d'artiste maudit, cet atelier de deux pièces surmontées d'une mezzanine était chaleureux et confortable, deux qualités que la patine du temps renforçait. Rien ne pouvait l'endommager et chaque incident devenait une simple ride sur son visage accueillant.

C'était la cabane d'Édouard, son cocon, un sanctuaire où il retrouvait vite son calme. Bien sûr, la présence de ce jeune trentenaire noir en ce lieu si prisé donnait lieu à toutes les spéculations du voisinage. Discret, courtois mais peu loquace, Édouard s'amusait du mystère qui entourait son dilettantisme, ses horaires flexibles et sa couleur de peau. « Fils de dictateur africain » était de loin l'explication la plus courante et la plus rationnelle à son occupation de ce bastion de privilégiés. L'écrivain ne chercha jamais à démentir, ce statut lui assurant une distance suffisante avec les riverains, et lui évitant les questions gênantes sur ses déboires artistiques.

Le mystère qui entourait cette visite attisait la curiosité de l'écrivain et il accueillit chaleureusement Éric. Bien qu'au fait du prix du mètre carré à Paris, la modestie du lieu rassura Martel. Il craignait en effet de ne pouvoir convaincre Édouard d'accepter de laisser de côté son éminente œuvre littéraire pour faire la classe à Muriel. Il ne cacha donc pas longtemps son embarras à Édouard et profita de sa connivence avec l'homme de lettres pour lui exposer honnêtement son problème. Il lui expliqua sans détour le piège dans lequel Barrocco était tombé et les circonstances de cette décision stupide de mettre Muriel au-devant de la scène. Pour appuyer sa démonstration, il lui montra sur son smartphone une dépêche internet du *Figaro économique* qui annonçait déjà l'intervention de Muriel à l'appel d'offres et qui titrait : « Muriel Barrocco dans le grand bain. » Après avoir parcouru le bref article, Édouard rendit le smartphone avec un sourire narquois.

– En effet, ils vous attendent tous au tournant !

– Ça va être une corrida ! Ils veulent du sang, la queue et les deux oreilles !

– Barrocco est un bœuf, pas un taureau ! brocarda Édouard.

– Oui, mais là c'est Muriel qui sera dans l'arène. Vous avez lu l'article, ils se moquent déjà d'elle.

– C'est le problème de la France : il ne faut pas changer de case, sinon vous vous faites démolir.

– *A fortiori* quand vous n'avez pas les capacités… se désespéra Éric.

L'écrivain mesurait le désarroi de Martel et éprouvait une certaine pitié pour Muriel. Il devina à demi-mot la requête d'Éric.

– Vous voulez que je la remette à niveau, c'est ça ?

– Oui.

– En un mois ?

– Oui. Vous êtes mon seul espoir.

L'appel au secours d'Éric le toucha et il étudia poliment la proposition.

– Si je vous suis bien, vous voulez que je lui fasse apprendre le devis ?

– Pas seulement. Il faut aussi qu'elle comprenne ce qu'il y a dedans. Il y a une séance de questions après la présentation.

La demande lui paraissait insolite et démesurée au regard de l'échange qu'il avait eu avec elle.

– Elle a passé quoi comme bac ?

– Elle a juste le brevet des collèges.

– Aïe… Remarquez, je m'en doutais.

– Mais c'est une bosseuse ! plaida Éric.

– Je veux bien vous croire, mais je ne vois pas comment je peux rattraper toutes ses lacunes en si peu de temps.

En plus, ce problème de monument historique dont vous m'avez parlé, ça ne facilite pas les choses.

– Je sais, admit Martel, fataliste.

Face au défaitisme d'Éric, Édouard rechercha un atout.

– Le point positif, c'est qu'elle s'exprime facilement.

– Sur les réseaux, avec ses fans et ses abonnés, oui. En public, elle est plus timide et son ingénuité prête souvent à confusion.

– C'est un euphémisme. Et si, comme vous dites, vos commanditaires veulent l'humilier en public, ça va être chaud.

– Évaluez-la ! Après vous choisirez la méthode pour limiter la casse. Votre prix sera le mien.

Malgré l'offre alléchante, Édouard sembla dubitatif. Déjà, écrire le livre de Barrocco le rebutait, mais faire l'école à sa gamine microcéphale l'emmerdait au plus haut point. Il chercha un moyen de refuser cette mission impossible et espéra qu'entre gens des classes supérieures la justification serait comprise.

– Ce qu'il y a, c'est que je n'ai pas votre patience. Vous voyez, le père et la fille sont plutôt basiques, voire primaires ! Je ne pense pas que je puisse tenir au milieu de ces…

– Beaufs ? compléta Éric, visiblement blessé.

Même s'il appartenait à présent à l'élite intellectuelle, Martel demeurait un fils de boucher, reconnaissant envers ses parents qui s'étaient saignés pour lui payer ses études. Aussi, il détestait ces considérations ouvertement hautaines, et la phrase méprisante d'Édouard envers son copain d'enfance, son frère de misère, le décevait. Il le fixa alors dans les yeux avec un air sentencieux.

– Vous savez comment on appelle ce genre de réflexion ? Du racisme de classe.

Édouard fut scotché par la réaction d'Éric. Ce dernier regarda une dernière fois la déco de l'atelier qu'il avait trouvée si humaine et si naturelle en arrivant, puis il se leva pour partir.

– C'est dommage, mais c'est de ma faute. J'ai cru que vous étiez différent des autres. Je me suis trompé, soupira-t-il sur un ton péremptoire.

Après le départ d'Éric, Édouard se sentit mal à l'aise d'avoir égoïstement refusé de rendre ce service. Il tenta de se donner bonne conscience en consultant le compte Instagram de Muriel. Les activités internet de la nageuse agaçaient au plus haut point l'écrivain et confortaient la pertinence de son choix. « Influenceuse » résonnait à ses oreilles comme arnaqueuse, et cette mode n'était que la version 2.0 du télé-achat. Il ne supportait pas le succès de ces idiotes ainsi que les fortunes qu'on leur offrait pour placer des produits sous couvert de conseils. Il se rassurait en se disant qu'il s'agissait d'une bulle spéculative car il doutait de l'efficacité de leurs prescriptions et de la pérennité de leur activité. Non, il n'avait aucune pitié pour la belle nageuse. Sans doute était-il aussi jaloux de l'engouement suscité par ces pin-up, un succès qu'il vivait comme une injustice.

À vrai dire, son aversion pour les réseaux sociaux remontait à son amère expérience d'autoédition sur le net, cette funeste tentative de roman racoleur que ses fidèles éditeurs, avec lesquels il collaborait déjà, avaient poliment rejetée. À l'époque où son livre avait paru, il s'était escrimé à le faire connaître à grands coups de *posts* et de publicité sur Facebook, un exercice contre nature pour cet homme discret. Faire sa propre « réclame » l'écœurait. Il avait eu l'impression au mieux de se prostituer, au pire de faire la manche : dans les deux cas il se voyait demander de l'argent à ses « amis », chose qu'il s'interdisait depuis toujours, de peur de passer pour un indigent. Le petit-bourgeois s'était donc fait violence pour se donner lui aussi en spectacle sur le net, et attirer la sympathie des lecteurs potentiels. Les débuts furent prometteurs. Il avait reçu sur sa page Facebook de nombreuses louanges et des centaines de likes de ses mille cinq cents amis virtuels ou réels, tous issus des milieux culturels et journalistiques. Il avait publié méthodiquement des photos de chaque événement, chaque dédicace ou Salon du livre auxquels il avait participé, et toutes avaient déclenché une salve de félicitations. Avec un tel fan-club, Édouard avait rêvé à un destin à la J. K. Rowling ou à la Virginie Grimaldi. Il avait espéré donner une bonne leçon à tous ces éditeurs incapables de détecter le best-seller qu'il leur avait proposé. Malgré tous ses efforts pour étendre la célébrité de son œuvre et les suppliques personnalisées lancées sur WhatsApp et Messenger, il n'avait cependant obtenu que quatre critiques sur Babelio et quinze commentaires poussifs sur Amazon. Seules quelques blogueuses littéraires l'avaient réellement soutenu. Cette absence de considération s'était doublée d'un échec commercial. Au bout de six mois, il n'avait hélas vendu que deux cents livres, dont la moitié en direct, à des proches, ou sur des Salons du livre qui avaient consenti à faire une place à l'autoédité, parfois par pitié, et toujours avec une certaine morgue. Compte tenu du chiffre de vente ridicule, la soustraction fut facile à faire avec le nombre de supporters qui avaient applaudi la promotion de son ouvrage. Le constat fut édifiant et sa désillusion totale : 95 % de ses followers ne le suivaient pas. Il avait ainsi pu faire le tri parmi ses relations amicales : celles qui étaient réellement curieuses de son talent et de son imagination, et celles qui se foutaient de sa personnalité. Son mur Facebook lui était dès lors apparu comme une salle d'étude dont il était le pion ; il y faisait l'appel, chacun répondait présent, mais aucun de ses élèves ne faisait ses devoirs. Il se sentait incompris et mal-aimé, seul. Vexé, plus que déçu, il se jugeait encore naïf d'avoir cru aux chimères du numérique et il se reprochait d'avoir ainsi frappé du sceau de l'infamie son honorable carrière. Édouard s'était cependant consolé en se victimisant. Il s'était persuadé que le net était un miroir aux alouettes, une animation pour tromper l'ennui par un zapping compulsif, voire convulsif sur certaines plateformes, un espace où la culture n'avait pas sa place. Il avait donc en horreur les filles comme Muriel qui réussissaient, en deux minutes de selfie vidéo, à vendre des milliers de tubes de rouge à lèvres à 30 euros, là où lui, en six mois d'efforts publicitaires, n'avait réussi qu'à vendre cent bouquins bradés à 13 euros sur Amazon. Depuis, il s'était donc rendu à l'évidence : il n'était pas un « influenceur ». Son aigreur toujours vivace ne rendait que plus légitime son refus de faire cours à cette gourde.

Toutefois, les scrupules d'Édouard ne tardèrent pas à prendre le dessus sur sa jalousie, car le chantage moral de Martel avait infusé. Sans réellement le vouloir, Éric avait touché son point faible : son éthique, qu'il voulait irréprochable. En bon démocrate qui se prétend large d'idées et tolérant, l'écrivain n'admettait pas qu'on puisse mettre en doute ses valeurs, qu'on le taxe d'avanie envers les incultes. Le mépris de classe dont l'accusait Martel était donc pour lui insupportable, tout comme être taxé de racisme l'était pour ce dernier. Les deux hommes avaient bien des points en commun, des valeurs non négociables de bourgeois humanistes. Afin de se rattraper, Édouard rappela donc Éric et accepta finalement de rencontrer Muriel « juste » pour estimer l'étendue du désastre avant de prononcer un verdict définitif.

13

Le cours des choses

Dès le lendemain, Édouard débarqua au « palais » des Barrocco pour établir un diagnostic des carences neuronales de la princesse. Le majordome l'accueillit avec un rituel « Mademoiselle vous attend » qui donna à sa visite un parfum suranné, celui de l'époque des précepteurs de jeunes filles de bonne famille qu'on éduquait pour les marier et non pour les émanciper. Il suivit le fameux Nestor, traversa le large hall puis le salon où il constata, à son grand soulagement, que Barrocco était déjà parti. Il n'eut pas le temps de se réjouir de cette absence qu'une voix masculine, pas plus amicale que celle du terrassier, le fit sursauter : « C'est qui ? » Édouard leva la tête avec appréhension et découvrit Lino en haut des escaliers.

– C'est M. Laville ! répondit l'homme de maison.

– OK. Laisse-le monter ! lui commanda le rustre marseillais.

Toujours mal à l'aise avec l'entraîneur, Édouard le rejoignit sans entrain.

– Suivez-moi ! Elle est dans sa chambre.

Dans le long couloir de l'étage, l'écrivain marcha derrière Lino qui avançait lentement le dos cambré, les épaules déployées en arrière et les bras balançant son buste comme un légionnaire. Édouard dodelina de la tête tant il trouvait ces mesures de sécurité disproportionnées. En effet, Lino en faisait des caisses, comme s'il appartenait au *secret service* chargé de protéger la suite présidentielle. Parvenus enfin devant la porte de Muriel, le *bodyguard* retint Édouard avec sa main.

– Attendez là ! Elle finit sa capsule.

– Elle suit un traitement ?

– Eh non, pourquoi ?

– Ben, une capsule…

– Vous êtes à la masse, vous. Elle fait une vidéo pour internet, c'est tout.

Lino entrebâilla la porte délicatement sans frapper et passa une tête furtive. En minishort et T-shirt sexy, Muriel faisait en effet une démo maquillage devant un cercle de LED et son smartphone, fixés sur un pied.

– Voilà ! Demain je vous montre le gloss waterproof. *Kiss kiss*, les copines ! termina l'influenceuse.

– T'as fini ?

– Ouais.

– Ton prof est arrivé.

– Cool ! répondit-elle.

– C'est bon. Vous pouvez entrer ! indiqua Lino à Édouard.

Le précepteur pénétra alors dans la suite et découvrit Muriel dans sa tenue moulante, un look d'adolescente qui lui rappela les fans de Britney Spears, son maquillage bon marché et tapageur complétant la panoplie. Le surréalisme de la situation était renforcé par l'esthétique de la chambre, coordonnée au reste de la maison. C'était un ensemble rose de meubles rococo aux boiseries dorées. Lit, fauteuils crapaud, coiffeuse, lustre en cristal, c'était une « chambre de princesse » digne de Disneyland. Cette féerie artificielle était rehaussée par l'atmosphère chargée de parfums fruités pour *teenagers* et d'odeurs sucrées de cosmétiques grand public. Édouard suffoquait déjà. Il avait l'impression de passer au four au milieu des meringues, des cookies et des cupcakes.

– Bonjour. Édouard Laville, se présenta-t-il.

– Ouais, j'me souviens. Moi c'est Muriel, mais vous pouvez m'appeler Mumu.

Dès ces premiers mots, Édouard fut consterné et se demanda ce qu'il fichait là.

– D'ac… cord…

Puis il posa son sac et son manteau, donnant ainsi le signal à Lino de se retirer.

– J'vous laisse. Deltoïde, brachial et grands palmaires dans deux heures, annonça le coach à Muriel.

– J'ai aussi les soléaires et les vastes internes un peu mous.

– OK, je programme. À toute !

L'échange stupéfia l'écrivain pour qui la physiologie se limitait aux maux de tête et aux embarras gastriques.

– Vous continuez de vous entraîner ?

– Ouais. Mais là, c'est aussi pour ma chaîne YouTube de remise en forme. J'avais promis à mes sponsors de faire une vidéo là-dessus.

– Ah, oui, c'est vrai, votre chaîne… soupira l'écrivain, qui sentait toute son aigreur remonter à la surface.

C'est donc sans le moindre entrain qu'Édouard s'installa dans un fauteuil. Beaucoup plus enjouée et dynamique que lui, l'athlétique Muriel se jeta sur son lit, tout excitée et impatiente de débuter sa formation.

– Alors, on commence par quoi ?

Surpris, il marqua l'arrêt et l'observa. Comme une gamine, son élève se mit en tailleur, saisit une vieille peluche, sembla-t-il son doudou, et la serra contre elle tout en fixant béatement son regard sur celui qu'elle prenait déjà pour son sauveur. Il eut l'étrange impression de revivre ses jeunes années d'étudiant, l'époque où il faisait du soutien scolaire à des premières en vue du bac français. Mais là, il faisait face à une femme de vingt-trois ans qui se comportait comme si son cerveau s'était arrêté de grandir à treize ans. Désarçonné, il ne savait pas par où attaquer.

– Vous connaissez… vos tables de multiplication ? balbutia-t-il.

– Jusqu'à 32.

– 8 fois 4 ? demanda-t-il, effrayé.

– Non, la table des trente-deux. Faut bien s'occuper quand on fait des longueurs.

Édouard fut intrigué et plus suspicieux que jamais.

– 9 fois 32 ?

– 288.

– C'est bien… constata-t-il avec un temps de retard sur elle.

– J'adore le calcul mental. Les conversions aussi, je suis forte.

– Ah bon ? s'étonna-t-il de nouveau. Pourquoi ?

– D'abord je convertissais tous mes temps en secondes, en centièmes. Après je passais mon temps à calculer ma vitesse et puis à force d'aller aux quatre coins du monde, je changeais de monnaie tout le temps et des fois d'unité de mesure.

Le doute s'empara du prof. Il avait du mal à concevoir que cette fille frivole puisse avoir les capacités qu'elle prétendait avoir. Serait-elle mytho ? Les tables, c'était une chose, les conversions, c'en était une autre. Il réfléchit puis sortit son smartphone et activa sa calculatrice.

– Si je roule à 132 km/heure et que je consomme 6,5 litres aux cent, combien puis-je parcourir avec un réservoir plein de 72 litres ?

Pendant que Muriel comptait, les yeux au ciel, Édouard tapa l'opération sur son clavier.

– 1 107 kilomètres et 692 mètres… annonça-t-elle.

Édouard finit son calcul et releva la tête : il resta interdit. Elle avait tout bon.

– En… huit heures vingt-trois, compléta-t-elle.

Il la dévisagea comme s'il venait de rencontrer une extraterrestre.

– C'est bon, bredouilla-t-il.

– Allez ! Un problème plus dur, réclama-t-elle. Un truc de pression avec des pascals et des bars.

– Vous connaissez ça ?

– Oui, c'est un prof de plongée qui m'a appris.

– Je crois que pour les maths, on va perdre trop de temps, conclut-il.

Muriel afficha une certaine déception. Il la relança alors avec curiosité.

– Et en géo ?

– J'ai beaucoup voyagé ! Capitales, altitude, décalage horaire, climat, posez-moi des questions, demanda-t-elle comme un chien vous ramène sa balle pour jouer.

Le prof n'en revenait pas et en même temps s'en voulait. Lui qui était systématiquement victime des a priori en raison de sa couleur avait jugé trop vite cette jeune femme en apparence décérébrée. Muriel possédait de toute évidence des capacités intellectuelles hors normes, dont elle n'avait sans doute pas conscience. Dès lors, fini les sarcasmes, le précepteur lui sourit avec une sincère bienveillance. À son tour il était excité de fouiller ce cerveau incroyable, d'explorer par mille questions les recoins de sa mémoire. Il alla de surprise en surprise, découvrant l'étendue de ses connaissances et l'éclectisme de ses sources d'information. À la fin de cette évaluation, son exaltation était totale et une conclusion s'imposa.

– Vous êtes moins stupide que vous ne le laissez paraître !

À ces mots, Muriel se figea, serra nerveusement son doudou contre elle et une tristesse profonde envahit son visage.

– Vous aussi vous me trouvez conne…

La phrase faisait écho aux propos de son père. Édouard, qui la pensait immunisée contre les avilissements de Barrocco, fut gêné de l'avoir blessée. Il comprit sa maladresse avec la jeune fille dont il découvrait la sensibilité et le complexe d'infériorité.

– Non, je n'ai pas dit ça, je vous trouve… surprenante. Vous cachez bien votre jeu.

– Je ne cache rien. J'évite les sujets trop compliqués, c'est tout. J'ai peur de dire des bêtises.

Cet aveu de fébrilité toucha encore plus l'écrivain qui essaya alors de la rassurer.

– Vous n'êtes pas la seule. Vous savez, la plupart des gens qu'on croit intelligents sont juste des êtres moyens qui dissimulent leur ignorance en restant sérieux, distants ou juste désagréables.

À ces mots, Muriel retrouva l'espoir de paraître moins ridicule.

– Donc ça suffira pour la commission si je fais la meuf moins sympa ?

– Non. Il faut des capacités, vous en avez, des connaissances, vous semblez en avoir beaucoup, mais pas dans tous les domaines…

– Oui, j'suis super forte en biologie, le coupa-t-elle. Mais j'suis nulle en histoire.

– On verra ça. Donc je vous disais des capacités, des connaissances, et ensuite il faut de l'intelligence.

– Et ça j'en ai pas. Même mon daron, il le dit, se referma-t-elle à nouveau.

– Il a tort : tout le monde en a, mais il faut s'en servir. L'intelligence, c'est l'art d'utiliser son instinct et ses connaissances au bon moment, puis de savoir les mélanger, les doser.

– En gros, si on utilise que son instinct ou que ses connaissances, on est un con ?

– Oui, en gros, c'est cela, rigola Édouard. Mon rôle de prof, c'est juste de vous aider à la faire travailler, à puiser dans vos ressources et à vous apprendre à les enrichir.

– Je me muscle le cerveau et vous corrigez mes mouvements comme un entraîneur. C'est du culturisme, en fait.

– De la culture, plutôt.

Édouard hésita un instant à aborder un dernier sujet de peur qu'elle ne s'effondre de nouveau. Mais il se lança.

– Il y a un autre point sur lequel je voudrais que vous fassiez un effort.

– Pas de problème ! C'est quoi ?

– Votre langage… Il faudrait le soigner…

– Désolée, j'pige pas !

– Eh bien, voilà : c'est exactement l'exemple ! Il ne faut pas dire « j'pige pas », il faut dire « je ne comprends pas » ou « je n'ai pas compris ». C'est plus correct.

– Je sais, Rico n'arrête pas de me corriger. Vous me trouvez vulgaire, vous aussi ?

Une nouvelle fois, Édouard fut gêné par la question et resta contrit un instant. Soudain, il rebondit.

– Vous m'avez dit que vous avez lu *J'ai trouvé ma voix* ?

– Oui. C'était génial.

– Donc vous aimez lire ?

– Oui, j'adore. Mon dernier bouquin, c'est *Princesse du peuple*, le livre sur Lady Di.

– Très bien. Bon, dedans il n'y avait pas écrit « Lady Di kiffait grave Momo al-Fayed et ils se sont crashés avec leur caisse dans Paname », si ?

– Non. C'était vachement bien écrit. Comme le vôtre aussi !

– Pourquoi, à votre avis ?

– Pour que ce soit agréable à lire ?

– Eh bien, quand vous parlez, c'est pareil : il faut que ce soit agréable à écouter. Vous devez essayer de parler comme ces livres. Vous pigez ?

– Oui, j'ai très bien compris ! répondit-elle avec humour à la question insidieuse du prof.

La célérité de Muriel fit sourire Édouard de satisfaction. Sa nouvelle élève était réactive et appliquée. Il sortit alors de son sac un grand manuel d'histoire illustré.

– Comme vous venez de me dire que vous êtes nulle en histoire, je vais vous prêter ce vieux livre de CM2.

– CM2 !!! J'avais raison. Vous me prenez pour une débile.

– Non, ne réagissez pas comme ça. Moi je m'en sers tout le temps : c'est l'antisèche parfaite. Vous allez y retrouver toute l'histoire de France avec des petits résumés de synthèse. Ça vous donnera un aperçu chronologique complet.

– Et ça va me servir à quoi ?

– De repères pour l'architecture. Avec cette histoire de monument historique sur le chantier, c'est bien que vous puissiez situer les périodes.

Muriel saisit le manuel et le feuilleta tandis qu'Édouard sortait un gros roman de sa sacoche.

– Mais si vous voulez un livre plus adulte, je vous ai aussi apporté ceci.

– J'aime mieux... *Les Piliers de la terre*. C'était pas une série télé ?

– Si, mais le bouquin est bien meilleur : les adaptations de romans sont souvent ratées. C'est sur les bâtisseurs de cathédrales. Pour la chapelle du couvent dans la ZAC, c'est idéal. Ça vous donnera une idée de la façon dont elle a été construite.

Tandis qu'elle se mettait à lire le quatrième de couverture, Édouard se leva.

– Bon ben... je vais vous laisser.

– C'est déjà fini ?

– C'est de votre faute : j'avais prévu de reprendre le programme au niveau de la troisième. Il faut que j'organise notre planning de révisions différemment. On saute direct en terminale. On se retrouve demain ?

*

Édouard quitta la suite de Muriel le cœur léger. Il se sentit l'âme d'un Truffaut face à l'enfant sauvage. Pour lui, il était désormais évident que Muriel possédait un quotient intellectuel supérieur, le fameux HPI, et sa bêtise apparente n'était pas pour lui une pathologie incurable. Il analysait son handicap comme un autisme acquis et non pas inné, un enfermement intellectuel causé par la solitude de son sport et encouragé par la médiocrité de son père. Si la pitié pour Muriel l'avait poussé à venir, l'injustice de son manque d'éducation le révoltait. De son point de vue, il n'y avait rien de plus criminel que de ne pas exploiter ses capacités. Pour la défense de Barrocco, les talents physiques de sa fille avaient été détectés plus rapidement que sa puissance cérébrale, et avaient, quant à eux, été bien développés. Toujours est-il qu'il ne s'était jamais soucié de développer l'intellect de sa fille comme tous ceux qui avaient accompagné la championne. Était-ce la sensation de se sentir enfin utile ou la fierté d'être un découvreur de talent ? L'ego du professeur se gonflait d'une ambition soudaine. Toute sa condescendance à l'égard de cette génération plus connectée que cultivée s'était évanouie. Diriger cette jeune femme dans son ouverture au monde, être son pygmalion l'enthousiasmait à présent.

Lorsqu'il redescendit le grand escalier qui débouchait sur le salon, Édouard eut en revanche la désagréable surprise de tomber sur Barrocco qui était rentré. Antoine étudiait des plans, mais l'interpella dès qu'il l'aperçut.

– Vous partez déjà ? Lino m'a dit que vous êtes arrivé à 9 h 45 !

– Aujourd'hui c'était juste une évaluation.

– Je vois ! Vous pouvez rien faire, anticipa le terrassier sur le ton de l'évidence. Elle est trop nulle, c'est ça ?

– Au contraire.

– Alors vous acceptez de lui donner des cours ? s'étonna-t-il.

– Oui, bien sûr.

– Vous faites ça pour le pognon !?

– Non, non, je vous assure. Elle a ses chances : elle a un gros potentiel.

– Me dites pas qu'elle aura le prix Nobel dans un mois !

– Elle pourrait vous surprendre.

Barrocco railla aussitôt l'optimisme du professeur.

– Ma fille, me surprendre ? C'est ma copie conforme : fonceuse, compétitrice, courageuse, mais pas intellectuelle, juste instinctive.

Cette remarque affligea Édouard qui repensait à l'auto-déconsidération de Muriel engendrée par ce type de raisonnement. Cela confirmait son diagnostic de culpabilité du terrassier concernant les retards de sa fille.

– Les chiens ne font pas des chats, c'est ça ?

– Dans la famille, l'école, ça n'a jamais été notre truc. J'vois pas pourquoi ça changerait avec Mumu.

La logique de l'autodidacte ne surprit pas le professeur. Édouard connaissait ce phénomène d'autocensure dans les classes populaires, ce fatalisme face à la scolarité. Lui avait vécu l'inverse, l'obligation des hautes études qu'imposent les classes supérieures. Ces mécanismes étaient à l'origine de la reproduction sociale et plombaient depuis toujours l'idéal d'école républicaine libérale. Aussi, il ne résista pas à provoquer « le manuel ».

– Vous avez peur qu'elle vous dépasse ?

– Peur que ma fille me dépasse ? Vous êtes comique, vous ! Vous devriez faire du one-man-show !

La bêtise de Barrocco et sa mésestime pour sa fille agacèrent l'écrivain. Toutefois, il trouva dans ce dénigrement outrancier un encouragement à mener à bien sa mission : le match entre le professeur et le démolisseur était lancé. Sauver Muriel de cette camisole nihiliste était désormais sa priorité et contourner l'obstacle qu'était son père s'avérait une nécessité. Tout comme Martel, Édouard ne trouva nulle utilité à polémiquer plus longtemps avec lui. Chercher à le convaincre était une perte de temps.

– Bonne journée, monsieur Barrocco. À demain. Je serai là à 9 heures.

– Salut.

14

Les intérêts

À bord de sa vieille Golf, Édouard déboula le matin suivant dans la grande allée de la demeure. Il se gara et sortit de son véhicule alors que Barrocco, en tenue « tout-terrain » de chantier, se dirigeait vers sa limousine. Le contraste entre l'équipement de l'entrepreneur et son « véhicule de fonction » amusa le professeur. Pour sa part, Antoine ne cacha pas sa satisfaction de voir qu'Édouard poursuivait sa mission. Pendant ce temps-là son chauffeur l'attendait portière ouverte au côté de Martel qui piétinait déjà d'impatience.

– Bonjour, le salua poliment Édouard.

– Ah, c'est bien, vous êtes à l'heure, le congratula l'entrepreneur qui consultait sa montre.

– Et nous pas. Dépêche-toi, le pressa Martel.

Antoine rejoignit Éric puis, d'une bonne humeur surprenante, revint sur ses pas, une idée en tête.

– Ah ! Juste une chose. Mumu m'a parlé de vos cours d'histoire et j'ai pensé à un truc.

– Ah oui ? Lequel ? s'amusa d'avance Édouard.

– Faut l'emmener au musée Grévin : y a tous les rois de France là-bas. Moi j'y suis allé en CE2 et j'm'en souviens encore, c'est vous dire !

– Pourquoi pas ? répondit Édouard hypocritement.

– Et pour chacun vous lui faites un topo. Qui est qui, qui a fait quoi, etc. Vous voyez ?

– Très bien !

– On a une mémoire visuelle excellente dans la famille, faut en profiter ! Allez j'vous laisse. Travaillez bien !

Barrocco prit enfin place dans la limousine et Édouard le regarda partir avec soulagement tant il craignait que les fameux conseils « pédagogiques » du démolisseur viennent parasiter constamment ses méthodes. Quand autrefois Édouard faisait du soutien scolaire dans les beaux quartiers de la capitale, les parents le harcelaient déjà de recommandations supérieures qui les déculpabilisaient de leur échec éducatif. Il avait l'habitude de ces directives, cependant ces derniers, coutumiers de déléguer les tâches subalternes qui les rebutaient en plus de les avilir, lâchaient très vite prise. Avec Barrocco, le prof devinait qu'il en serait tout autrement, que son interventionnisme serait constant et qu'il faudrait ruser pour le tenir à l'écart de ses cours.

*

Cette fois-ci le majordome accompagna Édouard à la salle de sport située dans le sous-sol de la villa. La pièce mesurait pas moins de soixante-dix mètres carrés et était équipée comme un Basic Fit. C'est sur un vélo qu'il retrouva Muriel déjà en sueur à 9 heures du matin : une étrangeté pour l'écrivain peu adepte de dépenses physiques, qui plus est avant midi. Face à elle, Lino faisait les cent pas, un livre en main. Aussitôt distraite par l'arrivée de son prof, Muriel ralentit son pédalage.

– Ah, Édouard !

– Muriel, concentrée ! la sermonna Lino.

L'autorité du coach impressionna Édouard qui se faufila discrètement dans un coin pour ne pas perturber la fin des exercices.

– J'en étais où ?

– Charles X ! lui notifia fermement l'entraîneur.

– Je reprends du début : on nomme les Trois Glorieuses les journées révolutionnaires des 27, 28 et 29 juillet 1830. Le peuple de Paris s'insurge contre le règne de Charles X. Charles X avait en effet aboli la liberté de la presse et dissous la Chambre des députés. Des journalistes comme Thiers commencent à protester le 26 juillet.

À la grande stupeur de Muriel et Lino, Édouard sortit de son coin et poursuivit la récitation.

– … Dès le lendemain, la population place des barricades dans les rues de Paris surmontées de drapeaux tricolores.

Muriel s'arrêta brutalement de pédaler.

– Vous connaissez le texte par cœur ?

– Je vous l'ai dit, c'est mon antisèche préférée.

Lino intervint alors.

– Eh ben moi, j'suis content de vous voir arriver. On s'est tapé tout le bouquin et ça fait deux heures qu'elle me soûle avec ses récitations. Bon, Mumu, va prendre ta douche. Ton coach cérébral t'attend.

– J'en ai pour une minute.

L'expression « coach cérébral » fit sourire Édouard. Muriel avait apparemment expliqué sa méthode à Lino, tout comme elle avait parlé de ses cours d'histoire à son père. D'évidence, la jeune femme était enthousiasmée par ses apprentissages. D'ailleurs, dès le feu vert de Lino, elle était descendue de son vélo et avait quitté la salle en sautillant, pressée de revenir. Seul à présent avec l'austère entraîneur, ce dernier daigna enfin lui parler. À la grande surprise d'Édouard, Lino se montra affable, son accent marseillais renforçant son côté sympathique.

– Dites, je peux vous poser une question ? Vous allez pas vous moquer ?

– Non, allez-y.

– Ben j'croyais qu'on avait zigouillé tous les rois à la Bastille. C'est qui, ce Charles X ?

– Un Bourbon. Le dernier roi de France. Après il y a eu Louis-Philippe, mais il était roi des Français. C'est différent.

– Moi j'croyais qu'après Louis XVI y en avait plus. Putain que j'suis con !

– Vous savez, les vrais cons sont ceux qui ne posent jamais de questions. Tiens d'ailleurs, j'en ai une, moi aussi : elle a révisé toute la nuit pour tout connaître par cœur ?

– Non, vous rigolez, elle aime trop roupiller. La concentration, c'est ça, le secret. Et puis Mumu, c'est tout le contraire de Dori : tout ce qu'elle voit ou entend, elle l'enregistre.

Avec un air enjoué, Édouard imagina alors tout le potentiel que cette nouvelle information lui offrait. Puis soudain, il tiqua.

– Et c'est qui, Dori ?

– Fatche de ! Vous savez pas qui c'est Dori ????

– Non.

– Et Nemo, ça vous dit rien ?

– Si. Le capitaine. *Vingt Mille Lieues sous les mers*, Jules Verne… Mais Dori…

– Pute borgne ! Vous êtes pas très cultivé, pour un prof !

Lino le toisa d'un coup et le laissa en plan sans ajouter un mot. Il lui avait retiré sa confiance…

*

En dépit de sa défiance à l'égard de Barrocco, Édouard avait jugé intéressante l'idée d'aller au musée Grévin avec son élève. Toutefois il n'emmena pas Muriel à Paris. Après un bout d'A86, il s'était dirigé vers le Stade de France, à la grande joie de la sportive, puis avait cherché une place à Saint-Denis. Il fit son créneau avec sa vieille bagnole et serra son frein à main.

– On est arrivés.

Ils sortirent de la voiture et Édouard observa Muriel avec circonspection. Elle était en effet vêtue en bimbo flashy avec des talons compensés et une veste orange à poils longs scintillants, imitation de tenue hippie, pas vraiment l'accoutrement idéal pour faire discrètement du tourisme.

– C'est ici le musée Grévin ? s'interrogea-t-elle.

– Non, on est à Saint-Denis, rue de la Légion-d'Honneur.

– Je l'ai eue, la médaille, quand j'ai fait mon triplé aux JO.

– La Légion d'honneur ?

– Oui. Quatre médailles pour le prix de trois. Papa était fier. Et puis y a eu une *garden-party* à l'Élysée ! C'était à tomber par terre. Papa était emmerdé, il n'avait pas assez de cartes de visite.

Édouard rigola en imaginant Barrocco dans cette situation puis commença à marcher.

– La rue porte ce nom à cause de l'école qui se trouve ici. C'est une institution de jeunes filles créée par Napoléon Ier pour les orphelines de guerre dont les parents ou les grands-parents s'étaient distingués au combat.

– C'est là qu'on va ? lui demanda-t-elle.

– Non. Je vous emmène à la basilique. Ce n'est pas le musée Grévin ou l'Élysée, mais vous allez pouvoir faire connaissance avec les visages importants de notre pays.

Cent mètres plus loin, Muriel découvrit l'imposant monument. Édouard paya les entrées et l'entraîna à l'intérieur. Il avança tranquillement en commençant à lui vanter l'intérêt de l'endroit quand soudain il se rendit compte qu'il avait semé son élève. Elle s'était arrêtée à hauteur de la nef et filmait avec son portable la voûte qu'elle contemplait. Édouard sourit de voir sa fashion victim visiblement fascinée par le volume de l'édifice. Puis il la rejoignit.

– C'est géant. On se croirait dans *Da Vinci Code*, s'extasia-t-elle.

– Vous avez lu le livre ?

– J'ai vu le film. Mais alors là, c'est pas la même chose… En fait j'suis jamais entrée dans une église aussi grande.

– Saint-Denis est une basilique, rectifia le professeur.

– C'est quoi la différence ? La taille ?

– Oui, mais aussi l'importance. Église vient du mot grec *ekklêsia* qui veut dire « réunion », alors que basilique vient du grec *basilikê* : « royal »… Venez ! Vous allez mieux comprendre.

Édouard circula avec Muriel entre les tombeaux et les statues. Chaque nom illustre de roi ou de reine gravé dans la pierre l'impressionnait.

– Tous les rois de France sont là ?

– Pas tous, et en plus à la Révolution, les sépultures ont été profanées, les corps dispersés et mélangés.

– C'est dégueulasse de toucher aux morts.

– Ce lieu était symbolique du pouvoir monarchique. Les révolutionnaires ne cherchaient pas seulement à détruire les descendants, ils voulaient aussi en effacer le souvenir.

– Heureusement qu'on ne fait plus ça.

– Détrompez-vous. Regardez ce qu'ont fait les talibans en Afghanistan.

– Ouais, mais chez nous ça se fait plus !

– Les cibles sont différentes, mais la méthode perdure. Tenez, aujourd'hui dans les entreprises, c'est pareil. Quand un nouveau directeur débarque, pour asseoir son pouvoir, il fait table rase des projets de son prédécesseur et élimine les anciens collaborateurs.

Mais la nageuse ne semblait plus l'écouter. Son regard était capté par un tombeau en marbre de Carrare, une sorte de temple romain au sommet duquel priait un couple.

– C'est qui, elle ?

– Anne de Bretagne, et là c'est son mari, Louis XII. Venez, je vais vous présenter sa fille, Claude.

Il conduisit Muriel à l'opposé du transept où se trouvait un tombeau, miroir du premier. En réplique du précédent, au sommet, un autre couple était sculpté à genoux en prière. La jeune femme s'émerveilla devant la beauté des visages, l'humanité des personnages de pierre et leur apparence quasi vivante.

– Elle ressemble pas mal à sa mère, constata-t-elle. Et lui, c'est François Ier alors ?

– Bravo. Je vois que mon livre d'histoire de CM2 vous a été utile.

– Ouais, mais là c'est autre chose !

Ravi de l'engouement de son élève, Édouard eut une idée et regarda à droite et à gauche.

– Venez, suivez-moi !

Il prit soudain la main de Muriel pour passer le cordon de sécurité et l'entraîna sous l'arche. Ils se faufilèrent sous le tombeau comme deux gamins qui commettent une bêtise et ce cache-cache excita Muriel. Sous le temple elle découvrit de plus près le même couple, cette fois allongé. De nouveau, Muriel eut une considération enfantine.

– Qu'est-ce qu'il est grand, lui ! chuchota-t-elle.

– Il faisait presque deux mètres. C'est notre plus grand roi !

L'élève se tut ensuite, hypnotisée par les visages des époux. Les deux gisants ne semblaient pas morts, ils paraissaient avoir été transformés en pierre à leur coucher, comme dans un conte de fées.

– Ils ont l'air de s'aimer, dit-elle avec envie.

– Elle l'a épousé à six ans, la déçut Édouard.

– Non ?!!! Il était pédophile, François Ier ?

– Non, rit volontiers Édouard. C'est un mariage d'intérêt qui les a unis. Au départ, sa mère l'avait fiancée à Charles de Habsbourg, le futur empereur Charles Quint.

– Et pourquoi elle l'a pas épousé ? Un empereur, c'est mieux qu'un roi.

– Les Français ne le voulaient pas, et son père, qui était malade, non plus. Si elle avait épousé Charles Quint, il aurait suffi qu'il la fasse tuer pour hériter de la Bretagne. Un peu de géo ? Charles Quint avait déjà l'Empire germanique à l'est, et au nord…

– Plus l'Espagne au sud.

– Bien ! Avec la Bretagne, la France était encerclée et Charles Quint, qui rêvait de reconstituer l'empire de son ancêtre…

– Charlemagne, qu'on a vu là-bas…

– … aurait écrasé la France… La petite Claude a sauvé le pays et nous a évité de parler allemand aujourd'hui en épousant ce monsieur : François Ier.

– Le pote de Léonard de Vinci.

Le couple rigola de ce jeu de ping-pong.

– Eh ben, si j'avais su que Dan Brown me servirait un jour ! s'étonna Édouard. Merde, un gardien !

Édouard et Muriel se cachèrent en se serrant l'un contre l'autre. Au rire enfantin succéda un regard plus complice qui les troubla tous les deux. En professeur scrupuleux, Édouard y mit fin dès qu'il put.

– Ça y est, la voie est libre.

À ces mots, ils se précipitèrent en zone autorisée, la mine hilare.

*

Après la visite, Édouard et Muriel s'attablèrent dans un café, sur le parvis de la basilique, juste derrière les vitres afin de profiter du panorama. L'emplacement se révéla rapidement être une erreur car s'ils pouvaient voir la place, ils pouvaient tout autant être vus par les passants. Ils étaient en effet en vitrine et très vite deux gamines repérèrent la star des réseaux sociaux. Aussitôt les jeunes filles lui firent des coucous, troublant la quiétude de ce *tea time*. Habituée à ces démonstrations d'affection, Muriel n'était en rien perturbée par ces adolescentes qui déjà la filmaient ou la photographiaient. Au contraire, son esprit vagabondait toujours et une question la titilla.

– Vous pensez pas que je devrais faire comme Claude, la fille de Louis XII ?

– Que voulez-vous dire ?

– Mon père a besoin du contrat du programme des Alouettes pour sauver sa boîte, et je me demandais si je ne devrais pas épouser Henri Cognac Delille pour que mon père garde son royaume.

Édouard fut interloqué et manqua de s'ébouillanter avec son thé.

– Non, je déconne ! J'vous ai eu ! le rassura-t-elle.

– Quand je suis crevé, j'ai plus d'humour. Cette visite m'a épuisé.

– C'est parce que vous faites pas assez d'activités physiques.

– Si vous le dites ! C'est vous la spécialiste.

– Pour revenir à ma question, ça existe encore les mariages arrangés dans les affaires ?

– À l'étranger, oui. En France, c'est inutile. Aujourd'hui les mariages d'intérêt se font en Bourse où on s'échange des entreprises et où on croise les actions.

– À propos de croisement, il paraît que François Ier était le cousin de Claude.

– Oui, c'est vrai. Ce genre de pratique aussi n'a guère changé, la consanguinité est juste un peu différente : ça se passe au niveau des conseils d'administration. Même âge, même grande école, même quartier, même patron et parfois même famille. C'est un petit monde clos où « les parvenus » comme votre père ont du mal à entrer.

– Vous croyez qu'il se sert de moi pour avoir la carte du club ?

– Sans doute, mais c'est tout bénéfice pour vous. Après tout, c'est votre entreprise aussi.

– Donc c'est oui.

– Vous devriez lui poser la question. Peut-être que je me trompe.

Devant la baie vitrée, quatre autres gamines retrouvèrent les groupies de Muriel et les photographièrent de plus belle, ce qui commença à mettre Édouard mal à l'aise. Même s'il connaissait la puissance cérébrale de Muriel, tous encore l'ignoraient. Aussi, l'écrivain gardait ses réflexes d'intellectuel. En aucun cas il ne souhaitait apparaître en photo en présence d'une influenceuse tape-à-l'œil, une fréquentation qui attirerait toutes les railleries de sa caste. Plus encore, il n'avait nulle envie de faire la une de la presse à scandale dont il anticipait les conclusions racoleuses.

– Elles vont croire qu'on est en couple, s'inquiéta-t-il.

– C'est pas grave.

– Vous trouvez ?

– Pourquoi ? Vous êtes marié ?

Édouard fut cueilli par le sujet et parut gêné de dévoiler sa vie privée.

– Non. Célibataire.

– Alors, vous avez rien à craindre.

L'assurance de l'influenceuse ne convainquit pas le « nègre », plus habitué à l'anonymat qu'au buzz médiatique.

– Et vous n'avez pas de copine ? le relança-t-elle.

– J'avais. Mais on s'est séparés… récemment, répondit-il laconiquement, ne voulant pas s'étendre sur le sujet.

– Désolée… Et c'est elle qui vous a quitté ? poursuivit-elle.

– Non. On s'est séparés d'un commun accord, conclut-il plus sèchement.

– Et pourquoi ?

Peu enclin à s'épancher et surtout agacé par l'insistance de Muriel qui ne percevait pas l'inconvenance de sa spontanéité, Édouard chercha un moyen de mettre fin à cette discussion.

– Elle voulait des enfants. Pas moi, expliqua-t-il froidement.

Muriel tomba des nues.

– Vous voulez pas être père ?

– Faire des gosses, c'est égoïste.

– Égoïste ?

– Oui. Si on appelle ça « la reproduction », ce n'est pas pour rien ! La plupart des gens font des enfants pour faire comme Dieu : « des hommes à leur image », des sauvegardes de leur courte et médiocre existence.

Muriel l'observa, incrédule. Elle était déçue par cette explication, et visiblement inquiète de constater autant de cynisme chez un homme si jeune. Elle voulait comprendre.

– Vous, vous devez être un peu dépressif.

– Non, du tout, je vous rassure.

– Alors je sais ! Votre problème, c'est que vous êtes trop intello, pas assez physique. Vous vous posez trop de questions et vous profitez pas de la vie !

– Si vous le dites…

– Vous devriez libérer vos sens au lieu de les analyser tout le temps. Vous disiez que l'intelligence, c'est l'art de mélanger son instinct et ses connaissances, mais vous, vous n'utilisez que vos connaissances.

Le diagnostic vexa Édouard, comme si une de ses ex lui avait déjà fait ce reproche.

– Il faut croire que je suis un vrai con, fulmina-t-il.

La conclusion était brutale. Il lui avait claqué la porte au nez. Voyant que Muriel se taisait par crainte d'une déception supplémentaire, Édouard eut peur de perdre son élève, se calma et finit par donner une raison plus sincère.

– Non, pour être honnête, mes parents ont divorcé. Je l'ai mal vécu, et je n'ai pas envie de faire la même erreur qu'eux.

Muriel, elle-même enfant de divorcés, fut émue par cette confidence. Hélas, une nuée d'autres fans s'agglutina à la vitrine, ce qui rompit le charme. D'un geste de la main, Muriel répondit alors à leurs coucous sympas, ce qui consterna Édouard.

– Vous avez des tenues vestimentaires plus discrètes ? ironisa-t-il.

– Pourquoi, ça vous plaît pas ?

– Si, si ! Mais si on veut bosser au calme…

15

La culture à portée de main

Pendant que Muriel et Édouard visitaient la basilique Saint-Denis, Antoine et Éric, casques de chantier vissés sur la tête, faisaient le tour de l'ancien hôpital et plus précisément de la partie historique à préserver : le couvent des Alouettes. Sans le savoir, les deux groupes étaient donc baignés au même moment dans l'atmosphère cléricale. En revanche, aucune extase ne se manifesta chez les entrepreneurs. En effet, l'endroit n'avait pas la majesté de la nécropole royale. Les couloirs et le cloître étaient encombrés de brancards obsolètes, vestiges d'un temps où l'AP-HP tentait de faire du neuf avec du vieux. Ils étaient accompagnés d'ouvriers chargés de sécuriser le site et guidés par le fameux architecte des Monuments historiques que leur avaient collé dans les pattes les Cognac Delille, un certain Aymeric Kermalec. Barrocco ne cachait pas son ennui et traînait des pieds. Habitué à inspecter ce type d'endroits défraîchis qui paraissaient avoir été abandonnés en pleine débandade, il observa les lieux avec dédain et lassitude. Pourtant leur « conférencier », l'affable Aymeric, faisait tout pour rendre la visite attrayante, faisant revivre l'activité de ce monastère avec mille anecdotes. Ce petit homme précieux, habillé et coiffé à la mode du XIXe siècle, détonnait au milieu des virils travailleurs du BTP, mais cela ne le déstabilisait pas. Habité par sa passion des vieilles pierres, son enthousiasme n'avait d'égal que sa soif de transmission. Aussi, sans même se préoccuper de l'intérêt qu'il suscitait, il débitait son exposé exhaustif dans l'indifférence la plus totale de son auditoire. Il guida ainsi son groupe de visiteurs mal dégrossi dans une vaste pièce de dix mètres de hauteur, encore chargée de matériel médical décati. Barrocco souffla alors de dépit.

– Quel merdier !

– Vous dites ?

– Quel chantier !

Puis le terrassier leva les yeux et observa la charpente.

– Ça va se casser la gueule ça là-haut ! Ça doit être tout vermoulu…

– Aucune chance, c'est du châtaignier, lui rétorqua l'architecte. Un travail de Breton.

– J'connaissais « le travail d'Arabe », mais le travail de Breton…

Martel envoya aussi sec un regard noir à Antoine pour lui signifier que son jeu de mots était limite.

– Je rigole ! se reprit Antoine.

– Le toit date du début XIXe siècle, 1815, expliqua l'expert. La plupart des toitures sont des coques de bateau inversées, une réalisation des charpentiers de marine bretons.

– C'est quand même vieux.

– Les révolutionnaires ont brûlé le couvent et il a fallu attendre la Restauration pour que ce lieu retrouve son activité religieuse et sa splendeur d'antan

– Y a déjà eu une restauration alors ? l'interrogea Antoine.

– Oui. Une restauration à la Restauration.

Antoine ne comprit rien et abandonna le sujet.

– Et c'était quoi ici ?

– Le réfectoire des moines.

– La restauration, en fait, plaisanta le terrassier tout en vérifiant auprès d'Éric que son jeu de mots était cette fois correct.

– Vous, vous ne manquez pas d'humour, releva Kermalec. Vous me plaisez !

La réflexion aux allures de drague dérida Éric.

– Ils savaient bosser à l'époque… s'extasia enfin Barrocco.

– Pouvez-vous me montrer vos mains ? lui demanda le guide.

Antoine fut surpris, mais s'exécuta docilement malgré les gloussements du reste du groupe, et présenta la paume de ses larges mains calleuses au conférencier manucuré.

– J'en étais sûr, s'exclama Aymeric Kermalec.

– Sûr de quoi ?

– Comme vous m'avez l'air curieux, je vais vous faire découvrir quelque chose. Suivez-moi.

Barrocco demeura dubitatif, ce qui amusa Éric. La petite troupe ressortit alors du réfectoire et accompagna l'architecte jusque dans le cloître où il stoppa devant une massive porte en bois cloutée.

– Attendez-nous là ! dit-il au reste du groupe.

Le guide saisit une lampe torche, défit son foulard qui lui servait de jabot et s'adressa à Antoine.

– Vous permettez que je vous bande les yeux ? lui dit-il en lui montrant le carré de soie.

Antoine hésita et Éric se marra de le voir s'abaisser à ce qui ressemblait peu ou prou à la visite d'une backroom.

– Obéis ! C'est ton chantier ! le défia Éric.

– Faites-moi confiance, vous ne serez pas déçu, insista l'entreprenant Aymeric.

Coincé, Barrocco acquiesça, l'air contrarié, et l'improvisateur de ce colin-maillard lui banda les yeux.

– Donnez-moi la main. Faites-moi confiance.

Cette nouvelle consigne agaça un peu plus Antoine qui n'appréciait guère ce jeu enfantin et les gloussements de ses accompagnateurs.

– Y en a pour longtemps ?

– Non. Rassurez-vous.

L'architecte guida alors Antoine dans une pièce sombre et tira la porte derrière eux, laissant la petite troupe circonspecte. Une lampe torche en main, il le conduisit jusqu'à un échafaudage et l'aida à monter au sommet.

– C'est bon… Vous êtes en sécurité… le rassura Aymeric.

– Je peux enlever le bandeau ?

– Toujours pas. Donnez-moi vos mains maintenant.

L'architecte dirigea les épaisses pattes de Barrocco vers un chapiteau de pierre que le terrassier explora à tâtons.

– C'est quoi ?

– Devinez…

Comme un enfant, Antoine se concentra et joua.

– C'est une sculpture… Y a des personnages…

– Vous ne remarquez rien ?

Antoine promena ses mains sur les reliefs.

– C'est taillé d'une seule pièce… répondit-il, admiratif.

– De quelle époque à votre avis ?

– Moyen Âge ?

– Oui. XIIe siècle…

Antoine continua de caresser la pierre.

– C'est un pilier !

– Un chapiteau. Vous pouvez retirer le foulard à présent.

Surpris par l'endroit où il se trouvait, Barrocco perdit presque l'équilibre.

– Oh putain, c'est haut !

Heureux de son effet, Aymeric rit et Antoine se laissa entraîner dans cette jovialité. Puis il admira l'exploit des bâtisseurs cette fois de ses yeux.

– Quel boulot ! Et pour monter une pièce comme ça jusqu'ici…

– Et il n'y avait ni grue électrique ni tractopelle…

Antoine passa ses mains une dernière fois sur la pierre et fit circuler ses doigts dans les reliefs des sculptures. Il était troublé par cette expérience digne d'une initiation à la franc-maçonnerie. Puis il se tourna vers Aymeric.

– Merci.

– De rien.

– Pourquoi vous avez fait ça ?

– Fait quoi ?

– Me montrer ce truc.

– Il n'y a que les gens qui possèdent vos mains qui peuvent comprendre et mesurer cet art des bâtisseurs.

– Et le respecter… compléta Antoine, conscient du sous-entendu de l'architecte.

– Oui, et le respecter. Je peux compter sur vous ?

Nul besoin pour Barrocco de prononcer le moindre mot supplémentaire, un seul hochement de tête suffit à donner sa parole. Il était troublé, mais heureux. Pour la première fois de sa carrière, il rencontrait quelqu'un qui le considérait pour son travail. En lui confiant son bien le plus précieux, l'homme aux mains manucurées, qui n'avaient sans doute jamais serré le moindre outil, prêtait allégeance au noble artisan qu'il était. Oui, la confiance que lui témoignait Aymeric Kermalec valait tous les contrats du monde. Silencieusement, Barrocco lui tendit alors son impressionnante main rugueuse et serra celle d'Aymeric avec délicatesse, maîtrisant son geste pour ne pas le blesser.

À l'extérieur, Éric regarda encore sa montre, toujours agacé par le temps perdu et surtout intrigué de savoir ce que l'incongru duo fabriquait à l'intérieur. Soudain, Antoine et Aymeric ressortirent tout guillerets en se tutoyant et en ignorant ostensiblement le groupe qui les attendait.

– Et pourquoi t'as fait mettre des rideaux sur les vitraux ?

– À cause de la polychromie. Les sculptures étaient peintes au Moyen Âge. Les gens ne savaient ni lire ni écrire alors les fresques servaient d'aide-mémoire.

– C'était de la BD !

– Oui.

– Et dire qu'ils veulent foutre des tagueurs là-dedans…

– Eh bien ça pourrait les inspirer ! positiva le gai conservateur. On va voir la suite ?

Cette soudaine connivence stupéfia Éric. Par simple curiosité ou jalousie inconsciente, Martel retint Antoine par le bras et lui parla à voix basse pour récupérer la complicité exclusive que l'architecte semblait lui avoir volée.

– Alors là, tu m'as séché. Tu fais ton *coming out* ?

– Comigue hote, comigue hote… tu m'emmerdes avec tes termes anglais, le rembarra à voix haute Barrocco.

– Laisse tomber ! C'était de l'humour, tu ne peux pas comprendre. Qu'est-ce que t'as vu là-dedans ?

– Montre-moi tes mains !

Circonspect, Éric s'exécuta et tendit lui aussi ses paumes.

– Laisse tomber, tu peux pas comprendre ! le moucha Antoine.

Pas peu fier de sa réplique, Barrocco planta là son copain de toujours pour rejoindre son nouvel ami.

*

Après une interminable séance de dédicaces et de selfies, Muriel et Édouard avaient réussi à reprendre leur voiture. Sur la route du retour, le professeur quitta l'A86 pour faire une halte au centre commercial des Chanteraines à Gennevilliers qu'il avait repéré à l'aller. Apercevant le Décathlon devant lequel ils se garèrent, Muriel fut un peu étonnée de cette halte.

– Alors, ça y est ? Je vous ai convaincu ? Vous vous mettez au sport ? Vous voulez vous acheter un maillot de bain ?

– Non. On ne va pas là, on va là, répondit-il en montrant le magasin de la Fnac, accolé au Décathlon.

Pourtant en zone d'éducation prioritaire, un secteur où nul grand dirigeant n'aurait pensé vendre le moindre article culturel, le lieu disposait en effet d'un Cultura et d'une Fnac. En bon Parisien, Édouard avait bien entendu choisi la seconde enseigne.

La joie de faire du shopping de Muriel était palpable. Dès l'entrée, elle jeta son dévolu sur le rayon multimédia, fascinée qu'elle était par les smartphones, les tablettes et bien sûr les derniers gadgets numériques. « On n'est pas venus là pour ça… », lui précisa son guide avant de l'entraîner dans la partie plus culturelle. Tout aussi enjouée, elle s'attarda à tous les rayons : livres de cuisine, bien-être, voyages, arts plastiques, musique, tout l'attirait. Chaque espace lui donnait envie d'utiliser ses dix doigts et ses millions de neurones. Bien sûr, son accoutrement lui valut d'être reconnue, mais contrairement à la rue ou aux magasins de fringues, les gens se contentaient de lui sourire, personne ne l'abordait de peur de la déranger. Elle déambula ainsi en toute quiétude, et apprécia l'atmosphère douce et rassérénante. Plus loin, Édouard butinait à l'espace DVD et elle le retrouva en tenant son panier en plastique encore vide.

– Vous avez trouvé quelque chose ?

– *Amadeus* de Miloš Forman. C'est sur Mozart. Vous devriez vous y reconnaître : c'est l'histoire d'un génie incompris.

– Je ne suis pas un génie.

– C'est tout comme : vous êtes une championne !

– Et ça va me servir à quoi ?

– À mieux vous connaître et donc à comprendre le monde qui vous entoure. Accessoirement, vous découvrirez la musique classique ! Vous avez de quoi écouter du MP4, je suppose ?!

– Évidemment. J'ai même un lecteur étanche pour la piscine, ça permet d'écouter de la musique pendant les longueurs et de nager en rythme.

– Suivez-moi ! Il y a des livres audio là-bas. C'est pratique, vous pourrez profiter de la littérature n'importe où.

Édouard déposa le DVD dans son panier et l'emmena plus loin. Il fouilla un rayonnage et en extirpa un audiolivre qu'il tendit à son élève. Muriel étudia la pochette sans entrain et le lui rendit nonchalamment.

– *Les Misérables*. C'est pas la peine, j'connais déjà l'histoire : j'ai déjà vu la comédie musicale.

– Mais le texte original est fantastique. Victor Hugo, c'est l'âme de Paris, surtout dans celui-ci ! Ça peut être utile d'écouter ses mots avant de rencontrer des élus de la ville.

– Vous ne me donnez pas de vrai livre ?

Au rayon ouvrages d'architecture, Édouard dénicha un beau livre et le feuilleta en lui présentant.

– *L'Histoire de l'architecture*. Tous les styles sont représentés et expliqués. Ça aussi, ce sera utile : avant de démolir, c'est mieux de savoir comment c'est construit.

Mais Muriel s'en désintéressa, car son regard était attiré par un livre sur un étal. Elle l'ouvrit et survola quelques pages.

– Ça a l'air bien, *L'Atlas de Paris*... dit-elle.

– Alors, prenez-le !

Le shopping se poursuivit ainsi au gré des recommandations d'Édouard et des coups de cœur de Muriel. Le panier rempli, ils firent la queue à la caisse.

– C'est quoi votre livre préféré ?

– Celui qui m'a le plus marqué ?! C'est *Le Grand Meaulnes* d'Alain-Fournier.

– C'est sur les arbres ?

– Non, c'est le nom du héros : Augustin Meaulnes. C'est sur le passage à l'âge adulte. Et vous ? Quel livre vous a laissé le plus grand souvenir ?

– *L'Histoire d'Helen Keller*. Je l'ai lu en sixième. Vous connaissez ?

– Ça me dit quelque chose... Ça raconte quoi ?

– C'est l'histoire d'une petite fille sourde, aveugle et muette qu'une dame va aider à parler. C'est une histoire vraie ! Elle est même devenue la première handicapée à entrer à l'université !

– Vous voyez ! Si cette Helen Keller a réussi en étant sourde, aveugle et muette, y a pas de raison qu'avec tous vos sens vous échouiez devant la commission !

La comparaison enchanta l'élève qui se sentit pousser des ailes. Pour sa part, Édouard était tout aussi heureux de cette comparaison qui métaphoriquement le plaçait dans la position de la thérapeute, Ann Sullivan.

16

Coup de fatigue

La nuit était déjà tombée lorsqu'ils revinrent enfin à la grande demeure. Édouard sortit les sacs Fnac du coffre grinçant et les tendit à Muriel.

– Merci, lui dit-elle, les yeux étincelants de bonheur.

– Ça va. Cela ne m'a pas coûté une fortune.

– Je disais merci pour la journée.

Le professeur ne sut que répondre. L'émerveillement de Muriel lui parut disproportionné au regard des activités qu'il avait organisées.

– Rentrez, Lino doit s'impatienter.

– Alors à demain !?

– Non, pas demain. Je fais un aller-retour en Espagne : un rendez-vous pour finaliser le bouquin d'un footballeur.

– Vous m'abandonnez ?

– Non. On se parlera par internet. Et puis, vous avez de la lecture.

– Et les visites de musée ?

– Vous n'avez qu'à emmener Lino !

Muriel explosa de rire à l'idée de traîner son coach dans des lieux culturels. Puis elle se calma et embrassa Édouard tendrement sur la joue. Cet élan d'affection le décontenança. Cette bise spontanée et empreinte de sensualité le désarma. Il ne sut que dire et la contempla avec un air interdit. Elle le remarqua et lui offrit un sourire radieux et malicieux avant de s'enfuir en sautillant comme une gamine, les bras chargés de livres.

*

À l'intérieur de la maison, Barrocco et Martel avaient investi la salle à manger pour préparer leur stratégie. Une imposante maquette du quartier à démolir venait d'être livrée et trônait sur la table au milieu des plans et des études. Dans un coin resté libre, Éric était assis devant son ordinateur, les yeux rivés sur son devis. Antoine lui tournait autour, un verre de whisky à la main.

– … je te dis que je n'y arrive pas, s'horripilait Éric. Avec tes conneries, tu vas couler la boîte.

– C'est quand même pas compliqué !?

Le terrassier s'approcha de la maquette des Alouettes. Un ensemble de HLM, un collège et, au centre, l'hôpital-monastère.

– Bon, on va pas tortiller du cul pour chier droit ! Ça : on implose ; ça : on démolit, et ça aussi.

Il renversa les tours comme des pièces d'échecs.

– On est d'accord sur ce point, le devis ne change pas. Le collège. On décide quoi pour le démontage ? On démolit et on trie, ou on trie et ensuite on démolit ?

– On n'a pas le choix : on est en pleine ville !

– C'est six mois, rien que pour le désamiantage.

– On se rattrapera sur le recyclage. Il avait dit quoi pour la ferraille ?

– 220 tonnes récupérables et on peut tabler sur 625 dollars la tonne d'acier.

– Ce qui nous fait ?

Martel entra aussitôt les données dans son tableau Excel quand la voix de Muriel, qui venait de rentrer, les coupa.

– 137 500 dollars.

L'intervention surprit Antoine et Éric qui se retournèrent et découvrirent Muriel, rêveuse mais épuisée après sa journée de visites et de shopping.

– J'suis crevée, je vais me coucher.

– Lino t'attend pour ta séance de muscu, lui rappela Antoine.

– Pas ce soir, je suis vidée, dit-elle en tournant les talons.

– C'était bien le musée Grévin ?

– On n'y est pas allés, répondit-elle en s'éloignant.

– Demain, je vais avoir une petite explication avec ton Alka-Seltzer.

– Si tu veux, s'impatienta Éric. On reprend ? Le cours du dollar est à 1,4909 aujourd'hui, donc en euros ça nous donne…

La voix lointaine de Muriel les coupa à nouveau.

– 204 998,75 euros.

– Couche-toi ou muscle-toi, mais laisse les grandes personnes travailler, lui hurla alors Antoine.

Puis il se retourna vers Éric qui gobait les mouches de stupeur.

– Ben qu'est-ce qu'il y a ? Y a un malaise ?

Éric fit pivoter son ordinateur en silence et Antoine regarda le tableur où s'affichait en gras : 204 998,75 euros.

– C'est un hasard…

L'acolyte fit une moue dubitative.

– Faut dire que c'est moi qui lui ai fait apprendre la table des dix !

L'autre campa sur ses positions et resta muet.

– Tu crois que c'est déjà ses cours ? s'interrogea bêtement le terrassier.

– Elle a commencé hier ! Non. Édouard a raison, elle a un don, c'est sûr ! Il l'a diagnostique HPI !

– Avec toutes les prises de sang qu'elle a faites pour le dopage, on le saurait ? Il délire, ton Alka-Seltzer ! Le sida : n'importe quoi !

– Pas HIV, HPI, haut potentiel intellectuel.

– Eh ben, encore mieux !

– Parce que tu expliques ça comment, toi ?

– La natation ! J'ai vu des otaries au zoo de La Palmyre qui faisaient des additions. Si ça se trouve, plus tu restes dans l'eau, plus tu sais calculer.

– Je ne plaisante pas : elle a un don !

– Oui, le même que moi : le sens de l'argent.

– En attendant, ton sens de l'argent, toi, t'es en train de le perdre. Le désamiantage va nous coûter un bras. J'augmente le poste de 20 %.

Martel se remit sur son tableau Excel pour ajuster ses calculs, Antoine passant un œil par-dessus son épaule pour contrôler. Puis, prenant une petite voix, celle de ceux qui savent qu'ils vont se faire enguirlander, Barrocco ajouta :

– Tu peux aussi augmenter de 40 % le devis sur le couvent.

– Tu délires, on va perdre le marché, bondit aussitôt Éric. Ils ne vont jamais accepter.

– Bien sûr que si ! L'argent, pour les cultureux, c'est vulgaire, sauf si c'est très cher. Plus ils paient, plus ils pensent acheter de la qualité, et plus ils ferment les yeux.

– D'où tu sors encore cette théorie foireuse ?

– Aymeric. Et il m'a indiqué des mecs super pour déposer la charpente et les vitraux : des compagnons du Devoir. Y a aussi une entreprise de Bourgogne à contacter pour les fondations des piliers.

– Mais c'est qui, cet Aymeric ?

– Ben, Kermalec : l'architecte des Monuments historiques !

– Aymeric !!!! Mon pauvre Tony ! Avec un prénom pareil, tu t'es pas méfié ? Mais il t'a promené, ton Stéphane Bern ! Il a sûrement des actions dans ces boîtes ou il cachetonne à la rétrocommission.

– Vu comment il se sape, ça m'étonnerait ! Fais confiance à mon flair : il est honnête.

– C'est ça ! Et je vais me marrer quand tu vas voir ces types démonter trente tonnes de pierres à la brosse à dents et les déblayer à la petite cuillère. Tu seras mort avant même que le premier pilier soit dégagé.

– Alors là, tu me troues le cul, s'énerva Antoine. C'est l'hôpital qui se fout des nouveau-nés.

– De la charité...

– C'est pareil ! Quinze ans que tu pleurniches en disant qu'on bosse comme des porcs et là je te propose d'y mettre les manières et t'es pas content ! Faudrait savoir ! D'habitude tu te débrouilles.

L'âme damnée de Barrocco se rebella alors et sortit de ses gonds.

– Oui, je me débrouille ! Huit ans que je me débrouille à rattraper tes conneries. Ta boîte, c'est moi qui l'ai hissée là où elle est. Et pour quoi ? Pour que monsieur Jourdain saborde son entreprise et prenne le thé dans le grand monde.

– C’est qui ce monsieur Jourdain, qu’est-ce qu’il vient faire là-dedans ?

– *Le Bourgeois gentilhomme*, Molière, tu ne t’en souviens pas ? On l’a étudié en cinquième, juste avant ton orientation.

L’attaque perfide d’Éric heurta Barrocco qui ne voulut pas laisser passer l’occasion de crever l’abcès.

– Eh ben on y est ! T’auras fini par lâcher le morceau !

– Quel morceau ?

– Ta honte de bosser pour moi ! T’as bac + 30 et t’es mon employé, moi, petit nul qui a quitté l’école en cinquième.

– Oui, j’ai plein de diplômes ! Et t’as beaucoup à apprendre de moi !

– Peut-être, mais c’est pas parce que t’as pris l’accent pointu de Paris en même temps que la grosse tête que tu dois me faire la leçon. T’as la mémoire courte, Rico !

La réflexion d’Antoine rabattit instantanément le caquet d’Éric. Il le taxait d’ingratitude, semblait-il à juste titre.

– C’est bon ! coupa court Martel pour clore la dispute qu’il savait d’avance humiliante pour lui.

– Non, c’est pas bon ! Moi je me souviens d’un copain d’enfance qui n’arrivait pas à me payer la piscine que je venais de lui construire parce qu’il s’était fait virer de son poste de directeur. C’est moi qui t’ai sorti de la merde, alors n’inverse pas les rôles !

Cet épisode douloureux de la vie d’Éric restait un traumatisme pour lui. Son licenciement après des années d’études et une ascension méritante avait sonné le glas de sa brillante carrière. À ce sentiment d’injustice s’était ensuite ajoutée la violence des sournoises trahisons. Il avait vu toutes ses relations professionnelles l'éviter, le fuir, comme si le chômage était un virus, une *lose* contagieuse. Il avait ainsi découvert que son réseau de soi-disant amis ne reposait que sur l'escompte financier que sa situation représentait. Le plus édifiant avait été l'abandon téléphonique de ces derniers : d'abord pris en ligne, puis interrompu pour écourter la conversation pour enfin être basculé directement sur messagerie, Éric s'était très vite rendu compte qu'il n'intéressait plus personne, voire qu'il dérangeait. Il s'était senti rejeté. Il comprit que sans emploi, il n'était donc plus rien, si ce n'est un pestiféré qui porte son chômage comme une maladie contagieuse. Seul Barrocco ne l'avait pas jugé inutile ou soupçonné d'incompétence. Le copain d'enfance voyait toujours en lui l'homme loyal et fidèle, deux qualités désuètes dans le monde actuel qu'Antoine plaçait pourtant au-dessus de tout. Lors de cette dispute, Éric se trouva ingrat et pitoyable d'avoir ainsi rabaissé son unique ami.

– Excuse-moi. Je suis fatigué, je dis que des conneries… Je sais ce que je te dois.

– Et moi aussi ! Je sais ce que tu me dois !

Éric fut déçu par ces mots qui l'enfonçaient un peu plus, mais aussitôt Barrocco rigola.

– J'déconne ! Je sais ce que JE te dois aussi ! Bon, enfile-toi un whisky, ça te fera passer le coup de barre !

Antoine servit un verre à Éric qui se détendit enfin et trinqua avec lui.

– À l'amitié !

– Tchin !

Après une gorgée, Martel réattaqua.

– Bon, ce n'est pas tout ça, mais là, le devis, il explose. Il va falloir trouver une solution, sinon on va être hors jeu.

– On arrivait à tricher en cinquième, y a pas de raison qu'on se fasse prendre aujourd'hui ! fanfaronna Barrocco.

La réflexion fit retrouver le sourire à Éric. L'inconscience de l'autodidacte le fascinait toujours. Il y voyait une force dont il était dénué : l'optimisme.

17

Sens de l'éveil

En l'absence de son professeur, Muriel ne chôma pas, alternant les visites de musée, la lecture et le visionnage de DVD. Sur l'écran géant de sa suite, elle fut ainsi bouleversée par *Amadeus* de Miloš Forman et l'histoire de Mozart. Une enfance écourtée, l'incompréhension de son génie, la jalousie de son rival, Salieri, et la sévérité de son père Leopold, tout dans l'épopée du compositeur concourait à émouvoir Muriel qui retrouvait dans ce film des situations qu'elle avait vécues. Comme le lui avait prédit Édouard, la musique classique fut pour elle aussi une grande révélation. La séquence où Salieri décrit la partition de Wolfgang, l'entrée en scène de chaque instrument, lui apprit à déguster la symphonie, à savourer chaque son, à savoir écouter, en somme. Et que dire de la vulgarité de Wolfgang, de son plaisir pour les paillardises qui ne l'empêchait pas de produire les compositions les plus pures ? Ce paradoxe ruinait tous les a priori et autorisait tous les espoirs pour les plus rustres. Son nouveau professeur avait raison : ce film était essentiel pour elle.

Pendant ce temps-là, Édouard se morfondait en Espagne, contraint au bon vouloir d'interview de sa star du ballon rond dont il peinait à achever la biographie.

L'écrivain arrivait avec difficulté à coincer son client entre deux entraînements et une partie de PlayStation, pour lui arracher quelques confessions intimes. Le parcours du virtuose n'était guère original, des cités de banlieue aux stades de quatre-vingt mille places. Toutefois, inspiré par Muriel, Édouard eut l'idée de le faire s'exprimer sur sa jeunesse dans les centres de sélection et la dureté de l'internat très éloigné de chez lui ; il y voyait un sujet rarement exploité et pourtant instructif pour qui souhaite embrasser cette carrière. Hélas, la nouvelle star, qui habitait une immense villa du même style que la location de Barrocco, préférait esquiver ces souvenirs douloureux pour ne parler que de sa réussite, de son parc de voitures de sport et de sa passion pour le rap. Le jeune homme avait conservé ses réflexes de survie des cités : il ne voulait pas dévoiler ses faiblesses et enjolivait son passé pour imposer sa toute-puissance, garantie de respect. Non, Édouard ne tirerait rien de sincère de ce garçon qui se servait du luxe pour protéger sa pudeur et imposait sa fierté pour masquer sa sensibilité. Faute de matière, Édouard dut prolonger son séjour ibérique. Pour optimiser ces temps morts auxquels les absences du footeux le contraignaient, l'écrivain conversait avec Muriel sur FaceTime.

Théâtre, cinéma, musée, Muriel lui racontait en détail ses sorties avec Lino. Elle lui envoyait même des vidéos de musiciens de rue croisés durant leurs périples. Sa curiosité était sans cesse en alerte et chaque découverte la comblait. Les appels d'Édouard étaient aussi l'occasion pour elle de demander des éclaircissements concernant les livres achetés à la Fnac. Le prof en profitait pour lui faire de petits cours en lien avec le chantier : histoire du logement social, des écoles, des hôpitaux. Il lui détaillait les raisons de ces constructions, du choix des matériaux et de leur rapidité de réalisation.

La championne ne fit aucune pause et prolongeait son apprentissage même durant son sport. Elle écoutait l'audiolivre des *Misérables* qu'une voix masculine chaude, grave et âgée racontait majestueusement. Muriel avait l'impression que c'était Victor Hugo avec sa barbe blanche qui lui lisait lui-même son œuvre. Rameur, jogging, natation, à chaque activité résonnait ce texte qui faisait lui aussi écho à sa vie. Bien sûr, elle s'identifia à Cosette qu'une brute épaisse élevait seule contre tous. Par ricochet, elle vit en Jean Valjean le double de son père. Le bagnard, par sa physionomie et son parcours, avait en effet une parenté troublante avec Barrocco.

« *Jean Valjean alla à l'école à quarante ans, et apprit à lire, à écrire, à compter. Il sentit que fortifier son intelligence, c'était fortifier sa haine.* » Devenu patron de PME, Antoine avait dû lui aussi se replonger dans les matières fondamentales pour gérer les contrats et les devis afin de ne pas se faire arnaquer.

« *Quand il fut constaté riche, "les personnes de la société" le saluèrent, et on l'appela, dans la ville, monsieur Madeleine. À mesure qu'il montait, les invitations pleuvaient sur lui. "La société" le réclamait. Les petits salons guindés de Montreuil-sur-mer qui, bien entendu, se furent dans les premiers temps fermés à l'artisan, s'ouvrirent à deux battants au millionnaire. On lui fit mille avances. Il refusa. Cette fois encore les bonnes âmes ne furent point empêchées : c'est un homme ignorant et de basse éducation. On ne sait pas d'où cela sort. Il ne saurait pas se tenir dans le monde…* » Cet extrait lui rappela toutes les flagorneries qui avaient accompagné la réussite de son père, les invitations intéressées et les messes basses des plus hypocrites.

D'autres passages ravivèrent des souvenirs et lui rappelèrent ses origines populaires. Elle revoyait les visages de certains médiocres, combinards sans foi ni loi, qui avaient trahi son père ou profité de ses largesses. « *Qu'était-ce que les Thénardier ? Ces êtres appartenaient à cette classe bâtarde composée de gens grossiers parvenus et de gens intelligents déchus, qui est entre la classe dite moyenne et la classe dite inférieure, et qui combine quelques-uns des défauts de la seconde avec presque tous les vices de la première, sans avoir le généreux élan de l'ouvrier ni l'ordre honnête du bourgeois…* »

Le texte de Victor Hugo poussa Muriel à se rendre au Louvre. Habillée désormais sobrement, elle fonça directement s'asseoir devant le tableau de Delacroix, *La Liberté guidant le peuple*. Elle n'était venue là que pour voir cette œuvre. Installée sur un banc, elle contempla religieusement la peinture, ses oreillettes lui diffusant toujours le récit : « *Dans le chaos de sentiments et de passions qui défendent une barricade, il y a tout ; il y a de la bravoure, de la jeunesse, du point d'honneur, de l'enthousiasme, de l'idéal, de la conviction, de l'acharnement de joueur, et surtout, des intermittences d'espoir.* » À chaque virgule, à chaque respiration du narrateur, son œil captait un détail de la toile, et elle voyait s'incarner les personnages du roman.

Cet instant d'extase fut néanmoins interrompu par Lino, assis à côté d'elle, et qui n'en pouvait plus d'attendre.

– On y va ? Ça fait une heure qu'on est devant cette croûte.

– T'aimes pas ?

– Si, la gonzesse a de super nichons. On se casse ?

– Ça s'appelle *La Liberté guidant le peuple*. Victor Hugo s'est inspiré de cette peinture pour créer ses personnages des *Misérables*. C'est de Delacroix.

– Ça, je sais, j'en ai eu.

– T'as eu quoi ?

– Des Delacroix… Des billets de cent.

– Cent quoi ?

– Cent francs. On se casse ?

*

Affalé dans son canapé, Antoine épluchait des revues type *Gala* quand Muriel et Lino rentrèrent enfin. Ce dernier portait une montagne de livres et CD en tout genre. Dès qu'il les entendit, Barrocco héla sa fille, visiblement très contrarié.

– Mumu ! Viens ici.

– Qu'est-ce qu'il y a ?

– T'es où là ? dit-il en montrant une couverture où figurait le portrait d'une animatrice d'émission de déco.

– Ben nulle part ! C'est bien, pour une fois j'ai plus de paparazzis aux fesses !

– Mais non, c'est pas bien ! s'agaça le père. On cherche à décrocher le plus gros marché actuel et toi tu te caches. Cinq jours que t'as rien posté sur Instagram !

– Parce que j'ai pas envie ! Ce que je fais en ce moment ne regarde que moi !

– Mais t'as rien compris ! C'est maintenant qu'il faut faire le buzz.

D'un coup, il marqua l'arrêt, intrigué.

– C'est quoi cette tenue de plouc ? T'as chopé un contrat avec Vinted ?

– Non. J'voulais passer incognito.

– On était au musée, justifia Lino.

– Toi, ta gueule. Tu devais l'emmener au Prix d'Amérique.

– Elle voulait pas, répondit-il.

Barrocco essaya alors d'amadouer sa fille rebelle.

– T'aimes plus les chevaux ? C'est ça ? J'suis d'accord. Mais alors ce soir, va au moins au gala de charité.

– J'veux pas. J'ai pas la tête à ça !

La remarque fit de nouveau bondir l'entrepreneur.

– Excuse-moi, ma fille, mais va falloir me trouver une autre explication !

– Peut-être qu'elle aime plus les pauvres non plus ! intervint Lino.

– Ta gueule ! Et puis en plus, y en a pas de pauvres dans les galas de charité !

– Lino, tu peux nous laisser ?! lui demanda Muriel, décidée à mettre les choses au point avec son père.

– J'monte ça dans ta chambre.

Lino partit les bras chargés des emplettes culturelles du jour. Antoine attendit qu'il ait disparu pour attaquer.

– Vas-y, je t'écoute. Pourquoi tu sors plus ?

– Avec les révisions, je suis crevée !

– Tu te fous de moi ? Pendant quinze ans t'as fait plus de quatorze kilomètres de nage par jour et tu veux me faire croire que tourner les pages d'un bouquin c'est plus fatigant ? J'te rappelle que tu représentes la société, nom de Dieu !

– Eh bien, ça me fait chier ! J'en ai marre d'être ta tête de gondole !

– Ah ben, excuse-moi d'être fier de ma fille !

– Tu parles ! Je te sers surtout de carte de visite pour tes affaires.

– Qu'est-ce que vous avez tous en ce moment ??? L'autre jour, c'était Éric ; aujourd'hui, c'est toi : à vous écouter, j'vous exploite.

– Exactement.

– C'est trop fort ça ! Je te demande juste de te balader dans des soirées et de sourire aux photographes ! C'est pas compliqué ! Y a même pas besoin d'avoir fait des études pour ça.

– Donc parce que je suis une femme, je dois rester conne toute ma vie !

– Non : parce que tu es ma fille, tu dois suivre mes conseils et m'obéir.

– Tu t'es gouré d'époque : moi je suis pas Claude de Bretagne ou Amadeus : je veux pas être ta chose.

– C'est quoi ces conneries de Madame Claude et de draps-housses ? Tu crois que je te prostitue ? C'est ça ?

– Non ! Je veux juste que tu me laisses faire ce que je veux, quand je veux, c'est tout ! Comme dit Édouard, j'ai besoin de m'épanouir.

– Je le paie pour des cours d'intelligence, pas pour du coaching bien-être. J'vais le virer, ton connard de prof ! Il est où d'ailleurs ? Ça fait un moment qu'il a disparu, la minorité visible !

– En Espagne. Il rentre demain.

– On passe en commission dans moins de trois semaines, et c't abruti est parti en vacances ?

– On bosse en télétravail et il trouve que j'ai vachement progressé.

– Pff... C'est ce qu'il te fait croire pour être sûr d'être payé.

– Édouard ne travaille pas pour l'argent.

– Alors il est encore plus con que j'le croyais ! Devis, marges, ristournes, investissements, financements, c'est ça qu'il doit t'apprendre ! Sans ça, tu bouffes pas !

– Eh ben Édouard, il m'a appris que Socrate disait que la compréhension du monde passe par la connaissance de soi. Sans ça, t'existes pas.

– Ben si tu veux mon avis, il disait moins de conneries quand il jouait encore au foot.

– Socrate, pas Sócrates ! C'est toi le vrai con !

– Et fier de l'être.

Plus qu'abasourdie par la bêtise volontaire de son père, Muriel était déçue par son manque de considération pour ses études. Elle jeta donc l'éponge et se retira sans un « bonne nuit ». Tout aussi contrarié qu'elle, Barrocco balança une des revues à travers la pièce. Il rageait, car il sentait que, par la faute d'Édouard, sa fille commençait à lui échapper. Cela l'inquiétait et il ne pouvait accepter qu'un étranger vienne troubler l'harmonie du couple qu'il formait jusqu'alors avec elle.

*

Enfin revenu d'Espagne, Édouard chercha Muriel partout. Il finit par apprendre par Lino qu'elle s'entraînait dans une piscine municipale fermée au public après 21 heures. Plus que jamais, elle souhaitait rester discrète sur ses exercices aquatiques permanents afin d'éviter d'attirer l'attention de la presse sportive. Lorsque l'écrivain arriva, le bâtiment était noyé dans la pénombre, seuls les spots du bassin rétroéclairaient le lieu, les clapotis de l'eau animant les murs d'un kaléidoscope bleuté. Il avança lentement et contempla Muriel qui enchaînait des longueurs. Réfugiée dans cet immense aquarium, la nageuse évoluait à un rythme régulier et tranquille comme une carpe japonaise. Édouard admira son corps gracieux fendre le miroir aquatique avec volupté. Caressée par les flots aux reflets cristallins, sa fluidité était sublimée par les lumières nocturnes et sa sensualité décuplée par la cadence de ses mouvements. Sans même chanter, la sirène envoûtait le professeur qui ne bougeait plus, hypnotisé par la féerique vision. Soudain, un « Salut ! » le fit sursauter. Édouard se retourna et aperçut Lino assis dans un coin obscur, en maillot et T-shirt, un chrono autour du cou.

– Ah ! C'est vous !

Le coach se leva et se rapprocha d'Édouard au bord du bassin.

– La petite en avait marre de la baignoire du sous-sol de la villa, alors on est venus ici. En plus, ici elle peut travailler ses demi-tours.

Lorsqu'elle opéra une de ses fameuses pirouettes, Édouard vit qu'elle portait ses écouteurs sous son bonnet.

– Elle écoute de la musique ?

– Non. Un de vos livres audio. Du coup, non seulement elle m'entend plus, mais en plus elle a la tête ailleurs…, se désespéra l'entraîneur.

– Ce n'est pas grave puisqu'elle a arrêté la compétition.

Lino consulta son chronomètre.

– Et c'est dommage : elle a jamais eu des chronos comme ça… et ça fait deux heures qu'elle tourne. Elle avance plus vite avec vos bouquins qu'avec mes conseils !

– *Mens sana in corpore sano…*

– Désolé. J'suis italien mais je parle pas la langue.

– C'est du latin : « Un esprit sain dans un corps sain. »

Les deux hommes continuèrent d'admirer Muriel enchaîner les passages avec volupté. Lino médita.

– Finalement, on devrait s'associer et monter un club tous les deux.

– Vous avez déjà Barrocco comme partenaire.

– Lui, c'est impossible : il sait pas nager. Il a peur de l'eau. C'est pour ça que c'est moi qui me suis occupé de la p'tite.

– Ce n'est pas vrai !!!! rigola Édouard.

– Sur la tête de la Bonne Mère ! jura en souriant le Marseillais.

– Et lui qui se prétend insubmersible !

– Oh ! Tu le gardes pour toi ! C'est un secret.

– Promis ! jura Édouard, la main sur le cœur, amusé par ce tutoiement spontané qui soulignait le début d'une certaine confiance.

Pendant ce temps-là, Muriel écoutait toujours *Les Misérables* :

« *On a voulu, à tort, faire de la bourgeoisie une classe. La bourgeoisie est tout simplement la portion contentée du peuple. Le bourgeois, c'est l'homme qui a maintenant le temps de s'asseoir. Une chaise n'est pas une caste.* »

D'un coup, elle aperçut la main de Lino s'agiter dans l'eau devant elle.

– Ça fait un peu Aqualand, mais y a que ça qui marche, s'amusa le coach.

Et effectivement, Muriel sortit la tête de l'eau, s'arrêta au bord et enleva ses écouteurs. Lorsqu'elle découvrit Édouard, son visage s'illumina.

– Édouard, t'es arrivé quand ?

– Il y a une heure.

– J'arrive.

En un ciseau de jambes, Muriel atteignit l'échelle et sortit du bassin alors que les spots aquatiques magnifiaient ses hanches et sa poitrine. Édouard avala sa salive en regardant l'eau ruisseler sur elle et emprunter les failles et les gorges de son corps vallonné.

– C'est trop cool que tu sois passé ce soir ! se réjouit-elle.

Encore désarçonné par la beauté à la fois gracile et musclée, Édouard ne sut que répondre.

– On se tutoie maintenant ?

– Ça te dérange ? dit-elle en enlevant son bonnet, libérant sa chevelure qu'elle ébroua sensuellement.

– Non… Du tout… enfin.

La nageuse, qui ne se rendit pas compte de l'effet qu'elle venait de produire, se pressa alors.

– Bon je me douche et je reviens. Ah, au fait, tu savais que le surnom de Cosette dans *Les Misérables* c'était l'Alouette ? Comme la ZAC !

– J'avais dû oublier. C'est amusant.

Muriel s'éloigna en direction des vestiaires, ce qui permit à Édouard de continuer à la manger des yeux.

– Fais gaffe, tu marches sur ta langue, se moqua Lino.

– Vous aussi vous me tutoyez ?

– On est associés, non ?

Et Lino lui tapa virilement dans le dos pour sceller leur contrat.

– Tiens, d'ailleurs, faut que je te donne un conseil, ajouta-t-il. Passe aux travaux pratiques avec Mumu, y a Tony qui s'impatiente.

– C'est ce que je comptais faire… associé ! plaisanta Édouard.

18

Tout-terrain

Édouard suivit les conseils de « son associé » marseillais et commença à se préoccuper du chantier. À bord de sa vieille bagnole, il conduisit donc Muriel à Paris. Les embouteillages, causés par les innombrables chantiers non coordonnés de la capitale, leur laissèrent du temps pour discuter.

– Au fait, j'ai acheté *Le Grand Meaulnes*, annonça Muriel.

– Mais pourquoi t'as fait ça ?

– J'voulais mieux te connaître. C'est ton livre préféré !

La conversation prenait un tour charmant et une question le turlupina.

– Et tu l'as lu ?

– Ouais. C'était rapide.

Le prof fut une fois de plus subjugué par les capacités insoupçonnées de son élève, et se réjouit d'échanger des impressions de lecture avec elle. C'était compter sans la présence de Lino qui avait pris goût à ces escapades parisiennes et qui se mêla à l'intime conversation, inconfortablement installé à l'arrière de la Golf.

– Et elle a trouvé ça sinistre, intervint-il.

– Je n'ai jamais dit que c'était drôle, se défendit Édouard. C'est une tragédie romantique, comme *Roméo et Juliette*.

– En tout cas, ça explique pourquoi t'es dépressif, commenta-t-elle.

– Mais je ne suis pas dépressif !!! s'énerva brutalement l'écrivain.

Son emportement clôtura le débat et imposa le silence un instant. Les deux sportifs étaient surpris par la susceptibilité de leur chauffeur qui jusqu'alors paraissait si cool et si ouvert. Ce qu'ils ignoraient, c'est que l'écrivain manquait totalement d'autodérision concernant sa propre psychologie. Son cerveau représentait pour lui sa seule richesse, sa seule qualité, le seul organe qu'il maîtrisait en totalité. Il ne supportait donc pas qu'on puisse y détecter la moindre faiblesse. Une fois la remarque digérée, Édouard se sentit toutefois un peu ridicule de s'être emporté de la sorte et se reprit.

– Bon. Si on lit entre les lignes, c'est quoi la morale de cette histoire ?

– Je sais pas, moi. Quand on court après des rêves, on n'attrape que des emmerdes, analysa Muriel.

– C'est pas faux, acquiesça Lino. Moi, petit, je rêvais d'être pilote de Formule 1 et j'ai passé mon permis poids lourd pour bosser. J'ai pas insisté et j'ai jamais eu de problème.

– Moi, j'ai atteint tous mes rêves et maintenant j'en ai plus, commenta à son tour Muriel, un peu désabusée.

– Ce n'est pas une histoire de rêve, contredit Édouard. C'est une histoire d'idéal fondé sur la nostalgie. Au départ, Meaulnes qui devient adulte a le choix entre deux modèles de vie : François, qui devient instituteur comme son père, et

Frantz de Galais, le type gâté pourri qui ne vit que d'aventures et de fantasmes.

– Rester pépère ou s'éclater, compléta Muriel.

– Oui : la routine ou le risque. Mais comme Meaulnes veut réparer le passé qu'il idéalise et retrouver l'insouciance de sa jeunesse, il ne fait pas de choix et détruit sa vie. Moralité : le passé ne revient jamais ! Quand tu regardes toujours en arrière, tu ne profites pas de ton bonheur présent et tu fais souffrir tous ceux qui t'aiment.

– Ta morale est pas plus marrante que celle de Mumu, conclut Lino.

Assommés par ce cours express de littérature, la nageuse et son entraîneur se turent un instant. L'exposé d'Édouard ne paraissait pas les avoir convaincus.

– Et tu te prends toujours la tête comme ça quand tu lis un bouquin ? réattaqua Lino, presque inquiet de la santé mentale du prof.

– Non, je te rassure. Mais c'est bien de comprendre pourquoi un livre, un film ou même une chanson nous plaisent ou au contraire nous révulsent. Ça sert aussi à ça, la culture : à développer son sens critique, à comprendre les autres et à se positionner dans la société.

Le ton emphatique du normalien, limite donneur de leçons, commençait à user passablement Lino qui mit fin à ses envolées pédagogiques.

– En tout cas, tu sais pas te positionner dans la circulation : ça roule mieux à droite ! le chambra l'ancien chauffeur.

– On va dans quel musée aujourd'hui ? demanda alors Muriel.

– Pas de musée aujourd'hui. On va faire un tour de la future ZAC.

– On arrête le foncier, on passe au fractionné ! ajouta Lino.

– Au fait, t'as pris le dossier ? s'inquiéta Édouard.

– Oh ! Tu me prends pour une chèvre du Rove ? se vexa « l'associé ».

*

La visite du site débuta par l'ancien collège délabré. Il s'agissait d'un de ces ex-CES tout en métal, construit à la va-vite à la fin des années 1960. Après l'incendie qui ravagea le lycée Pailleron en 1973 et fit vingt morts, dont seize adolescents, en plein 19e arrondissement de Paris, ce type de bâtiment avait été sécurisé à grand renfort d'amiante. La toxicité de cette substance ignifuge enfin avérée et un second incendie près du Mans en 2010 avaient finalement eu raison de ce type de constructions métalliques. Comme les autres, le cancérigène et bien nommé collège Marie-Curie ferma ainsi ses portes aux charmantes têtes blondes de la capitale. Il les rouvrit cependant deux ans plus tard pour servir de centre d'accueil d'urgence pour « sans-papiers » aux cheveux crépus. Les considérations sanitaires étaient donc à géométrie variable et la notion d'« espérance de vie » y perdit ici toute logique.

Équipés de combinaisons étanches et de masques à cartouches, Édouard, Muriel et Lino firent la visite du lieu, guidés par un contremaître. L'homme procéda étage par étage et expliqua patiemment à Muriel les détails du dossier, lui indiqua les repères et les références. La nageuse était studieuse, concentrée, observatrice, tandis qu'en retrait Édouard et Lino demeuraient plus distraits. Les deux compères donnaient l'air de faire du tourisme de guerre : les locaux étaient en ruine, les anciens équipements scolaires côtoyant les stigmates d'un campement miséreux et néanmoins officiel, un squat supposé humanitaire.

Une fois sortis et débarrassés de leurs inconfortables tenues, ils s'attardèrent dans la cour pour respirer enfin. Muriel en profita pour de nouveau se repérer sur le plan.

– Détruire un collège : ton père va se régaler ! lui lança Édouard.

– Moi j'aimais bien l'école. J'y avais des copines, pas des adversaires...

– Moi pas, répondit-il. J'ai passé mon enfance dans des écoles friquées, et question black, on n'était pas nombreux.

– T'aurais dû venir dans le mien, c'était tout le contraire ! plaisanta le Marseillais.

Le contremaître les emmena ensuite dans la partie habitat du quartier. Casques de chantier sur la tête, ils arrivèrent au pied de trois tours de dix étages de type HLM dont les premiers niveaux étaient murés.

– C'est triste de détruire ça, s'épancha Muriel.

– Tu trouves ? C'est moche, c'est glauque... réagit Édouard.

– Vu d'ici peut-être, mais derrière chacune de ces fenêtres, y a l'histoire d'une famille.

– Des histoires de misère. T'as vu dans quel état c'est ?

– L'extérieur, ça ne veut rien dire. Moi j'ai vécu en cité à Maubeuge et même si dehors tout était pourri, les appartements étaient super clean et la plupart des gens n'étaient pas malheureux.

Lino prit la pose et les cueillit alors en récitant les vers d'un poème :

« *J'ai pas choisi*
de vivre ici,
Entre la soumission,
la peur ou l'abandon.
Je m'en sortirai,
je te le jure.
À coups de livres,
je franchirai tous ces murs. »

Édouard fut impressionné par l'à-propos de la citation et ce soudain lyrisme de l'habituel taiseux. Cette poésie reprenait le thème de l'émancipation par la lecture, l'évasion par la culture, tout ce discours qu'il tenait dans les embouteillages.

– C'est beau, ce poème. C'est de qui ? Aragon ?

– Jean-Jacques Goldman, inculte ! le charria Lino avec béatitude.

Fier de son effet, Lino poursuivit son chemin. Il rejoignit le contremaître qui peinait à ouvrir la porte blindée, unique accès à l'un des bâtiments. Muriel, qui riait aussi de l'ignorance du normalien, se mit alors à chantonner.

– Envole-moi, envole-moi, loin de cette fatalité qui colle à ma peau…

– C'est bon, je connais ! la stoppa Édouard.

Il s'arrêta de marcher et regarda les deux lurons hilares profiter de leur blague. Il reconnut sa défaite avec humour, mais la référence populaire avait toutefois pris en faute le surdiplômé. Il avait maintes fois entendu cette chanson, sans doute l'avait-il même fredonnée. Pourtant, l'homme qui disséquait les livres n'avait jamais prêté attention à ces paroles et encore moins à leur sens. Pour lui, Jean-Jacques Goldman n'était qu'un simple chanteur de variété, certes témoin à succès de son temps, mais loin d'égaler les artistes de la rive gauche ou les Anglo-Saxons. Le piège de Lino venait donc de mettre au jour son snobisme, ce sectarisme culturel qui interdit d'aimer ce que le peuple vénère. Lui qui se pensait cool se trouva con.

Sa modestie retrouvée, Édouard se rapprocha de Muriel non loin de l'entrée des HLM où le contremaître bataillait toujours avec la capricieuse serrure, visiblement victime d'une tentative d'effraction.

– Tu crois que je suis comme Augustin Meaulnes ? l'interrogea Muriel.

– C'est-à-dire ?

– Que je dois choisir entre faire comme mon père ou changer totalement de vie ?

– Reprendre sa boîte ?

– Oui. Je suis sûre qu'il en rêve.

– C'est à toi de voir. T'es libre !

– Si je le quitte, il m'en voudra…

– Prends exemple sur Lady Di, ça te donnera du courage ! ajouta-t-il avec espièglerie.

Amusée par cette allusion, Muriel lui vola un baiser furtif, cette fois sur les lèvres. Édouard resta bouche bée et la regarda, émerveillé. Le temps s'arrêta, mais un instant plus tard, Lino réveilla les retardataires.

– Bon, vous venez ? C'est ouvert !

La visite des bâtiments donna tout d'abord raison à Édouard. L'ensemble datait, comme le collège, des années 1960, cette période où le rapatriement des Français d'Algérie avait autorisé des constructions sous-normées et phoniquement bruyantes. Le béton s'effritait, les ferrages ressortaient et se corrodaient, l'étanchéité des toits plats goudronnés était un lointain souvenir. À l'intérieur, le spectacle était pire encore. Les parties communes étaient en effet dans un état lamentable : tags, boîtes aux lettres arrachées, lambeaux de peinture qui dégringolaient des murs et des plafonds, ascenseurs hors d'âge, le lieu semblait avoir été abandonné par les gérants depuis plus de vingt ans alors que les derniers occupants n'étaient partis qu'à peine six mois auparavant. Les premiers niveaux étant murés et l'électricité coupée, cette expédition à la lampe torche ressemblait à un film de zombies. Le bourgeois du 5e était oppressé, dégoûté par ce cloaque et angoissé par cette atmosphère apocalyptique. Sans doute avait-il peur de tomber sur un dealeur, un junkie, un squatteur ou tout autre être déséquilibré pour qui la vie humaine n'a plus aucune valeur. Muriel et Lino étaient quant à eux dans leur élément. En poussant la porte d'un appartement, la lumière du jour offrit aux visiteurs un tout autre spectacle. Comme l'avait raconté Muriel, le logement était impeccable, presque coquet, ce qui surprit Édouard. Certes, ce n'était pas Versailles, mais les peintures et les tapisseries obéissaient à tous les canons esthétiques de Leroy Merlin ou Castorama. Les habitants qui vivaient là étaient sans doute manuels : les travaux effectués étaient soignés, professionnels, et le trois-pièces avait été nettoyé avant le départ. Selon toute vraisemblance, ces locataires aimaient leur « maison » et l'entretenaient comme si elle leur appartenait. Ici avaient vécu M. et Mme Tout-le-Monde, d'honnêtes gens, des personnes discrètes et sans histoires.

Ils avaient quitté leur foyer sans esclandre et sans laisser de trace. Seuls un lustre enfantin et un poster de *La Reine des neiges* dans une chambre rose permirent de deviner qu'une petite fille avait grandi là en toute quiétude, à l'abri de la violence des parties communes. Certes tous les logements ne devaient pas être dans cet état : le laisser-aller, la crasse et l'absence d'hygiène régnaient sans doute dans plusieurs d'entre eux. Certains avaient dû être surpeuplés par une contraception mal maîtrisée ou une solidarité jamais calculée, l'exiguïté aggravant le délabrement. C'était sans nul doute ce qu'Édouard s'attendait à trouver, persuadé que l'insalubrité était le monopole des pauvres. Pourtant n'importe quel pompier ou secouriste de la Croix-Rouge aurait pu le détromper : les immeubles cossus cachent aussi leur lot d'abandon et de misère sanitaire, dont l'odeur est l'unique signal d'alarme. Quoi qu'il en soit, à ce moment, ses idées reçues sur les cités étaient bouleversées. Ainsi que Muriel le lui avait annoncé, il découvrait que derrière chaque porte pouvait se trouver l'histoire d'une famille dont l'intimité était digne malgré l'obsolescence orchestrée de l'immeuble.

– Les fenêtres sont toutes neuves, s'étonna la jeune femme.

– Oui, répondit le contremaître. Ils les ont changées il y a deux ans. Y avait des subventions « France Rénov » à dépenser.

– Quel gâchis ! se désespéra-t-elle.

– C'est pas le seul ! ajouta le guide. Ils ont installé la fibre l'an dernier alors que la destruction avait déjà été votée.

– Mais ce n'était pas plus simple de rénover tout ça au lieu de le détruire ? demanda alors Édouard.

– Non. Ç'aurait été du rafistolage. Et puis l'isolation, l'électricité, les circuits d'eau, le gaz, le chauffage au fioul, les vide-ordures, il faudrait tout remplacer et, avec ces infrastructures, c'est impossible.

– Et puis en faisant du neuf, ça permet d'augmenter les loyers et de changer d'électeurs ! compléta cyniquement Lino.

La pertinence de l'intervention de Lino impressionna positivement Édouard. Derrière l'énigmatique butor, il devinait à présent un homme réfléchi et empathique. Le contremaître, pour sa part, ne contredit pas le raisonnement du coach, mais son air dépité démontra qu'il avalisait sa conclusion.

– Je vous montre l'hôpital ? rebondit-il.

Durant le déplacement, Édouard profita du fait que Lino les devançait avec leur guide pour interroger Muriel. Il voulait en savoir plus sur le coach qu'il trouvait de plus en plus surprenant et attachant. Était-il marié, divorcé ? Avait-il des enfants ? Était-il seulement hétéro ? Personne n'en parlait. La presse elle-même, à son heure de gloire, n'avait rien déniché sur lui. Muriel hésita à lever ce tabou. L'entraîneur était très pudique concernant son passé. Elle finit néanmoins par lui révéler son histoire.

– Lino devait se marier avec une fille quand il avait vingt-deux ans, Clara. Il était avec elle depuis plus de six ans. Il l'avait connue au collège et il en était fou amoureux. Un jour, en fin d'après-midi, en rentrant d'une calanque à mobylette, elle a été fauchée par une voiture. Les mecs de la décapotable étaient bourrés. Ils revenaient d'un déjeuner gavés de rosé. Ils l'ont percutée de plein fouet. Elle a été projetée sur la rocaille et elle est morte sur le coup. Lino lui avait juré de ne jamais aimer une autre femme qu'elle. Il a tenu parole toute sa vie.

– Et il n'a jamais retrouvé quelqu'un avec qui refaire sa vie ?

– Toi tu veux savoir s'il a plus baisé depuis trente ans !

– Oui, avoua Édouard, un peu honteux.

– Je te rassure. Tout va bien de ce côté-là. C'est juste qu'il ne s'engage pas. Son cœur appartient toujours à Clara.

Le romantique secret de Lino émut Édouard qui n'en eut que plus de respect pour le chevaleresque garde du corps de Muriel.

19

Aveux de faiblesse

Après cette visite harassante de la ZAC, le trio rentra directement. Afin de se détendre, Édouard proposa à ses disciples de s'octroyer une séance de cinéma dans la salle de projection de la villa. C'était une pièce équipée de matériel dernier cri et de confortables canapés en cuir capables d'accueillir une quinzaine de spectateurs. Tous les trois affalés côte à côte sur l'un d'entre eux, ils regardèrent l'écran géant en mangeant des pop-corn. Au programme, *Jean de Florette* de Claude Berry avec Depardieu, Montand et Auteuil. Bien que marseillais, Lino n'avait jamais vu ce chef-d'œuvre. Certes il connaissait le titre, mais sa préférence pour les films d'action, genre *Taxi* ou *Bac Nord* avait jusqu'alors étanché sa curiosité pour le cinéma phocéen. Assis au centre, le saladier de maïs soufflé sur les genoux, Édouard regarda l'entraîneur plus captivé que jamais. Visiblement, Lino se délectait de retrouver l'accent authentique du pays, le vocabulaire et les expressions qui avaient jadis bercé son enfance : un mastacan, la pile, le tian, estranciné, chercher garouille, « fais du bien à Bertrand, il te le rend en caguant »… Quand il tourna la tête de l'autre côté, Édouard observa Muriel, tout aussi absorbée par l'histoire. S'identifiait-elle à la petite Manon qui aidait son valeureux papa dans les travaux de la terre ? Peut-être. En tout cas ce n'était pas le seul but que cherchait à atteindre Édouard en proposant ce film.

D'un coup, la porte de la salle s'ouvrit. Lui aussi de retour d'une journée pénible, Antoine troubla le silence de la séance, visiblement agacé par la nature de leur activité.

– Vous bossez pas ?

– Si. On regarde un film ! expliqua Muriel.

Lino s'emporta d'un coup.

– Oh ! C'est Pagnol ! C'est sacré : on se tait, là !

Antoine sembla furieux de se faire rabrouer ainsi. Il désigna alors Édouard d'un doigt accusateur.

– Toi ! Suis-moi !

Édouard confia les pop-corn à Lino, se leva du canapé pour le suivre, mais s'arrêta. Pris d'une soudaine inquiétude, il hésita à rejoindre Barrocco.

– Vas-y ! Il te tutoie, c'est bon signe ! l'encouragea Lino.

*

Édouard se trouvait un peu stupide d'avoir eu peur de Barrocco. Qu'avait-il à craindre de lui ? En définitive, rien. C'est donc très détendu qu'il retrouva Antoine dans le salon. Il n'eut cependant pas le temps de prononcer le moindre mot que l'entrepreneur soupe au lait l'agressa.

– Dis-moi, connard, tu crois que je te paie pour mater la télé avec ma fille ? balança-t-il.

– Ce n'est pas de la télé, c'est du cinéma, se défendit le prof, que la surprise rendit fébrile.

– C'est pareil ! C'est pas essentiel !

– Mais si, c'est essentiel ! *Jean de Florette*, c'est une histoire d'arnaque, de manipulation, d'hypocrisie, c'est le b-a-ba du monde des affaires. Vous devriez le revoir : ça vous serait utile à vous aussi.

– C'qui me serait utile, c'est que t'arrêtes de monter ma fille contre moi ! répondit Antoine sur un ton froid et menaçant.

La remarque ne laissait place à aucun doute concernant cette soudaine colère de Barrocco. Visiblement, la proximité de Muriel avec son professeur le dérangeait. Déjà très attaché à son élève, Édouard reprit le dessus, bien décidé à crever l'abcès.

– C'est parce que je suis noir que vous vous méfiez de moi ?!

– Pff. Y a plein de Blacks qui bossent avec moi depuis trente ans et j'ai une confiance aveugle en eux. Toi, j't'aime pas trop parce que tu me prends de haut. T'as le regard des mecs qui sont nés une cuillère en or dans la bouche.

– On dit en argent, la cuillère, rectifia le prof par réflexe.

– Tu vois ! Tu peux pas t'empêcher de me corriger. C'est typique des gens de ton milieu ! Mais j'm'en fous. Ce que j'aimerais que tu m'expliques, c'est ce que tu branles avec Mumu pour la mettre dans cet état. C'est plus la même !

De toute évidence, le père supportait mal l'émancipation de sa fille et ne voyait qu'un seul coupable, lui. Édouard tenta alors de faire prendre conscience à Antoine que l'évolution de Muriel était normale et inéluctable.

– Toute sa vie n'a été que mécanique et solitude. Elle n'a pas eu d'adolescence. Je l'aide juste à grandir, à penser par elle-même. Et ça marche : elle devient une femme, une vraie, et c'est bien.

– Non, c'est pas bien ! Elle discute tout c'que j'dis.

– Normal. Elle commence à savoir se défendre. Ce n'est pas ce que vous vouliez ? Qu'elle sache répondre devant la commission ? ironisa Édouard.

L'explication du professeur bloqua Antoine qui eut du mal à trouver un autre angle d'attaque.

– Ouais, mais pendant ce temps-là, elle n'apprend pas le dossier.

Le prof sourit de voir Barrocco stressé, lui qui ne l'était pas. Et pour cause…

– Si c'est ça le problème, il ne faut pas vous inquiéter. Elle est hypermnésique.

– Et ça change quoi qu'elle écoute beaucoup de musique ?

– Non : hypermnésique, ça veut dire qu'elle a une mémoire totale.

Antoine fusilla du regard Édouard qui venait une fois de plus de lui faire la leçon. Le prof s'astreignit alors à employer des mots plus simples.

– Elle retient tout, comme les surdoués, si vous préférez. Tout ce qu'elle voit ou lit, elle l'enregistre automatiquement.

– Ça, ça vient de moi. Moi aussi, j'ai pas la mémoire courte.

L'écrivain, qui savait ce don exceptionnel, ne chercha pas à discuter cette hypothèse génétique hasardeuse, mais ne put retenir un léger sourire narquois.

– Peut-être, mais elle dispose d'une autre qualité que vous n'avez pas.

– Laquelle ?

– La curiosité. Elle veut tout découvrir, elle a soif d'apprendre.

– Alors qu'elle apprenne le devis ! lâcha Barrocco, soûlé par l'analyse d'Édouard. La présentation de notre plan de démolition est dans quinze jours et elle sait même pas ce qu'on doit faire.

– Détrompez-vous. On a commencé à le dépouiller et aujourd'hui on a fait le tour de la ZAC. Elle a pu visualiser tout le chantier en pointant le document.

– OK. Ça, c'est bien, reconnut le terrassier, surpris par cette information cruciale à ses yeux.

Satisfait de cette avancée, Antoine perdit enfin son agressivité vis-à-vis d'Édouard. Sans totalement comprendre la pédagogie du professeur, il admit que sa méthode était complète, qu'il pouvait lui faire confiance. Toutefois, il restait inquiet et s'assit dans un large fauteuil, visiblement tourmenté.

– Vous savez, elle prend sa mission vraiment à cœur, le réconforta Édouard. C'est à elle que vous devriez faire plus confiance.

– Oui, mais elle n'est pas armée pour affronter ces types qui ont fait des études. Même pour moi, c'est pas toujours évident.

Édouard s'assit à son tour, touché par cette soudaine humilité, et l'écouta.

– Les gens de la haute sont trop intelligents pour nous autres. Des fois, j'entrave que dalle à leurs blagues et on dirait que ça les amuse de me voir largué.

La confession n'avait rien de quelconque, et Édouard perçut enfin ce complexe d'infériorité qui, comme sa fille, minait le robuste terrassier.

– L'intelligence n'a rien à voir là-dedans. Ce sont juste des *private jokes*.

– Tu vois, tu parles anglais, pas moi, et j'ai rien pigé. C'est quoi des prailleute jauque ?

– Des jeux privés, des codes… c'est comme parler en verlan ou en patois pour que personne ne vous comprenne si ce n'est vos copains.

Le visage d'Antoine s'illumina soudain. La référence était limpide pour lui.

– Ah, ouais. Ça, je vois. Avec Rico, on fait la même chose : on parle louchébem : le patois des bouchers ! C'est lui qui m'a appris quand on était mômes. Son père était boucher. On faisait déjà ça en classe. On se foutait des profs ouvertement, c'était bandant.

– Le tout avec ces « gens de la haute », comme vous dites, c'est de repérer leur petit jeu pour éviter d'en être victime.

– Le problème de Mumu, c'est qu'elle a les radars en panne ! Elle a pas assez d'expérience, elle est trop naïve.

– C'est de votre faute, vous l'avez surprotégée. Elle n'a jamais connu la peur.

– Si, elle l'a connue ! À chaque compétition ! Mais grâce à moi, elle l'a surmontée. Elle s'est concentrée sur ses objectifs et elle a battu tout le monde ! se défendit le père.

– Vingt-trois ans qu'elle obéit sans réfléchir à vos ordres, il y avait peut-être d'autres moyens d'y parvenir.

– Garde tes commentaires pour tes bouquins. Si y avait pas des types comme moi pour galvaniser les troupes, les Russes auraient envahi l'Ukraine et Poutine serait déjà en train de prendre son petit déj à Paris.

La réflexion était juste. Barrocco le renvoyait aux lacunes de sa génération et de son milieu. Édouard lui-même manquait de combativité. Il ne connaissait pas l'effort physique et évitait l'affrontement par crainte de la douleur. Jamais il n'avait pris de risques et il cachait ses mille lâchetés derrière le sacro-saint principe de précaution. Son individualisme le poussait à tout miser sur sa malice qu'il croyait supérieure. Toute sa vie n'avait été qu'évitement pour se prémunir contre les accidents, quitte à sombrer dans une routine bourgeoise. En bref, il n'avait aucun sens du sacrifice. Antoine avait donc raison : on ne gagne pas une guerre avec une armée d'intellos qui refusent de sortir de la tranchée. Concernant son élève, l'écrivain devait donc à son tour cesser de la préserver, arrêter les entraînements et la faire monter au front. Il fallait qu'elle entende siffler les balles et estime le point de chute des obus. L'assaut n'était pas sans péril pour lui, car, en bon officier, il devait monter au feu avec elle, au risque d'être blessé.

– Eh bien, je vais l'entraîner à repérer ses ennemis ! conclut Édouard, bien conscient lui aussi que la candeur de son élève était un vrai handicap.

*

Édouard avait cherché durant près de trois jours le moyen d'attiser la méfiance de Muriel. La championne n'avait jamais connu d'ennemis jusqu'alors. En compétition, elle n'avait eu que des adversaires, des concurrentes cantonnées dans leurs lignes d'eau et surveillées par des juges sportifs. Dans son monde, les coups bas n'existaient pas vraiment et partout où elle se rendait, la nageuse était admirée, adulée. Elle n'avait ni envie ni besoin de soupçonner la moindre malveillance. Bien sûr, elle avait ressenti la jalousie de certaines nageuses, mais en sport ce vilain défaut était une vertu, un moteur pour se surpasser que l'on nomme « émulation ». Sa seule défiance concernait ses activités extrasportives, et encore y bénéficiait-elle de la protection de son père, Martel et bien évidemment Lino. En l'exposant en première ligne de sa société, Barrocco l'avait ainsi mise en danger. Il fallait à présent qu'elle perçoive l'ironie, le sarcasme, la moquerie et le second degré, ces doubles discours qui excluent ceux qui ne les saisissent pas et enorgueillissent leurs auteurs. Ce petit jeu se pratique systématiquement en meute, et tels des loups qui cherchent à épuiser leur proie, les participants aiment se faire des frayeurs en titillant le bouc émissaire jusqu'à ce qu'il donne des coups de corne. De son côté, la victime découvre toujours trop tard, lorsqu'elle est exténuée, que ce qui paraissait sympathique et ludique au départ n'avait pour seule finalité que la mise à mort. Muriel n'était encore qu'une chevrette dépourvue de cornes pour se défendre et il lui fallait détecter ses prédateurs avant d'être piégée.

En bon professeur, Édouard voulait donc trouver un test en situation réelle qui aiguiserait le sens critique de son élève et lui permettrait de riposter à temps. Il avait pour but de lui apprendre à démystifier ces êtres supérieurs et suffisants qui se flattent de comprendre le monde alors qu'ils vivent dans un microcosme élitiste et confortable. Il connaissait leurs forces, leurs faiblesses, et pour cause, il était l'un d'entre eux. En revanche, lui en avait conscience, se le reprochait parfois et tentait malgré tout de se corriger. Parmi ces imposteurs, l'expertise d'Édouard permettait de démasquer plus particulièrement ceux qui sévissaient dans la sphère littéraire. Néanmoins, il ne savait pas comment les opposer à son élève.

Tandis qu'il bachotait avec Muriel le dossier de démolition et qu'il lui en expliquait les points restés obscurs, le hasard fit qu'il reçut une invitation à une rencontre-dédicace. L'événement était organisé pour le lancement du dernier livre d'une romancière à succès, Noémie Vian, qui publiait chaque année un nouvel ouvrage. En étudiant le sujet du roman, une « beurette des cités », Édouard crut deviner qu'on l'invitait plus pour sa couleur de peau que pour l'éminence de sa présence. Un attaché de presse avait sans doute cherché dans ses trombinoscopes des physionomies de banlieue pour agrémenter le public de diversité ethnique, un aréopage multicolore pour les photos de presse. Il n'avait aucune envie de s'y rendre, de se prêter à cette mascarade, de jouer le faire-valoir ou la caution minoritaire, surtout pour cette consœur qu'il n'appréciait guère. En revanche, ce type de rencontre et le sujet du roman lui apparurent idéaux pour aguerrir Muriel à l'art du débat. C'était un champ de manœuvres dont il connaissait tous les recoins. Barrocco voulait que sa fille apprenne à se battre et le lieutenant Laville décida de se faire violence en organisant un raid sur place.

20

L'art du débat

Même s'il admettait que « tous les goûts sont dans la nature » et que le succès de Noémie Vian correspondait à une demande réelle du public, Édouard reprochait à sa consœur son manque de travail, sa précipitation et, à demi-mot, sa cupidité. À presque cinquante ans, elle en était à son vingtième roman, un enchaînement inhumain où le talent se dilue et l'imagination s'étiole. Alors qu'elle avait été prolifique à ses débuts, la teneur de ses écrits s'allégeait chaque fois un peu plus, tant sur le fond que dans la longueur. Si certains savent faire passer des vessies pour des lanternes, son éditeur travestissait ses nouvelles en romans, en grossissant les caractères et en augmentant les interlignes. Ainsi le nombre de pages restait constant tandis que le prix du livre s'envolait. En dépit de l'admiration qu'il avait pour la plume de l'écrivaine, Édouard dénonçait son racolage thématique, ses choix plus mercantiles que sincères, plus « marketing » qu'empathiques. Calquant son mépris sur celui des élites maudites, ces confrères dits « exigeants » qui ne vendent rien, le normalien avait beau jeu de critiquer les choix commerciaux de sa collègue. Sans vergogne ni modestie, il oubliait un peu vite qu'il s'était lui aussi prêté à cet exercice mercantile, à compte d'auteur et sans succès. Sans doute y avait-il donc dans ce grief une part de jalousie. Sur ce terrain de la littérature grand public, Noémie Vian séduisait les foules, pas lui. Toutefois sa répulsion ne se limitait pas à cette concurrence commerciale. Il détestait tout autant la personne que ses écrits. Édouard la connaissait bien pour l'avoir fréquentée à plusieurs reprises lors de Salons du livre où il avait eu le temps de la décoder. Elle y était systématiquement annoncée comme « invitée d'honneur », un moyen efficace de donner de la notabilité aux événements, d'appâter la presse régionale et d'attirer le chaland. Une fois, ils avaient même dédicacé côte à côte : un souvenir pénible. Cela avait été une journée interminable durant laquelle Édouard n'avait rien vendu, son stand étant caché par la horde de fans de sa médiatique voisine, une cohorte féminine avide d'autographes et de selfies. Il avait pu observer son petit jeu de marchande, de femme du boucher, aimable avec la clientèle mais soucieuse de ne pas décourager les acheteurs de la queue en s'attardant trop avec certaines lectrices hyperloquaces. Malgré la cadence industrielle de l'exercice, Édouard avait pu néanmoins discuter avec la star qui pestait à voix basse contre son fan-club prolixe et envahissant, ainsi qu'à l'encontre de l'organisation du Salon, pas assez professionnelle au regard de sa stature. Durant leurs échanges, le trentenaire avait en outre subi les conseils condescendants de son illustre aînée, une forme de pédanterie paternaliste fort désagréable pour l'homme de lettres déjà confirmé. Il la savait donc très snob, d'une empathie de posture, et confronter Muriel à cette femme lui parut une heureuse idée. En outre, son livre portait sur la vie des cités. Il spéculait que, tout comme lui lors de la visite des HLM de la ZAC, la star de l'édition n'avait jamais mis les pieds dans les quartiers sensibles et que par conséquent son livre fourmillerait de clichés irritants pour son élève.

La nouvelle œuvre de Noémie Vian s'intitulait *Aïcha, escalier E* et se voulait en effet une immersion dans le quotidien d'une jeune fille d'origine maghrébine dans une cité délabrée où les paraboles satellites poussaient aux fenêtres. Afin de s'assurer un auditoire abonné à *Télérama* et friand de compassion interethnique, l'éditeur avait loué, un soir de relâche, le théâtre de l'Épée de Bois à la Cartoucherie de Vincennes. Cette seule adresse labellisait la « gauchitude » de l'auteure, l'humanisme du récit, et garantissait manifestement la véracité du contenu de l'ouvrage.

Ayant eu à traverser d'ouest en est la capitale aux heures de pointe, Édouard, Muriel et Lino arrivèrent en retard. C'est donc à pas de loup que les trois compères pénétrèrent dans la salle aux allures de bistrot, type « Droit de réponse », où la présentation était déjà bien avancée. Muriel fut impressionnée par le dispositif. Sur le proscenium, un animateur-journaliste d'une quarantaine d'années, Alexandre, était assis face à Noémie et l'interrogeait. L'auteure était maquillée et coiffée de façon sophistiquée, un désordre capillaire étudié qui aurait résisté à un cyclone. Pour l'occasion elle s'était habillée en jean et veste de treillis, et chaussée de Stan Smith. Que des marques, mais avec les codes de la rue. Sans doute souhaitait-elle par ses vêtements revendiquer une enquête de terrain, presque un travail de reporter de guerre, et suggérer d'hypothétiques dangers qu'elle avait affrontés pour documenter son récit.

La scène était éclairée par des spots et à chaque extrémité se trouvaient des kakémonos, ces grands visuels verticaux utilisés sur les salons et dans les expositions. Sur le premier était affichée la couverture du livre *Aïcha, escalier E* et, sur le second, la photo géante de l'écrivaine. C'était un de ces clichés noir et blanc, style Harcourt, qui donnent profondeur, talent et intelligence au plus idiot des modèles. Celui-ci était légendé de la signature manuscrite de Noémie, une subtilité qui sacralisait la femme de lettres qu'elle était. Après s'être faufilé, le trio s'assit enfin et écouta Noémie Vian qui parlait au micro.

– … C'est ça : ainsi que tu l'as souligné, Alexandre, les tours sont pour elle comme des rappels permanents de son enfermement dans sa cité, des sortes de miradors. Et les poubelles sont, dans cette scène, les ex-voto de sa misère.

Muriel fut surprise et interpella Édouard à voix basse.

– C'est pas du théâtre ?

– Non. C'est une rencontre littéraire : le spectacle est aussi dans la salle ! s'amusa-t-il déjà.

Muriel inspecta alors avec circonspection la faune qui composait le public : écharpe rouge et costume en velours côtelé noir pour les ex-soixante-huitards, lunettes aux montures années 1950, chevelure néo-romantique et la barbe de trois jours pour les autres bobos parisiens arrivés en Uber dans cette contrée lointaine et menaçante qu'on appelle « la petite couronne ». Le look des auditeurs respirait donc la culture avec un grand C et la puissance intellectuelle appétante. Tous écoutaient religieusement l'auteure avec cet air ostensiblement concentré, censé prouver la compréhension et la communion. Ici et là quelques reportrices de magazines féminins prenaient des notes tandis que des enseignants, des retraités et enfin des fans de Noémie « enlunettées » buvaient chacun de ses mots. L'écrasante majorité des sièges était bien entendu occupée par des femmes, une assemblée séduite par Alexandre, le journaliste bellâtre, enjoué et érudit. En bon animateur, celui-ci proposa une immersion dans le texte.

– Si je peux me permettre, Noémie, j'aimerais que l'on savoure ce descriptif, page 102, qui est un tournant du livre.

Noémie joua la flattée et la modeste.

– Vous le voulez ? demanda-t-elle à l'auditoire.

Des « oui » et des « bien sûr » de la salle comblèrent l'auteure.

– Alors, vas-y, lance-toi… challengea-t-elle le journaliste qui ne se fit pas prier.

Quoique… Un silence de cathédrale s'installa, car Alexandre ménageait son effet.

– *… 21 heures… le noir… La lueur alternative d'un néon défectueux inondait la cage d'escalier dont la purulence verdâtre laissait apparaître les messages nauséabonds d'une population livrée à elle-même…*

L'auditoire était scotché à ses lèvres, des hochements de tête cadencés semblant souligner la poésie des mots. Muriel, elle, décrochait déjà.

– *Pourquoi ? Pourquoi elle et pourquoi maintenant ?… Des sachets de supermarché pour seuls bagages cisaillaient ses petits doigts boudinés par la litanie des codes-barres de la caisse 28. Un transfert de ses détritus quotidiens, reflets d'une consommation formatée par les spots publicitaires martelés toute la soirée entre deux épreuves d'un reality-show inepte et lui aussi ordurier…*

Lino restait impassible. Muriel dévisagea alors Édouard comme pour lui dire : « Qu'est-ce qu'on fout là ? » C'est à cet instant que Noémie ouvrit son propre livre. Telle une diva attendant le signal du chef d'orchestre pour donner de la voix, l'écrivaine préparait sa partition de soliste.

– Je peux ? coupa-t-elle le journaliste avec une humilité et une timidité qui sonnèrent faux.

L'effet était, sembla-t-il, préparé, voire répété, et Alexandre acquiesça avec une joie disproportionnée. Il admira alors l'auteure poursuivre dans ce registre théâtral ampoulé, dramatiser sa lecture en surjouant la ponctuation et accentuant les silences avec un air inspiré.

– *Dernière escale… Aïcha fait à présent face à trois containers rescapés des émeutes de la veille : un jaune pour le verre, un bleu pour le carton et enfin un vert pour les détritus… Le regard perdu, la jeune beurette déboussolée ouvre péniblement ses sachets pour procéder à la sélection. Mais quelle sélection ?*

– *Ces containers lui renvoyaient l'image d'une société où chaque individu est plus ou moins recyclable…* conclurent en chœur les deux orateurs.

Une standing ovation se déclencha au dernier mot du duo. Les deux interprètes jubilèrent de ce triomphe et échangèrent des baisers virtuels flagorneurs.

– Merci… Merci beaucoup… Merci surtout à toi, Alexandre, pour ta lecture…

Les applaudissements s'estompèrent et le public se rassit.

– Merci, merci… Des réactions ? lança le journaliste à la salle conquise.

Les mains se levèrent, un micro circula, occasion pour les groupies de prouver leur haute capacité cérébrale et de montrer, l'espace d'une question, leur sensibilité artistique.

– Oui, juste pour dire mon émotion, on est vraiment transporté par la torpeur de ce ghetto… dit l'une.

– … Cette descente aux enfers et cette mise en relation du déchet avec l'être humain m'ont profondément bouleversé, dit un autre.

Muriel glissa alors un mot à l'oreille d'Édouard.

– Tous ces bourges fascinés par la misère, on se croirait au Festival de Cannes !

– T'y es allée ?

– Oui. Une journée. J'étais invitée par Chopard, précisa-t-elle un sourire en coin.

Noémie Vian répondit pour sa part aux compliments, dévoilant le secret de sa puissante métaphore.

– L'Homme est un produit de consommation tout comme ses propres achats : il est produit, puis déchet, puis il est plus ou moins recyclable…

– Sans compter la procrastination qui retient Aïcha chez elle au péril de son hygiène, compléta le journaliste.

– Je voulais qu'on ressente la pénibilité de la descente, ce refus du rejet, cette démission sanitaire.

– C'est hélas une tragédie contemporaine bien réelle ! appuya Alexandre.

– Tout à fait ! C'est un cercle vicieux : la médiocrité entraîne la misère et réciproquement.

– C'est ce qui fait de ce roman une œuvre nécessaire.

Muriel bouillonnait.

– Elle se prend pour qui, cette conne ! glissa-t-elle à l'oreille d'Édouard qui sourit.

– Je trouve votre style magistral, intervint une journaliste. Comment le définiriez-vous ?

Noémie se réjouit de cette louange venant de la presse mais consulta Alexandre du regard, ne sachant que répondre. La question appelait en effet un retour de sa part forcément emphatique, voire prétentieux, et l'auteure voulait à tout prix préserver sa modestie de façade.

– C'est le style Noémie Vian, plaisanta l'animateur.

La pirouette verbale qui se voulait humoristique emporta tous les suffrages et fit oublier la fausse pudeur de l'auteure. Tout comme Barrocco aux abattoirs Corlay, Alexandre chercha alors à diversifier les questions afin de contenter le grand public. Si le débat devenait trop intello, le risque de croire le livre chiant aurait plombé les ventes. Et pour montrer que le roman était accessible, il choisit une main qui se levait au loin.

– Oui… Monsieur, au fond, avec les lunettes noires, précisa le journaliste. Vous pouvez faire passer le micro ?

Édouard et Muriel regardèrent circuler le micro qui s'approchait dangereusement d'eux et atterrit à leur grande surprise entre les mains de Lino, qui se leva pour parler. Dans la salle, Natacha, la journaliste de *Cloner* déjà présente à la conférence de presse des abattoirs Corlay, se retourna et n'en crut pas ses yeux. D'un coup d'œil, elle reconnut Lino et bien sûr Muriel. Aussi sec, elle dégaina son smartphone et se mit à filmer l'échange.

– Bonsoir, commença timidement Lino.

– Quelle est votre question ?

– Ben, déjà je voulais dire que vous vous êtes gourée dans les couleurs du tri sélectif et aussi je voulais savoir si vous pensez à tout ça en allant aux poubelles ?

Un rire sournois frémit dans toute la salle, ce qui ne déstabilisa pas le coach mais irrita Muriel. Complice de son fan-club, l'écrivaine répondit poliment avec ce ton pédagogue et condescendant qu'adoptent les présomptueux face à ceux qu'ils jugent débiles, mais dont ils ont besoin pour gagner leur vie.

– Moi non, mais les jeunes femmes immigrées de la troisième génération, oui. Il faut comprendre ce mal-être permanent. Et, oui, le local poubelles est pour beaucoup le miroir de nos vies. Mais cela, je suis sûre que vous l'aviez saisi.

– Quel ramassis de conneries... commenta Muriel à voix basse.

Muriel trépignait, mais pétrie de timidité, se retenait de lever la main. Venu justement pour cela, Édouard la poussa donc du coude pour l'inciter à intervenir. Elle finit par réclamer la parole.

– Oui, mademoiselle...

Muriel se mit debout et prit fébrilement le micro de Lino, à la grande joie de la journaliste de *Cloner* qui filmait encore, toujours à l'affût d'un buzz sur le net. Bien que révoltée, Muriel s'exprima cependant sans assurance.

– Bonsoir... J'ai vécu en cité plus de seize ans et je voulais vous dire que, franchement, on se pose pas toutes ces questions.

– C'est parce que vous n'êtes pas maghrébine, mademoiselle.

– Qu'est-ce que ça change ? se piqua soudain Muriel. Moi j'avais plein de copines arabes et elles étaient comme moi ! Faut arrêter de dire qu'elles ont que le choix entre la caisse chez Lidl et la burqa !

L'auteure fut surprise par la critique virulente et se pencha vers Alexandre avec un sourire diplomate.

– D'où ils sortent, ces sous-cortiqués ?

Puis Noémie se redressa et fixa Muriel droit dans les yeux avec un regard navré.

– C'est pourtant une réalité !

– Ah ben non ! commença à s'affirmer la nageuse. Et puis, elles ne se prennent pas la tête comme ça ! Elles ont pas des rêves inaccessibles !

– Pour elles, ils le sont. Elles sont dans une impasse : leur avenir est bouché.

– Mais vous dites n'importe quoi ! s'emporta enfin Muriel. La plupart de ces filles, elles veulent juste un beau mec, bosseur, et le « pav de banlieue » pour faire des barbecues le week-end.

– Je vous l'accorde, mais c'est bien au-dessus de leurs moyens.

– Vous délirez ! Regardez Stéphane Plazza ! Y a plein d'endroits où les pavillons coûtent moins cher qu'un studio à Paris.

La diatribe commençait à émousser la patience de la star des librairies. Noémie Vian était en effet de ces femmes enjôleuses au premier contact et venimeuses avec ceux qui résistaient à ses charmes.

– Au lieu de regarder Plazza, je vous conseille de lire Spinoza. Un peu de réalisme vous ferait du bien.

Le mot d'esprit déclencha les rires et quelques applaudissements du public, ce qui énerva encore plus Muriel.

– Eh bien moi, je vous conseille de faire un stage en banlieue, ça vous éviterait d'inventer des conneries.

– Écoutez, mademoiselle ! Je n'invente rien. J'ai enquêté plus de trois mois, j'ai étudié de près la pauvreté des cités et…

– Et moi je l'ai vécue, la coupa Muriel. Vous êtes à côté de vos pompes. Quand je vous écoute, j'ai l'impression que ça vous rassure de mettre les gens des cités dans des cases…

Un silence glacial envahit l'assistance et tous dévisagèrent Muriel comme une intruse.

– Me regardez pas comme ça ! C'est pas parce que vous employez des mots compliqués que ce que vous écrivez est intelligent.

Alexandre, le journaliste animateur, retint le micro de son invitée, car il se sentait un devoir de mettre fin lui-même à cet échange.

– Mademoiselle, sans vous offenser, ici on parle littérature. L'exégèse de nos discussions vous est peut-être inaccessible, mais il existe des forums de jocrisses où vos logorrhées trouveraient mieux leur place…

– Vous voyez, vous parlez pour qu'on ne vous comprenne pas ! lui rétorqua Muriel.

– En termes plus triviaux : votre place est à la télé dans un *talk-show* ou sur Twitter.

La salle explosa de rire à la suite de cette estocade. Piquée au vif, Muriel fit signe de partir à Lino et à Édouard qui, pour sa part, buvait du petit-lait. « Allez, venez, on se tire », lança-t-elle. Le trio se leva et commença à partir, cette fois sans précaution, obligeant la rangée à se lever à son passage. Fier de faire fuir ces mécréants de la littérature, le journaliste les invectiva une dernière fois.

– C'est facile de lancer une grenade et de s'enfuir. L'insulte est l'arme des incultes, mademoiselle.

Muriel stoppa net. Réfléchit, se retourna et lentement…

– « Cette tête de l'homme du peuple, cultivez-la, défrichez-la, arrosez-la, fécondez-la, éclairez-la, moralisez-la, utilisez-la ; vous n'aurez pas besoin de la couper… »

– Des paroles d'Orelsan ou Booba, je présume, se moqua Noémie.

La salle ricana de cette référence au rap et la championne attendit que tous se taisent pour la crucifier.

– Non. De Victor Hugo : relis tes classiques, connasse !

Natacha, la journaliste de *Cloner*, jubila en arrêtant sa vidéo. Elle n'avait loupé aucune miette de l'escarmouche et elle s'empressa de poster avec ce commentaire : « Muriel Barrocco coule Noémie Vian. »

Édouard explosa de rire en sortant, heureux que Muriel ait ainsi descendu cette bande de pédants. Sans se l'avouer, l'écrivain jubilait de s'être vengé de sa consœur, d'avoir fait vaciller sa statue. Lino, lui, restait subjugué par la repartie de sa nageuse. Seule Muriel ne décolérait pas. Toujours furieuse, elle pressait le pas.

– Muriel, attends-nous ! lui lança Édouard.

– Toi, va te faire foutre !

Le prof fut surpris par sa réaction alors que sa victoire était éclatante.

– Qu'est-ce que je lui ai fait ?

– Je crois qu'elle a pas aimé tes collègues ! expliqua Lino, avec un sourire en coin.

Durant tout le trajet retour, Muriel resta mutique et fit la tête à Édouard. Pourtant le prof, fier de son élève, la complimentait sans discontinuer. En vain. Habituée à faire des longueurs durant des heures, la championne savait tout autant rester muette, enfermée dans ses pensées. Son attitude acheva de déconcerter Édouard qui finit par se taire lui aussi.

*

Lorsque le trio rentra du houleux débat vers minuit, Barrocco était encore éveillé et les attendait dans le salon en regardant une chaîne d'info en continu. En les entendant, il éteignit aussitôt la télé et les interpella, impatient de découvrir comment s'était déroulé le test qu'avait promis Édouard.

– Alors cette soirée ?

– Merde ! le cloua Muriel, toujours furieuse.

Dans le même élan, elle se jeta dans un fauteuil et se recroquevilla comme pour se protéger, s'enfermant dans le silence. Barrocco, qui savait ne rien pouvoir obtenir de sa fille quand elle se comportait ainsi, se tourna alors vers Édouard et Lino.

– Vous l'avez emmenée où ?

– À un débat d'intellos, genre Bernard Pivot, résuma Lino.

– Et ça s'est mal passé ?

– Non, au contraire, elle a été brillante, se félicita Édouard. D'ailleurs, contrairement à vous, elle sent quand on se moque d'elle : elle a super bien contre-attaqué.

– Elle a atomisé les Parigots ! ajouta Lino, admiratif.

– Ben alors, pourquoi elle fait la gueule ?

– Je ne sais pas, répondit le prof.

Muriel releva la tête, dévisagea Édouard et laissa éclater sa colère.

– Ah oui, tu ne sais pas ?

– Non, désolé, je ne vois pas, répondit le prof, interloqué par cette agressivité dont il faisait pour la première fois les frais.

– Tu m'as piégée : tu savais où tu m'emmenais, tu connaissais le bouquin, les participants, tu savais que j'allais mal réagir.

– Au contraire ! Tu as très bien réagi.

– Tu parles ! J'suis passée pour une chroniqueuse d'Hanouna.

– Qui cite Victor Hugo ? Dis pas de bêtises. C'était un exercice et tu l'as réussi au-delà de mes espérances.

– Il n'empêche que tu m'as manipulée. Tu t'es servi de moi pour que je foute la merde dans cette soirée.

D'un côté, l'analyse enchantait Édouard car elle prouvait l'intelligence de Muriel. En revanche le professeur se sentait honteux d'être démystifié, de s'être servi d'elle pour une obscure vengeance.

– Et ça a marché ? se renseigna Barrocco.

– Ouais, elle a fait fort ! confirma Lino, son portable à la main. En plus, y a Natacha, de *Cloner*, qui a tout filmé et la vidéo cartonne déjà sur YouTube et Insta. Les gens adorent !

– Alors, si tout le monde trouve ça super, c'est quoi le problème ? s'irrita un peu plus le père.

– C'est toi le problème ! l'attaqua Muriel.

– Moi ?

– Oui, toi et cette élite que t'as tant envie de rejoindre.

– On a réussi, on est riches et célèbres, que tu le veuilles ou non, on en fait déjà partie de l'élite ! Faut assumer !

– Mais on fait pas partie de celle-là ! Je les ai vus ce soir ces gens que t'admires tant : pour eux, on restera toujours des merdes !

– Alors et de une, je me fous de ce que les intellos pensent de nous. Et de deux, tout ce que j'ai, je l'ai mérité et toi aussi : j'ai pas honte de ce que je suis et de ce que j'possède.

– Et tu vas tout perdre, comme M. Madeleine !

– C'est qui encore, ce type ?

– Jean Valjean, *Les Misérables*, expliqua Lino.

– Ah si tu t'y mets, toi aussi, ça va pas le faire ! le rembarra Barrocco.

– De toutes les façons, j'arrête tout. J'irai pas à la présentation, conclut Muriel.

À son tour, Édouard chercha à calmer ses impulsions et la supplia.

– Non, mais, Muriel, tu ne peux pas abandonner comme ça ! On est en train de réussir notre pari !

– Ah parce que pour toi, je suis un pari ?

– Bien sûr que non. Mais admets qu'aujourd'hui tu n'es plus la même, que t'es capable de te défendre. Avant tu étais timide en public, tu n'osais pas dire ce que tu pensais. Tu ne te sens pas plus forte maintenant ?

– Plus forte pour quoi ? Pour ressembler à tous ces connards prétentieux qui gagnent leur croûte en jugeant les autres ? Non, merci.

Le rejet de la jeune femme était sans appel et imposa le silence à tous. Édouard ne pouvait la blâmer tant il détestait lui aussi cette faune snob qu'il lui avait imposée.

– Je me sentais mieux avant, poursuivit-elle, mélancolique. Je me posais pas toutes ces questions : les gens étaient gentils, j'étais heureuse, la vie était belle, simple.

– Oui, mais tout le monde se servait de toi, plaida le prof.

– Comme toi, le crucifia-t-elle.

Le regard accusateur de Muriel meurtrit Édouard. Il ne s'attendait pas à ce jugement qui le décevait et le blessait à la fois. Il l'avait certes manipulée, mais c'était uniquement pour son bien, pas le sien, du moins pas consciemment.

– Tu crois que je me sers de toi ? lui demanda-t-il sur un ton qui ne cachait pas son désarroi.

– La ferme, l'interrompit Barrocco, excédé. Elle a raison : avant que t'arrives tout marchait comme sur des roulettes entre nous. Je sais pas ce que tu lui as fourré dans le crâne, mais tes conneries, j'en ai soupé : t'es viré !

Édouard ne réagit pas à la condamnation d'Antoine, il n'avait d'attention que pour Muriel qui soutenait toujours son regard.

– C'est ce que tu veux, toi aussi ?

Muriel ne répondit pas, mais détourna le visage en guise de verdict. Le chagrin d'Édouard fut profond, mais il ne voulut pas offrir à Barrocco le plaisir de palper sa souffrance. Il se retira dignement, sans un mot, et lentement s'éclipsa.

La porte d'entrée claqua, et Muriel, les yeux rougis, releva la tête. Antoine reprit alors un ton volontairement jovial.

– Allez ! Sèche tes larmes, mon bébé. Et t'inquiète pas, on n'a plus besoin de lui. J'ai trouvé un super truc qui va nous sauver la mise à la commission.

– T'as pas entendu ? J'arrête tout, répéta Muriel.

Cette rébellion raviva la colère de Barrocco.

– Mais pour qui tu te prends ?

– Pour une femme libre !

– Alors, casse-toi. Fais comme ta mère !

– C’est dégueulasse de me dire ça. Je ne suis pas comme elle.

– Ah, parce que toi t’es mieux ? T’es plus « intelligente » ? Redescends sur terre ! T’es juste devenue une encyclopédie waterproof.

L’insulte était violente et la tristesse de Muriel immense. Elle dévisagea son père avec effroi puis se leva, la gorge nouée par le désespoir.

– Tu vas où ? J’ai pas fini ! reprit-il.

En vain. Sans mot dire, Muriel essuya une larme et disparut à son tour, sans réagir aux injonctions de son père.

Resté en retrait, la mine fermée, Lino fixa Barrocco comme s’il jouait une partie de bras de fer optique.

– Pourquoi tu me regardes comme ça ?

Mais l’entraîneur demeura lui aussi silencieux et toisa Antoine. Son dégoût était évident. Barrocco, qui culpabilisait à cause de son emportement, décrocha en premier, baissant la tête, un peu piteux.

21

Les œillères

« *Mais quelqu'un est venu qui m'a enlevé à tous ces plaisirs d'enfant paisible. Quelqu'un a soufflé la bougie qui éclairait pour moi le doux visage maternel penché sur le repas du soir. Quelqu'un a éteint la lampe autour de laquelle nous étions une famille heureuse, à la nuit, lorsque mon père avait accroché les volets de bois aux portes vitrées. Et celui-là, ce fut Augustin Meaulnes, que les autres élèves appelèrent bientôt le grand Meaulnes.* »

Sur le trajet retour, ces mots d'Alain-Fournier résonnaient en boucle dans la tête d'Édouard. Ils faisaient écho aux reproches de Muriel qui regrettait sa vie d'avant, une existence sans surprise, sans conscience ni doute, mais chaleureuse. Comme Augustin Meaulnes, son héros, Édouard avait voulu réparer les injustices du passé, lutter contre la fatalité pour créer un monde idéal, et avait gâché sa seule chance de bonheur. Il se trouvait stupide d'avoir imposé à Muriel un destin qu'elle ne réclamait pas. La leçon était cruelle pour l'intellectuel qui avait fondé son existence sur les écrits. Son livre préféré l'avait certes aidé à comprendre la vie, mais pas à la connaître, et ce jour-là, la leçon était douloureuse.

Rentré chez lui, Édouard se sentit désœuvré et vidé de tout son être. Ce dernier mois avait ébranlé toutes ses certitudes sur le monde qui l'entourait, mais aussi sur lui-même. D'abord traité de « raciste social » par Martel, puis de « sectariste culturel » par Lino, sa rencontre avec Muriel avait achevé de changer sa façon d'appréhender les autres. Tous ses a priori avaient volé en éclats. Cette si confortable méthode qui consiste à cataloguer les gens et à les mettre dans des cases à la première impression n'avait plus aucune logique pour lui. Il avait perdu tous ses repères. Et puis la belle nageuse avait donné un sens à sa vie. En devenant son pygmalion, il s'était enfin senti concrètement utile et le seul regard de Muriel le valorisait. Aussi quand elle l'avait accusé de se servir d'elle, elle avait eu un peu raison, même si elle sous-entendait un intérêt plus terre à terre. Sans doute le soupçonnait-elle de la prendre pour un singe savant, sa créature, sa chose, une de ces étrangetés de la nature exploitées par leur découvreur. Peut-être aussi lui avait-il imposé une métamorphose qu'elle n'avait pas choisie et qu'elle détestait comme une chirurgie plastique excessive qui modifie la personnalité et son rapport aux autres. Certes, Barrocco était à l'origine de ce fiasco, mais Édouard ne se dédouanait pas de sa responsabilité. Il reconnaissait parfaitement son erreur, ce dirigisme éducatif arrogant qu'il condamnait sans cesse, notamment dans les films. Depuis des années il critiquait en effet le cinéma français et ses comédies *feel good*, où un professeur apprend « les bonnes manières » et « le bon goût » à un jeune de banlieue. Quasi systématiquement, c'était un beur qu'on sortait de sa cité et qu'on éduquait pour réussir dans la vie : concours d'éloquence, chant lyrique, compagnonnage, cuisine, haute couture, écologie, toutes ces variantes professorales horripilaient l'écrivain. Souvent estampillés « un film qui fait du bien » ou « un joli film », Édouard les voyait arriver de loin. Il détestait ces scénarios paternalistes et manichéens qui, sous couvert de bonnes intentions, prétendaient donner des perspectives à cette jeunesse désœuvrée alors qu'en réalité ils ne faisaient que donner bonne conscience à leurs auteurs, de faciles subventions à leurs producteurs, et un peu d'espoir à une bourgeoisie rendue paranoïaque par les chaînes d'info en continu. À cet instant, Édouard se reprochait donc d'avoir succombé à cette tentation flatteuse qui fait fi des aspirations de l'élève et impose un modèle de vie. Lui qui avait une haute opinion de lui-même avait enfin perdu de sa superbe. Sans s'y attendre, il était tombé de son piédestal, un promontoire où il se sentait admiré et duquel il dominait ceux qui levaient les yeux vers lui. Sa statue s'était brisée au sol, et lui qui se croyait de marbre s'aperçut qu'il n'était fait que de plâtre.

Souvent on sous-estime ce que l'on gagne facilement et c'est seulement lorsqu'on perd tout qu'on réalise qu'on y tient viscéralement. Édouard n'échappa pas à cette règle. Dès le premier jour, Muriel lui avait offert sa confiance, son amitié et même son affection, sans qu'il ait à produire le moindre effort. Elle lui avait appartenu gratuitement et il en avait oublié sa valeur. Cette rupture était une preuve par le vide et réveilla sa conscience. Oui, Édouard tenait à Muriel et désormais il souffrait de son incompréhension. Le prof était-il tombé amoureux de son élève ? Il chassa cette idée, trop orgueilleux pour admettre qu'il ne contrôlait pas ses sentiments. Toujours était-il qu'à cette heure il n'avait plus envie de rien et noyait son mal-être dans un verre de vin en végétant devant la télé. Pour une fois, il avait machinalement tiré les rideaux de son atelier et cachait sa tristesse aux yeux du monde. L'écrivain se vantait d'être solitaire, mais l'homme découvrait enfin ce qu'est la solitude.

Édouard avait achevé sa bouteille de chardonnay et somnolait devant une émission sur des crimes lorsque quelqu'un frappa à la vitre de son atelier. Deux heures du matin ! L'ex-précepteur crut deviner qui venait le déranger à cette heure indécente. Sans doute Éric Martel avait-il eu vent de cette dispute et rappliquait ventre à terre pour plaider une nouvelle fois la cause de la tribu Barrocco. Il se leva donc sans entrain et ouvrit la porte, prêt à renvoyer l'importun. Mais ce n'était pas Éric : un bagage à la main, Muriel levait les yeux vers lui comme un chiot perdu.

– Je suis désolée, je ne pensais pas ce que je t'ai dit. J'peux venir squatter chez toi ?

Était-ce un rêve ? Édouard eut l'impression de vivre l'ultime scène de *Quatre mariages et un enterrement* où Andie MacDowel apparaissait sous la pluie pour s'excuser auprès de Hugh Grant d'avoir empêché son mariage et lui déclarer sa flamme. Moins flegmatique que le beau Hugh, Édouard ne put masquer son bonheur et l'accueillit d'un large sourire. Il ouvrit grande la porte et elle avança lentement dans le salon. Elle laissa choir son sac d'affaires et circula entre les meubles, curieuse de découvrir l'antre de l'artiste. Bien sûr, cette visite inopinée n'était pas le fruit du hasard, et Édouard avait compris que Muriel s'était disputée avec son père.

– Qu'est-ce qui s'est passé après mon départ ?

– Il a dit le mot de trop, comme toujours. Il m'a comparée à ma mère.

– Ça c'est le truc qui tue : elle était si nulle que ça ta mère ?

– Mon père l'a rencontrée par une agence matrimoniale. Elle était moldave, elle avait dix-huit ans. Je suis née l'année suivante. C'était une gamine qui voulait une vie de princesse et quand elle a rencontré un type plus friqué que mon père, elle s'est barrée.

– T'avais quel âge ?

– Deux ans… et je ne l'ai jamais revue. Bizarre…

– Toutes les mères n'ont pas l'instinct maternel. Et sans faire le psy de bistrot, maintenant ton père doit penser que toutes les femmes ne rêvent que de leur confort.

– C'est pour ça qu'il m'a toujours gâtée : il s'achetait de la compagnie.

– Il aurait dû prendre un chien : c'est moins cher à élever, et puis ça se dresse.

– Moi, je suis son poisson rouge.

Édouard et Muriel se sourirent.

– Installe-toi. Tu as faim ?

– Non, mais je veux bien boire un truc.

Muriel s'enfonça dans le canapé et inspecta de nouveau la pièce principale tandis qu'Édouard partait dans la cuisine.

– C'est sympa chez toi. Ça rapporte, les livres ! lui lança-t-elle.

– Pas vraiment, non. L'atelier est à mes parents. Ils l'ont acheté au début de leur mariage.

– C'est pas un peu ridicule d'habiter encore chez eux à trente-cinq ans ?

– C'est plus chez eux depuis longtemps. À ma naissance, ils ont acheté plus grand et ils ont mis un locataire à leur place.

– Et toi tu l'as récupéré !

L'hôte revint avec du champagne et deux flûtes. Tout en servant, il poursuivit.

– Oui. Moi, j'avais dix-huit ans quand mes parents ont divorcé, et pour éviter d'avoir à choisir entre l'un ou l'autre, je me suis installé ici. Du coup ils n'ont jamais pu le vendre : c'est mon moyen à moi de me venger…

Il lui tendit une flûte et ils trinquèrent.

– Allez : au poisson rouge !

*

Par habitude, Antoine prenait son petit déjeuner sur la terrasse de la maison en robe de chambre. Ce matin-là, il surveillait l'arrivée d'Éric. Lorsque ce dernier apparut dans l'allée, Antoine fut cette fois-ci aux anges. « Le voilà ! », dit-il avec une certaine forme d'impatience. De même, Éric le rejoignit de très bonne humeur, un classeur sous le bras.

– Salut. J'ai le rapport du géologue. Excellente nouvelle, ça corrobore les analyses initiales. Faudra transmettre les données à Édouard pour qu'il les intègre au dossier.

– Oublie-le. Je l'ai viré.

La mine de Martel se décomposa aussi sec.

– Mais ça va pas, la tête ?

– Si, au contraire. Tu veux du café ?

– Mais pourquoi t'as fait ça ?

– Hier soir, Mumu s'est engueulée avec lui. Il se servait d'elle, il la respectait pas. Alors moi, tu vois, j'ai pas supporté !

La version de Barrocco ne sembla guère convaincre son bras droit qui fit la moue. Le boss, lui, fanfaronnait de plus belle.

– Fais pas cette tête ! Mumu a pigé ce truc, on n'a plus besoin de lui.

– Je ne suis pas du tout de ton avis !

– Tu veux que je le prouve ? Tiens, pose-moi une question genre citation, date historique.

– Pardon ?

– Fais-moi *Questions pour un champion* ! Allez, vas-y !

– Date de naissance du général de Gaulle ? interrogea-t-il, circonspect.

– … 22 novembre 1890.

Martel fut surpris.

– Allez, encore une autre.

– Le volume d'une sphère ?

Barrocco prit un air inspiré comme s'il cherchait la formule dans ses souvenirs scolaires.

– … Volume égale quatre sur trois : quatre tiers… Petit dolmen… euh pi… R^3.

– Un vers de Mallarmé ? insista Éric, plus incrédule que jamais.

Le surdoué sourit, un peu gêné.

– Quand tu dis vers, tu veux dire une poésie ?

– Oui. Quelques vers.

Antoine réfléchit, hésita, toussa.

– Mallarmé, tu dis ?

– Oui. Mallarmé, comme la police… mais en un seul mot…

– Ça y est je me souviens :

« … *La chair est triste, hélas !*

… *et j'ai lu tous les livres.*

Fuir ! Là-bas fuir !

Je sens que des oiseaux sont ivres. »

« Alors tu vois. C'est pas dur d'être intelligent ! conclut Antoine, fier de son exploit.

– T'as fait un saut à Lourdes pendant la nuit ? ironisa Martel qui flairait l'arnaque.

– Juste un tour sur Amazon.

Barrocco écarta un pan de sa robe de chambre et parla dans un mini-micro planqué en dessous.

– Nono, c'est bon, tu peux venir !

Puis le tricheur retira une discrète oreillette couleur chair qu'il posa sous le nez de Martel.

– Et voilà ! Le tour est joué !

– T'as dû payer ça une fortune !

– Une bouchée de pain. Crois-moi, c'est moins cher et plus sûr que ton Alka-Seltzer.

L'instant suivant, Lino les retrouva, un ordinateur portable en main et un casque-micro sur la tête.

– Alors, ça marche ?

– Oui. C'est dommage qu'on n'ait pas eu ça quand on était à l'école : j'suis sûr qu'avec ce truc j'aurais le bac !

– C'est top, conclut Lino avec son accent marseillais qui atténuait les « o ».

– À propos de taupe, Rico, t'as des nouvelles de la tienne ?

– Qui ça ?

– Ton gars : du facho !

– Ah ! Du Chaffaut ! Oui. Il m'a dit que Mortèze est à 100 000 en dessous de nous : c'est ennuyeux.

– Tu parles ! Le vieux Mortèze, je l'ai connu quand il était maçon, c'était le roi du devis à tiroirs. Tout le monde se méfie de ses combines. Il va se faire recadrer.

– Le plus bizarre, c'est que ça fait des années qu'il enfouit ses déchets toxiques dans d'anciennes mines de sel en Bulgarie. Le fils Cognac Delille est forcément au courant : y a un truc qui ne colle pas. Ils n'auraient pas dû le sélectionner.

– Parce que tu crois toujours que les Cognac Delille sont écolos ? T'es encore plus naïf que Mumu ! Tiens, d'ailleurs, il faudrait qu'elle essaie l'oreillette. Nono, dis-lui de descendre.

L'entraîneur ne bougea pas.

– Ben qu'est-ce que t'attends ?

– Elle s'est barrée, l'informa Lino.

– Comment ça, elle s'est barrée ? bondit Éric.

– Je me suis aussi un peu engueulé avec elle hier soir. Elle a dû partir.

– Pour toujours ?

– Oui, pour toujours, comme d'habitude ! se moqua Antoine. Tu sais bien que c'est pas la première fois qu'elle va bouder dans son coin. Elle va revenir. Elle doit pas être loin !

– Oui, mais il faut la retrouver… On n'a plus beaucoup de temps, et depuis ce matin je suis harcelé de mails de journalistes qui veulent savoir si elle fera bien la présentation !

– C'est à cause de la vidéo de Natacha de *Cloner*, l'éclaira Lino.

– Quelle vidéo ? paniqua Éric.

– Attends, je vais te montrer. Elle en est à trois cent mille vues.

– Elle a dézingué une intello ! s'amusa Antoine.

– Et ça te fait rire ? Maintenant tout le monde l'attend au tournant !

Le boss soupira tant il trouvait ridicule l'angoisse d'Éric.

– Bon, Nono, t'appelles les hôtels et ses copines. Et essaie aussi les piscines : en général c'est là qu'elle passe ses nerfs quand elle fait la gueule.

– Bien, Tony.

*

Au même moment, allongée sur le lit d'Édouard, encore tout habillée, Muriel se réveilla. Il ne s'était rien passé entre eux. Était-ce l'alcool ou la fatigue, ils avaient tous deux dormi d'un sommeil lourd, lui sur le canapé et elle sur le lit. Bien sûr, les circonstances étaient favorables à des élans sexuels, mais Édouard avait freiné ses ardeurs : profiter du désarroi et de l'ivresse d'une femme pour la culbuter heurtait ses valeurs. Il ne voulait plus ni remords ni regrets avec elle. En se redressant, Muriel entrevit l'écrivain déjà affairé sur son ordinateur et le rejoignit.

– Tu fais quoi ?

– Tu m'as fait peur ! sursauta-t-il. C'est le truc pour mon footeux qui joue en Espagne.

Il se remit à taper sur son clavier et Muriel tenta de ne pas le déranger. Elle fureta dans le bureau et aperçut la documentation du livre d'Antoine ainsi que les photos de famille. Elle l'ouvrit et feuilleta avec nostalgie ces vieux clichés.

– Tiens, là, c'est ma grand-mère et mon grand-père.

– Montre, s'interrompit Édouard.

Muriel approcha de lui avec le dossier et lui tendit l'image ancienne.

– Il ressemble à ton père.

– J'sais pas. Peut-être. Je l'ai pas connu. Il est mort à cinquante-cinq ans d'un cancer.

– Il était maçon ?

– Non. Chaudronnier dans une aciérie. Et ma grand-mère était teinturière dans une usine de textile.

– Elle a dû aussi en respirer des saloperies.

– Mais elle, elle est toujours en vie. Les filles sont plus solides que les mecs !

– Et vous êtes proches ?

– Oui et non. Elle a jamais été très fun. Elle m'a surtout gardée quand j'étais petite et elle me foutait la trouille. Après, quand j'ai commencé mes compétitions, on se voyait moins. C'est Nono qui me baladait partout. Maintenant elle habite dans un EPHAD à Tourcoing. Non, celle qui s'est vraiment occupée de moi, c'est elle.

Et Muriel lui tendit une photo d'une assistante qui plaisantait avec Antoine dans le secrétariat en lambris de la société, l'un et l'autre échangeant un sourire complice.

– C'est Sylvie. Elle a toujours bossé avec papa. C'est ma marraine.

– Et moi qui croyais que tu n'avais passé ta vie qu'entourée d'hommes.

– Et là c'est Jamel : au départ il était plombier quand mon père a commencé à faire des piscines. Son fils est ingénieur informatique dans la Silicon Valley. C'est papa qui lui a prêté l'argent pour ses études. Il voulait tout lui payer, mais Jamel n'a jamais voulu. Il est super fier comme mec.

– Ça peut se comprendre. En tant que père on veut pouvoir subvenir soi-même aux besoins de ses enfants.

– Mais c'était con. Rico lui a tout reversé sous forme de primes et il s'est rendu compte de rien.

– Peut-être, mais son honneur était sauf. Moi, quand j'étais fauché, j'avais horreur que des potes plus friqués que moi paient l'addition au resto à ma place. J'avais l'impression de faire pitié. Ça m'enfonçait plus que ça ne m'aidait. Du coup, il y en a certains avec qui je n'ai plus jamais bouffé... médita-t-il.

– Oh génial ! s'extasia à nouveau Muriel en retrouvant une photo. C'est les cinquante ans de Moussa : papa lui avait offert son permis tractopelle à cause de sa scoliose. T'as vu comme il est ému ?

Édouard observa attentivement la photo de l'ouvrier noir quasi en larmes à qui on annonçait la fin de ses souffrances et la possibilité de travailler jusqu'à sa retraite. Il comprit alors que la famille Barrocco se confondait avec l'entreprise, que chaque employé « historique » en était un membre et que le clan était en réalité une tribu. En écoutant ces descriptifs, Édouard réalisa aussi qu'il avait mésestimé Antoine. L'intolérance du démolisseur n'était ni xénophobe ni raciste, seuls le mérite et la loyauté comptaient pour lui. Le « parrain du clan » savait en effet être généreux avec ceux qui lui étaient fidèles. Le concernant lui-même, Édouard pensa qu'il n'avait pas réussi à gagner sa confiance et qu'il avait sa part de responsabilité dans leur mésentente. Une pointe de remords le piqua. Il n'avait sans doute pas été à la hauteur des exigences légitimes du terrassier.

– Sympa, mais défais pas tout. Faut que je rende le dossier à ton père, vu qu'il m'a viré...

– Je pourrais le garder pour écrire ma biographie à moi.

– Tu voudrais ?

– Oui, mais je sais pas écrire.

– Je peux t'aider, c'est mon métier. Je te fais du café ?

Ils s'installèrent au salon. Sur la table basse, Édouard dressa le petit déjeuner. Ils échangèrent des clins d'œil complices, feux verts d'une connivence impudique nécessaire aux confidences d'une biographie. Puis l'écrivain disposa son dictaphone entre eux.

– On y va ?

– J'commence par quoi ?

– N'importe quoi. Tiens : quel est ton plus mauvais souvenir ?

– Les huit ans d'une copine. Je suis arrivée à la fin de l'anniversaire à cause de l'entraînement. J'ai donné mon cadeau et on est repartis.

– Et ton meilleur ?

– Mon meilleur ?... C'est quand on s'est cachés derrière François Ier dans la basilique.

À cet instant il n'y avait plus ni alcool, ni fatigue, ni tristesse, et cette phrase de Muriel sonnait comme une déclaration d'amour. Édouard la dévora des yeux et enfin se lâcha.

– Tu m'aimes ? se lança-t-il.

– Et toi ?

– Je crois que oui.

– Tu veux des enfants avec moi ?

– Tu sais ce que j'en pense, répondit le vieux célibataire, bien conscient de jouer à quitte ou double.

– Alors je ne t'aime pas, badina Muriel. T'es comme tous les autres : tu veux mon corps de sirène sans les inconvénients.

– Et toi tu veux mon esprit génial avec tous les avantages ! lui renvoya-t-il.

– Alors, monsieur l'intelligent, pourquoi tu m'aimes ?

– Je crois que je suis amoureux, car chaque instant avec toi est une surprise… Et toi ?

– Moi je crois que je suis amoureuse de toi, car tu es totalement prévisible…

Elle contourna la table basse, prit la main d'Édouard, bascula sur lui et l'embrassa sensuellement. Leurs battements de cœur accélérèrent, leurs caresses devinrent bestiales et leur étreinte athlétique.

– Tu sais, le meilleur de toi et le meilleur de moi, ça ferait le plus beau des mélanges… lui suggéra-t-elle, haletante.

– Tu piques tes arguments à Obispo ? répondit-il, lui aussi le souffle court.

– Et toi, t'écoutes de la variété maintenant !… Tu progresses vite…

– … J'm'adapte…

– Alors, ce millésime ?… Ça te dit ?…

– Y a que les cons qui ne changent pas d'avis…

Ils se déshabillèrent en urgence et s'abandonnèrent aux plaisirs charnels, oubliant que le dictaphone fonctionnait toujours…

22

L'oisillon envolé

Muriel n'avait jamais fugué aussi longtemps. Ses bouderies duraient tout au plus quelques heures, jamais une nuit entière. La longueur de cette absence perturba Barrocco. Il ne comprenait pas ce que lui reprochait sa fille. Elle était pourtant habituée à ses excès de langage, à ses engueulades franches et à ses insultes humiliantes. Elle ne pouvait pas se braquer pour si peu : elle savait que ce n'était que du verbiage, les conseils maladroits d'un père rustre qui l'aimait et voulait la protéger. Avait-il été trop loin cette fois-ci ? Qu'est-ce qui avait changé en elle pour qu'elle se vexe ainsi ? Antoine l'ignorait, mais cette disparition était douloureuse : une chose s'était cassée entre eux, elle l'avait fui et son incompréhension le torturait. Par curiosité, il avait visionné la vidéo de la rencontre-dédicace qui cartonnait sur YouTube. L'intervention de sa fille l'amusa tant il partageait son point de vue sur les gens des cités. Il mesura toute l'assurance qu'elle avait à présent lorsqu'elle prenait la parole en public, et se réjouit de sa combativité face à l'hostilité ambiante. Il y vit des traits de caractère qui venaient de lui. En revanche, sa dernière réplique, sa citation de *Claude Gueux* de Victor Hugo, le surprit et l'impressionna. Quel était son secret ?

Pour résoudre cet étrange mystère, comprendre cette soudaine érudition, Antoine pénétra dans la chambre de Muriel. Il scruta le désordre avec tendresse et ressentit sa présence : ici une fidèle peluche, là une photo de famille, ici encore un trophée fétiche. Il retrouvait tout le kit familier qui la suivait depuis toujours lors de ses déplacements pour des compétitions et atténuait la douleur de ses exils par ce parfum de maison. Mais cette fois-ci, elle n'avait rien emporté qui la rattachât à ses racines. Elle avait quitté le nid en laissant derrière elle son duvet. Barrocco l'avait bien relevé et sa fille lui manquait déjà. Il dut se rendre à l'évidence, son « bébé » avait grandi : des livres, des disques, des DVD. Il se promenait et regardait chaque couverture. Il découvrait la récente passion de Muriel pour la culture et, par là même, les lacunes de son éducation. Antoine s'assit sur le lit et soupira. En bon terrassier, il mesurait à présent la largeur du fossé qui s'était creusé entre eux. Même s'il les jugeait futiles, il comprenait les nouvelles aspirations de son enfant, un rêve qu'il était incapable de lui offrir. Envahi par le défaitisme et l'aigreur de celui qui ne peut rivaliser, Antoine observa une dernière fois l'univers de Muriel quand soudain son pied buta contre un livre qu'il ramassa : *Les Piliers de la terre* de Ken Follett. Il examina sa couverture, le retourna et lut le résumé. Désir de percer à jour la nouvelle passion de sa fille ou simple curiosité ? Antoine commença à feuilleter le volumineux ouvrage…

Tandis que Barrocco errait dans la chambre de sa fille, dans le salon, Éric et Lino étaient en pleine bataille téléphonique pour localiser Muriel. Ils pointaient des listes à chaque appel. Martel ne cacha pas sa colère face à cette perte de temps alors que Lino restait zen en contactant les piscines.

– Si vous avez la moindre nouvelle, n'hésitez pas à me faire signe. Merci.

Éric posa son portable sur la table et souffla fort pour contenir sa fureur.

– Faut pas t'en faire pour elle… le rassura Lino.

– Ce n'est pas pour elle que je m'en fais, c'est pour nous, sans compter tous nos employés qui vont se retrouver au chômage à cause d'un caprice post-pubère.

– C'est pas un caprice.

– Toi, tu sais où elle est, fulmina Éric.

– Ben oui.

– Tu te fous de ma gueule ? explosa Éric. Ça fait deux heures qu'on passe des coups de fil pour rien. Tu crois que j'ai que ça à foutre ? Mais putain, ce que t'es con !

– Ouais ! Et j'obéis aux ordres. On me dit de téléphoner aux piscines, je téléphone aux piscines !

– Et pourquoi tu ne me l'as pas dit ?

– Parce que tu me l'as pas demandé, répondit le Marseillais sur le ton du reproche.

Martel saisit le sens de cette impertinence : Lino « jouait au con » à merveille, sans doute était-ce sa meilleure arme contre ceux qui l'ignoraient continuellement et ne s'intéressaient à lui qu'en cas de besoin. Par son attitude, le taiseux rappelait donc à Éric qu'il n'était pas qu'un simple exécutant et qu'il n'y avait pas de confiance sans considération réciproque.

– Excuse-moi, se reprit Éric. C'est moi qui suis con. Bien sûr que tu sais où elle est ! J'aurais dû m'en douter.

– J'ai rien dit à cause de Tony. J'ai juré à Mumu…

– Mais là, on est vraiment dans la merde. Laisse-moi lui parler. C'est vital… Je ne dirai rien à Antoine.

L'entraîneur resta impassible, insensible au désastre évoqué par Éric et se fit prier.

– S'il te plaît ! le supplia Éric.

– C'est le mot que j'attendais, conclut Lino, fier de son petit recadrage.

Enfin soulagé d'avoir localisé Muriel, Martel monta quatre à quatre l'escalier de la grande maison et chercha Barrocco. Après la fille, c'était au tour du père d'avoir disparu et le fidèle collaborateur commença à s'agacer de courir après toute la famille. À force d'ouvrir chacune des nombreuses portes du palais, il finit par retrouver Antoine dans la suite de Muriel. C'était bien le dernier endroit où il pensait le trouver, *a fortiori* en train de lire, confortablement allongé sur le lit. Le colosse était plongé dans *Les Piliers de la terre*.

– Qu'est-ce que tu fais là ? s'étonna Martel.

– Tu vois ! Je lis, lui répondit Barrocco sans même quitter son livre des yeux. Tu veux quoi ?

Martel était déstabilisé par cette vision surréaliste : Antoine qui lisait un roman, qui plus est de cinq cents pages, était une image pour le moins inédite.

– Je dois m'absenter avec Lino… ânonna-t-il.

Mais Antoine ne réagit pas.

– T'as entendu ? insista Éric.

Toujours rivé à son bouquin, Antoine tourna une page avec désinvolture.

– Oui… Tu l'as retrouvée, devina-t-il.

– Non, pas encore, mais je dois passer au bureau d'études…

Vain mensonge.

– Dis-lui quand même que je m'excuse.

– Euh… Oui, accepta Éric, là encore surpris par son copain d'enfance.

*

En apprenant l'adresse où s'était réfugiée Muriel, Éric avait été étonné, ayant cru pour partie à l'engueulade entre elle et Édouard qu'Antoine avait évoquée. Il en déduisit une réconciliation, et sans doute plus encore. De fait, il imaginait que ramener la boudeuse à la raison serait une formalité. Dans l'impasse du 14e arrondissement, Martel patienta cependant un long moment devant l'atelier d'Édouard. Il attendait en effet que Lino réussisse à convaincre Muriel de le recevoir. Une fois de plus, il était l'otage du bon vouloir d'un Barrocco et trépignait d'agacement en constatant le temps perdu. Pour sa part, le maître des lieux n'avait pas pris position. Édouard voulait rester à l'écart des tractations pour ne pas risquer de s'attirer à nouveau les foudres de Muriel. Aussi quand Éric put enfin entrer, l'écrivain s'éclipsa dans sa chambre et se remit au travail sur son ordinateur, laissant le living aux négociateurs. Lino, quant à lui, se promena et inspecta la garçonnière de l'artiste, une vraie curiosité décorative pour le sportif.

Au salon, Martel se retrouva donc seul, sans allié face à Muriel et dut, malgré lui, prendre du temps pour écouter sa complainte avant de plaider sa propre cause. Elle lui confessa alors les raisons profondes de sa fuite. Elle ne supportait plus d'être vampirisée et instrumentalisée par son père, sentiment d'asservissement que le copain d'enfance d'Antoine ressentait parfois et trouva légitime. Elle reconnut en lui un ami, une oreille attentive et compatissante. Il connaissait les renoncements qu'elle avait endurés durant toute sa jeunesse et comprenait sa frustration. Pourtant, s'il admettait que son émancipation était nécessaire et inévitable, Éric pensait en revanche que le moment était bien mal choisi. Il tenta donc de la convaincre de repousser sa rupture à plus tard, de « finir le job » et de partir après. Mais Muriel résista. Se défaire de l'emprise de son père avait été une épreuve, un coup de force douloureux qu'elle ne souhaitait pas avoir à revivre. Ce manque de courage finit par agacer Éric.

– Arrête deux secondes de penser qu'à toi.

– Je ne pense pas à moi, j'essaie juste d'arrêter de penser à lui ! répliqua-t-elle. Si je reviens, j'suis fichue. Il recommencera à me dire tout ce que je dois faire.

– Je ne te demande pas de retourner vivre chez ton père, je te demande juste de finir d'apprendre ce dossier et de le présenter, rectifia Martel.

– Et si je me plante, il dira que c'est de ma faute et m'humiliera devant tout le monde pour pas perdre la face. Non, merci !

– Il n'y a aucune raison que tu te plantes. Ce n'est pas compliqué, tu n'auras qu'à lire le dossier. Et pour les questions du jury…

Avec un large sourire malin, Éric sortit l'étui contenant la fameuse oreillette.

– On t'a trouvé ça ! On pourra te souffler les réponses si t'es bloquée.

Muriel saisit la boîte avec curiosité. Elle l'ouvrit et en étudia le contenu, l'air circonspect. Martel, qui crut qu'elle avait mordu à l'hameçon, lui décrivit le contenu avec enthousiasme.

– Là c'est l'oreillette invisible, là, le micro et ça, le boîtier noir avec l'antenne, c'est le HF avec sa batterie. Avec ce truc, si t'as un trou, on peut te souffler les réponses en direct.

– Génial ! C'est papa qui a acheté ce truc ? demanda-t-elle avec un sourire ingénu.

– Oui, avoua Éric sans crainte.

Le visage de Muriel se referma aussi sec.

– CQFD : il n'a aucune confiance en moi.

– C'est juste une sécurité ! se rattrapa Éric.

– En sport, on appelle ça du dopage ! s'insurgea Muriel.

– Tous les journalistes en portent dans les débats…

– Eh bien, ils trichent ! Et toi aussi ! En fait, t'es comme papa, tu penses que je suis nulle.

– Mais non ! Ça, c'est juste une sécurité. C'est comme dans les voitures, même si tu connais le chauffeur, tu mets la ceinture car on ne sait jamais si quelqu'un va te rentrer dedans ou si tu vas te prendre une plaque de verglas !

– Sauf que j'ai pas le permis et t'as peur pour ta peau.

L'attaque personnelle était si violente et injuste qu'Éric sortit de ses gonds.

– Oui, je veux sauver ma peau ! Et celle de Sylvie, Sergio, Abdel, Moussa, Jamel, Nounours… Tu veux qu'ils se retrouvent tous au chômage ? Ce n'est pas une bagnole que tu vas conduire : c'est un autocar de supporters !

Ces quelques prénoms oubliés à Maubeuge fichèrent une claque à l'ingrate championne. Les photos revues la veille revinrent en rafales à son esprit, et la culpabilité s'empara d'elle.

– Mes supporters… Toujours là, à toutes mes compètes… murmura-t-elle.

– C'est bien, tu t'en souviens ! souligna-t-il pour un peu plus l'incriminer.

Mais l'agacement de Martel ne s'arrêta pas aux seuls cas des employés. Mieux que personne, il connaissait les défauts de son copain Antoine, et l'aveuglement égocentrique de Muriel l'insupportait.

– Et puis tu te trompes sur ton père : il a confiance en toi. S'il a peur que tu te plantes, c'est parce qu'il veut assurer ton avenir.

– Et pour ça, il veut me contrôler.

– Non. Il veut juste vérifier que tout va bien et pouvoir te défendre en cas de besoin.

Comme découragé par l'obstination de Muriel, Martel perdit sa véhémence et plaida plus intimement.

– Tu sais, nous les parents, on est toujours inquiets pour nos enfants. Moi le premier. Même en grandissant ils restent nos bébés. Alors on veut les garder à l'abri près de soi. Et là ton père sent que tu vas quitter la maison, que votre vie ensemble est bientôt terminée. C'est pour ça qu'il est maladroit avec toi. Tu comprends, c'est dur pour un papa de voir partir ses enfants, surtout s'il n'en a qu'un.

Ce cri du cœur sembla faire effet sur Muriel. Oui, elle avait oublié « sa famille » de Maubeuge et, oui, la cuirasse de son père lui avait caché son amour pudique et angoissé. Alors elle se mit à douter…

Pendant ce temps-là, Lino retrouva Édouard à sa table de travail et laissa tomber sur son clavier une petite culotte de Muriel, ce qui énerva l'écrivain.

– Putain ! Je bosse !

– T'as pas pu t'en empêcher ! l'invectiva sévèrement le coach.

Édouard ramassa la lingerie sur son clavier, la déplaça et défia Lino du regard.

– Ce n'est pas moi, c'est elle qui a voulu…

– Et pas toi ?

– Si, bien sûr !

– Bon, ben alors, tout est OK.

Lino lui offrit son sourire le plus espiègle avant d'espionner par-dessus son épaule et de changer de sujet.

– C'est quoi ?

– La biographie d'un footeux, c'est confidentiel, répondit Édouard en tentant de masquer son écran.

– T'as écrit tout ça ? Fatche de !

– Non. Je n'ai pas tout tapé. J'utilise la reconnaissance vocale. J'enregistre mon interview avec le dictaphone et ensuite ça la transfère dans le document. Je ne tape que les modifications nécessaires.

– Ah, OK. Bon, vas-y, continue, je me tais.

Édouard tenta de se reconcentrer, mais Lino joua avec le dictaphone qui était branché à l'ordi.

– Comment ça mar….

Les gémissements d'ébats sexuels sortirent de l'appareil et le texte « A A A A OUIIIII… Encore !!!!. » s'inscrivit aussi instantanément sur l'écran de l'ordinateur.

– C'est pas la voix de Zidane, ça ! s'étonna Lino.

Édouard se jeta dessus pour l'arrêter.

– Qui veux-tu que ce soit ?

Mais Lino se crispa en réalisant qu'il s'agissait de Muriel et posa brutalement la main sur l'enregistreur.

– Je confisque ! J'ai pas envie que ça se retrouve sur internet.

– Ce n'est pas ce que tu crois !

– Se filmer, je connaissais, mais juste le son, t'es un tordu, toi !

Édouard ne laissa pas passer cette insinuation et lui arracha le dictaphone des mains.

– Dis pas de conneries ! On a oublié de l'éteindre. Tiens, regarde !

Édouard tourna son écran et montra le récit de Muriel.

– T'écris un livre sur Mumu ?

– Moi je tape juste. C'est elle qui se raconte.

– Pute borgne. Il va être jaloux le Tony.

– Et ce sera bien fait pour lui ! S'il voulait le sien, il n'avait qu'à pas me virer ! Tiens, à l'occase on fera une interview avec toi et Muriel. Je suis sûr que tu réveilleras certains de ses souvenirs.

– Pas de souci. On fera ça après la commission.

– Tu penses qu'elle va accepter de présenter le dossier ? s'étonna Édouard.

– Évidemment !

Et c'est ce qui se passa effectivement. La gentillesse de Muriel l'avait une fois de plus emporté sur les griefs qu'elle avait envers son père. En revanche, elle savait à présent se prémunir contre les abus. Elle se redressa dans le canapé et fixa donc Martel dans les yeux.

– Dis à papa que je serai au rendez-vous. Mais je mets une condition.

– Laquelle ?

– S'il intervient ne serait-ce qu'une seule fois durant la présentation, il ne me reverra plus jusqu'à la fin de ses jours.

– Je te donne sa parole d'honneur.

Enfin rassuré, Éric rapprocha sa mallette et sortit deux gros classeurs qu'il déposa sur la table basse, ainsi qu'une clef USB.

– C'est la dernière version ? demanda Muriel.

– Oui, ça n'évoluera plus jusqu'à l'audition. Tu verras sur la clef, il y a le double ainsi que le PowerPoint que je t'ai préparé. J'ai structuré tout l'exposé par secteurs de chantier. Entraîne-toi avec, tu t'appuieras dessus pour ton intervention.

– Parfait. Laisse-moi tout. Et reprends ça !

Elle repoussa la boîte de l'oreillette et son contenu vers Éric qui récupéra de tout avec un brin de déception.

Comme un jeune couple raccompagne ses invités, Muriel et Édouard saluèrent leurs visiteurs à la porte. Éric se retira avec un clin d'œil pour le professeur chargé de préparer la championne tandis que Lino s'attardait.

– Salut, Mumu. Ah, au fait. Surveille-moi tes jumeaux, je t'ai vue marcher et…

– Plus tard. Bises… le chassa affectueusement la nageuse.

Aussitôt la porte refermée, Muriel se retourna vers Édouard.

– T'aurais pas un pote avocat ?

– Évidemment. Pourquoi ?

*

Éric et Lino rentrèrent et trouvèrent Antoine qui déjeunait seul sur son immense table, la tête toujours plongée dans sa lecture des *Piliers de la terre* qu'il avait bien avancée.

– C'est bon, elle sera là ! lança Éric, plus victorieux que jamais.

– Super, répondit Barrocco d'une voix éteinte.

– Mais je lui ai donné ta parole d'honneur que tu n'interviendras pas pendant sa présentation.

– T'as bien fait, commenta Antoine, atone.

Martel fut surpris par ce manque d'enthousiasme. Barrocco, qui sentait toujours sa présence, releva enfin la tête.

– C'est bon ! C'est d'accord, avalisa-t-il avec une pointe d'agacement.

Les deux compères s'apprêtèrent à le laisser mais, intrigué par sa concentration littéraire, Éric se ravisa.

– C'est la première fois que je te vois lire autre chose que *L'Équipe*.

– Et moi je ne t'ai jamais vu lire autre chose que les cours de la Bourse, le brocarda Antoine.

Curieux et amusé, Éric revint à la charge.

– C'est sur quoi ?

Antoine ne répondit pas.

– Les bâtisseurs de cathédrales au Moyen Âge, expliqua Lino.

– Tu révises ? se moqua Martel.

– Bon, vous me lâchez tous les deux ?!

Avec des sourires complices, Éric et Lino se retirèrent enfin.

23

Le plongeon

Le grand jour arriva enfin. Pour l'occasion, Muriel avait suivi les conseils esthétiques d'Édouard et n'avait pas consulté ses *followers*. Elle avait ainsi troqué ses tenues de bimbo flashy pour un tailleur sombre, sobre et élégant, acheté durant sa dernière semaine de révisions. Ses cheveux attachés en arrière, elle s'était maquillée discrètement afin de souligner ses traits fins sans s'offrir à la critique. Le reflet qu'elle découvrit dans le miroir l'ébranla quelque peu. Elle se trouvait sévère et vieillie, elle ne se reconnaissait pas et détestait l'impression hautaine qu'elle dégageait. Paradoxalement, elle apprécia la force que procurait « ce déguisement », cette panoplie de femme mature et intelligente. Elle savait que cette image produirait un électrochoc pour la presse et l'assistance, habituées à ses extravagances esthétiques. En revanche, elle avait bien conscience que cette tenue de combat ne suffirait pas à rassurer le jury sur le sérieux de la candidature Barrocco. Muriel mesurait parfaitement le défi qui l'attendait, celui d'être à la hauteur de cette image de femme indestructible et dominatrice qu'elle s'était créée. La pression monta d'un cran lorsqu'elle lissa une dernière fois les plis de sa veste, mais la championne géra ces instants comme ses compétitions : souffle, relâchement musculaire, elle maîtrisait à la perfection son stress et évitait de perdre son énergie dans des contractions inutiles.

Durant le trajet en taxi, Édouard ne chercha pas à interroger son élève jusqu'à la dernière minute. Il savait qu'elle était prête et Lino lui avait décrit les rituels qui entouraient l'arrivée à un meeting sportif. Le silence, la concentration, le calme intérieur avaient constamment régné avant la course. Si l'entraîneur paraissait toujours taiseux, c'était en partie pour cette raison : il protégeait la bulle de sa championne. Édouard ne dérogea pas à cette mise en condition car il ne voulait en rien perturber son athlète. Arrivés devant la mairie, le professeur régla donc le taxi et accompagna Muriel sans prononcer un mot. Il l'observa avancer vers l'entrée, l'air déterminé avec son sac d'ordinateur pour seul bagage. Au milieu du parvis, la jolie femme s'arrêta et se retourna. Édouard lui tendit alors le sac qui contenait les deux classeurs du projet, une sécurité pour le cas où il lui faudrait produire et faire circuler un document papier.

– Bon, c'est sûr, tu ne viens pas ? lui demanda-t-elle.

– Sûr. Je ne veux pas déclencher un esclandre avec ton père. Ça va te déconcentrer.

– Mais moi, j'ai besoin de toi.

– Pour quoi faire ? Je ne pourrai pas t'aider.

– J'ai besoin de te sentir près de moi, dans le public… dans les tribunes.

– C'est inutile. Je suis sûr que la salle sera pleine de supporters.

– Et d'adversaires aussi.
– Et tu vas les bouffer ! Allez file, tu vas être en retard.

Édouard l'embrassa et Muriel repartit gonflée d'adrénaline vers l'entrée de la mairie. Il la regarda s'éloigner avec fierté, mais aussi anxiété. Il savait que ce qui l'attendait n'avait rien d'un concours de vitesse, qu'aucune ligne d'eau ne la protégerait de ses concurrents et que les attaques qu'elle subirait ne se limiteraient pas au clapot des vagues. Lorsqu'elle pénétra dans le bâtiment, il hésita à la rejoindre, quitte à se cacher au fond de la salle. Mais il renonça à l'entrée en voyant l'encombrante limousine de Barrocco. Juste à côté de celle-ci se trouvaient deux autres berlines sombres et leurs chauffeurs de type européen qui végétaient en se grillant une cigarette. Un huissier s'approcha d'eux et les interpella.

– Ils en ont encore pour une heure minimum. Allez au café, je vous préviens quand ils sortent.

Édouard devina que leurs patrons faisaient partie de la commission et hésita à les suivre lorsque le fonctionnaire le héla à son tour.

– Eh, vous ! L'entrée pour les chauffeurs Uber, c'est l'autre côté.

Le Black en costume, coutumier de cette méprise, rendit un sourire affligé et dédaigneux au concierge de la République et se dirigea lui aussi vers le bistrot.

*

Comme l'avaient espéré les Cognac Delille, l'appel d'offres avait attiré une foule de curieux et de journalistes.

Ils ignoraient cependant que la vidéo de Muriel terrassant Noémie Vian était à l'origine de l'explosion du nombre d'accréditations. L'auteure de ce scoop, la fameuse Natacha, du journal *Cloner*, avait évidemment fait le déplacement, cette fois accompagnée d'un photographe de presse et d'un cameraman. Elle n'était pas la seule à l'affût d'un nouveau coup d'éclat de Muriel ou d'un dérapage qui nourrisse le ventre d'internet durant quelques jours. Ainsi, jamais une audition sur l'urbanisme n'avait réuni autant de monde et la salle du conseil municipal était bondée. Telle une cour d'assises, la commission réunissait des élus tous alignés avec leur écharpe tricolore autour de leur présidente, la fameuse maire dont les Cognac avaient brossé un portrait peu avenant. De prime abord, ils avaient dit vrai. La femme d'une soixantaine d'années, à la chevelure blanche et la coupe « à la garçonne », semblait autoritaire. Sa prestance et son air sévère imposaient le respect. C'était une femme racée, dure et inaccessible. Sur son visage se lisaient tous les combats que l'austère élue avait dû mener et menait encore pour tenir sous son joug des hommes qui rêvaient de prendre sa place. Faute de mieux, les impétrants frustrés siégeaient à ses côtés tout comme Robert Cognac et son fils Henri, invités pour l'occasion à la tribune. Durant plus d'une heure, ils écoutèrent Mortèze, le P-DG fantoche d'Eurofondations. Il était à la barre tandis que ses collaborateurs, ses ingénieurs et ses juristes tirés à quatre épingles suivaient attentivement son laïus sur un banc en retrait. Dans la rangée opposée, le clan Barrocco attendait fébrilement son tour et, avec le look de loubard de Lino, la partie paraissait déjà déséquilibrée. En outre, les questions posées à Mortèze étaient complaisantes. Martel resta en alerte devant cette étrange pièce de théâtre. Il avait l'impression que le concurrent avait reçu les sujets avant de venir. Le débat était ainsi d'un ennui mortel et le public avait l'air de piaffer d'impatience de voir arriver Muriel. Pour une autre raison, Barrocco trépignait également et consultait sa montre. Il s'inquiétait aussi de ne pas l'apercevoir encore et croyait qu'elle allait lui faire faux bond. Son angoisse décupla lorsque Mortèze acheva sa présentation. « Merci, monsieur Mortèze », le remercia la maire. Le P-DG ramassa ses dossiers et son ordinateur qu'un collaborateur zélé s'empressa de récupérer. L'homme de paille put ainsi serrer la main de chacun à la tribune, terminant avec un sourire entendu pour Robert Cognac Delille et son fils. Une fois l'orateur revenu à sa place auprès de ses conseillers, la maîtresse de cérémonie annonça la suite.

– Nous allons poursuivre avec l'entreprise Barrocco…

Un « ouais » de soulagement du public démontra définitivement que tous étaient venus au spectacle, l'urbanisme de Paris n'ayant qu'un intérêt secondaire.

– Muriel Barrocco est-elle présente ? demanda la maire.

– Non, l'informa un assesseur.

– Monsieur Barrocco ?

L'interrogation de la présidente du jury fit sursauter Antoine comme un mauvais élève distrait au fond de la classe. Il sourit stupidement en guise de réponse et chercha Muriel du regard.

De son côté, Robert Cognac était surpris par l'effervescence de la salle qui dépassait toutes ses espérances.

– Les demandes d'accréditation ont explosé depuis une semaine. Tu sais pourquoi ?

– Une vidéo qui a fait trois millions de vues. Il paraîtrait que « Mumu » est devenue une grande oratrice ! lui expliqua son fils sur un ton moqueur.

– Eh bien, on n'a plus qu'à croiser les doigts pour qu'elle vienne, sinon tout ton plan va échouer.

Muriel n'était en effet toujours pas là et l'autoritaire maire s'impatienta.

– Quelqu'un a-t-il des nouvelles de Mlle Barrocco ?

– Elle est peut-être forfait ? plaisanta Henri Cognac.

L'humour du jeune homme déclencha les rires de la salle, ce qui irrita un peu plus Antoine.

– J'en étais sûr. Elle a eu la trouille. De quoi j'ai l'air maintenant ? reprocha-t-il à Éric.

– Elle a jamais loupé un meeting, le contredit Lino. Elle va arriver.

Les flashs qui crépitèrent soudain lui donnèrent aussitôt raison. Muriel tenta de se frayer un chemin au milieu des journalistes, son double dossier sous le bras et son sac d'ordinateur en bandoulière. Tous étaient subjugués par la prestance de la jeune femme. Barrocco lui-même peina à la reconnaître et la dévisagea comme une étrangère. Lino et Martel, eux, levèrent leurs pouces à son passage pour lui confirmer qu'ils étaient admiratifs de sa métamorphose. Lorsqu'elle finit par atteindre le pupitre, Muriel fut impressionnée par la tribune, cette brochette d'élus enrubannés tous plus âgés qu'elle. Sa timidité reprit d'un coup le dessus.

– Excusez le retard, je me suis un peu paumée dans les couloirs. Enfin je voulais dire perdue…

– Je vous en prie, lui pardonna aimablement la maire.

Toutefois le chahut occasionné par l'arrivée de la star du jour excéda la magistrate.

– Messieurs les photographes, reprenez vos places, s'il vous plaît. C'est une commission officielle, pas un défilé de mode.

Muriel profita de ce remue-ménage pour ouvrir son ordinateur et le connecter au circuit vidéo avec l'aide d'un appariteur. Une fois le calme revenu et son matériel paré à fonctionner, Muriel s'éclaircit la gorge et ajusta le micro. À l'instar de son rituel sur les plots de départ, cette installation lui permit d'évacuer ses premières émotions. Elle était prête à plonger ; sa concentration avait pris le dessus sur sa timidité. Une seule chose la perturbait encore, comme si une épée de Damoclès était suspendue au-dessus d'elle. La championne se retourna alors vers son père. À son regard sévère, Barrocco comprit la crainte de sa fille, celle qu'il ne respecte pas sa parole, qu'il intervienne. Pris au piège, Antoine souffla de dépit et leva le bras ostensiblement pour jurer. Puis il cracha discrètement par terre, un postillon qui atterrit sur les bottes de Lino, lequel fusilla des yeux son patron. Rassurée, Muriel se mit en place et débuta son exposé en lançant son PowerPoint.

– Les Alouettes...

– Je te plumerai, murmura Robert à l'oreille de son fils. L'héritier sourit complaisamment au jeu de mots poussiéreux de son père, attendant avec impatience la séance de questions pour déployer son propre humour, plus cynique et plus efficace à son sens. En attendant, il écouta la surprenante oratrice et prit des notes pour mieux la harceler après.

– Le programme que notre société propose peut se diviser en trois points : les anciens logements, le collège et l'hôpital avec le couvent au milieu. Tout d'abord les logements : la destruction et l'assainissement…

*

Tandis que Muriel déroulait sans incident son PowerPoint et détaillait les choix techniques de l'entreprise Barrocco, Père et Fille, Édouard regardait sa montre et finit par quitter le comptoir du bar pour s'asseoir à une table avec son café. En bon écrivain, il appréciait de végéter dans les bistrots afin de capter les conversations alentour. Curieux et voyeuriste, l'espionnage de ses semblables l'enrichissait ainsi que ses récits : anecdotes, expressions, situations, logiques, il était attentif aux divers univers qu'il infiltrait. À cet instant, ce sont les deux chauffeurs de limousines installés juste derrière lui qui retenaient son attention. « Que peuvent échanger deux types condamnés au silence dès que leur patron monte à bord de leur véhicule ? », se demandait-il. Il les écouta donc avec amusement. Eux qui fréquentaient des millionnaires capricieux avaient du mal à répondre aux envies coûteuses de leurs gosses et à boucler leurs fins de mois. Ils se rêvaient alors « grands financiers » comme leurs employeurs.

– T'es trop con. Tu demandes à ton banquier, un coup de fil et zou, c'est dans la poche.

– C'est pas un délit d'initié ?

– Tu parles. Pas pour des petites sommes… Moi j'ai acheté pour 10 000 euros d'actions de ta boîte et après la commission ça vaudra au moins 15 000.

– T'as raison. En plus, je peux le faire en ligne.

Le mot « commission » fit aussitôt tressaillir Édouard, lequel tendit un peu plus l'oreille.

– J'ai 20 000 euros qui me rapportent que dalle sur mon livret A, j'vais les utiliser direct. Si le vieux Mortèze l'apprend, je suis viré, marmonna-t-il en opérant la transaction.

Édouard ne rigolait plus et se concentra de plus belle.

– T'inquiète, le rassura l'autre. Il est en cheville avec Cognac. Y a un actionnaire chinetoque qui possède 80 % de ta boîte ?

– Oui, Shindocorp. C'est une société basée à Hong Kong.

– Tu parles ! Ils sont aussi bridés que toi et moi : c'est la boîte du fils Cognac Delille : Henri. Le contrat, il est acquis. Tu vas voir, tu seras plus riche de 10 000 balles ce soir !

– J'vais pas revendre tout suite, ça va monter encore plus après.

– Qu'est-ce qui te fait dire ça ?

– J'avais pas tilté mais l'autre jour j'ai entendu le vieux Mortèze qui disait que si Barrocco mordait la poussière aujourd'hui, il ferait faillite et il pourrait racheter sa boîte pour deux balles.

Plus aucun doute n'était possible : le marché était truqué et Édouard comprit enfin les raisons de la stratégie des Cognac Delille. Il se leva aussitôt et courut prévenir le clan Barrocco.

24

La suffisance

Un tonnerre d'applaudissements accompagna la conclusion de l'exposé de Muriel. Après un début hésitant, elle avait très vite trouvé son rythme. Comme en compétition, elle avait jeté des coups d'œil furtifs sur l'assemblée, ses adversaires du jour. À chaque signe de faiblesse et de lassitude, elle avait su accélérer son discours et relâcher ses efforts lorsqu'elle sentait l'assistance trop distancée. L'utilisation du PowerPoint et du grand écran n'était pas non plus une nouveauté pour elle. Depuis son plus jeune âge, elle avait participé à des séances de *coaching* vidéo avec des entraîneurs nationaux ainsi qu'avec Lino. Elle reproduisit aisément l'attitude de ses anciens managers, pointeur laser en main, et manipula l'outil avec dextérité. Le succès de cette première partie était donc bien mérité et la championne était rayonnante. Muriel réalisa qu'en définitive cette étape n'avait pas été aussi difficile que prévu et ce soutien du public raffermissait sa confiance. De plus, l'ovation était sincère. Tout le monde avait été impressionné par l'assurance de la nageuse, sa précision et sa clarté. Même Barrocco se surprit à admirer sa fille dans cet exercice. Cet imprévisible brio n'était bien évidemment pas pour satisfaire les Cognac Delille qui rongeaient leur frein, déterminés à inverser la tendance durant la séance de questions. Ils avaient hâte de faire descendre la championne du podium, de la disqualifier, et lorsque la maire ouvrit le débat, Robert lança les hostilités.

– Mademoiselle, concernant la récupération des métaux du collège, vous tablez sur 220 tonnes, à 625 dollars la tonne, avec un dollar à 1,4909.

– Oui, monsieur. C'est ça ! répondit-elle.

– Je suis désolé, mais là on a un problème. Si le cours du dollar chute à 1,35 et la tonne passe à 620, votre devis est faussé. On arrive à…

– 184 140 euros, au lieu de 205 000, le coupa Muriel. Ça fait… 20 860 euros de différence, c'est pas énorme comparé au budget total, constata-t-elle avec ingénuité.

Les calculettes de smartphone s'agitèrent et tout le monde, surpris, regarda Muriel.

– Exact ! confirma la maire, impressionnée par la fulgurance de Muriel.

– Eurofondations est plus prudent dans ses taux, intervint Henri.

– Et alors ? À moins d'être médiums, ils ont le même problème.

La pertinence de la remarque fit rire la salle.

– Je suis arrivée en retard, j'ai pas entendu M. Mortèze. C'est quoi ses chiffres à lui ?

La question naïve et sincère de Muriel embarrassa Robert Cognac qui parut gêné alors que la maire consultait le dossier pour mettre le nez dans les tableaux.

– M. Mortèze est sur 320 tonnes récupérables, à 620 dollars sur un cours de Bourse à 1,30… pour une provision de 257 920 euros, relut l'assesseur.

– Et pourquoi 320 tonnes ? réagit la championne. Nous, on a eu une estimation à 220 tonnes.

– Si vous vous trompez déjà sur les chiffres, ce n'est pas très sérieux, mademoiselle ! commenta la magistrate.

Muriel fut contrariée d'être ainsi sermonnée. Elle ouvrit aussitôt un des classeurs, l'éplucha avec maîtrise et précision et en décrocha un feuillet qu'elle remit en main propre à l'élue.

– Tenez ! Nous nous sommes référés aux données fournies par M. Cognac Delille en personne…

Un « Oh » de stupeur souleva l'assemblée et Robert Cognac Delille se sentit dans l'obligation de s'expliquer auprès de l'assistance.

– Sans doute une erreur de mise à jour… Je vous prie d'accepter mes excuses.

C'est à ce moment qu'Édouard arriva dans la salle du conseil et parvint avec difficulté à fendre la foule. Le brouhaha que généra la percée du retardataire attira l'attention de Barrocco, qui se retourna et l'aperçut.

– Qu'est-ce qui fout là, lui ?

Essoufflé, Édouard réussit enfin à rejoindre le clan Barrocco et s'assit à côté de Lino.

– J't'avais dit que je voulais plus te voir ! l'accueillit froidement Antoine.

Mais l'écrivain, pressé par l'urgence, ignora son animosité et se pencha vers lui et Martel pour leur chuchoter ses informations.

– On a un problème. Le marché est truqué. Le fils Cognac possède 80 % de la société Mortèze via une société écran. Ils ne voteront jamais pour nous et vont tout faire pour que la mairie en fasse autant.

– Pour « nous » ? releva Barrocco, qui mesura enfin l'implication d'Édouard.

– On a servi de leurre ! tempêta Éric. J'étais sûr que ce n'était pas qu'une histoire de personnes.

– D'os à ronger, plutôt, rectifia Édouard. Mais ce n'est que la première étape de leur plan. Ils veulent vous pousser à la faillite pour racheter votre société à la casse.

Barrocco bouillonna de colère contre Robert Cognac Delille, mais aussi contre lui-même. Certes, il avait compris le mépris que le grand P-DG avait pour lui, mais qu'il veuille le détruire et le ruiner, ça, il ne l'avait pas envisagé. Il se rendait compte qu'il avait pris des risques financiers déraisonnables, qu'il n'avait pas couvert ses arrières et s'était jeté lui-même dans la gueule du loup. Son orgueil était touché et, dès cet instant, Antoine ne supporta plus d'être cantonné sur son banc, impuissant.

– Elle va pas s'en sortir : faut que j'y aille !

L'entrepreneur commença à se lever, mais d'une main ferme Lino l'attrapa et le rassit.

– Non, Tony. Elle est en compète : tu ne la déconcentres pas.

Surpris par l'autorité de Lino, Barrocco se résigna à rester à sa place. Il faut dire que cette inversion des rapports de force entre le patron et l'employé n'était pas nouvelle. Au bord des bassins, l'entraîneur protégeait déjà son athlète des interventions intempestives de son père et s'affirmait comme le seul décisionnaire lors des compétitions.

– En plus, elle a l'air de pas mal s'en sortir, constata Édouard.

– Oui, super, confirma Éric.

Muriel faisait toujours face à la tribune et écouta poliment un élu pinailleur.

– Je vois dans votre planning que vous prévoyez l'implosion des tours en novembre et non en août comme l'ont recommandé nos services d'urbanisme. C'est ennuyeux, car en août les Parisiens sont en vacances, alors que fin novembre ça va déranger plus de monde. Vous avez une explication ?

La question régala les Cognac Delille qui buvaient du petit-lait tandis que Barroco s'étranglait. Il se tourna vers Édouard, l'air furibond.

– C'est quoi cette histoire ?

– Écoutez ! C'est son idée à elle.

Muriel n'était en rien déstabilisée par le reproche de l'élu et répondit sereinement.

– Pour deux raisons, monsieur. La première est qu'il nous faut du temps pour démonter proprement les fenêtres double vitrage des tours que vos fameux services d'urbanisme ont installées il y a à peine deux ans. C'est encore tout neuf, autant les récupérer.

L'élu rit jaune.

– Et la seconde ? interrogea Robert Cognac.

– La poussière. Primo, tout le monde n'a pas les moyens de partir en vacances l'été, surtout dans les quartiers populaires comme celui-ci. Et secundo, quand il fait chaud et sec, la poussière s'envole partout, et comme les gens pauvres n'ont pas la clim, ils ouvrent leurs fenêtres et ça en fout partout. Bref, si vous voulez pas emmerder vos électeurs, fin novembre c'est mieux.

La démonstration déclencha les applaudissements du public, ce qui énerva Henri Cognac.

– Le problème est que vous retardez notre chantier. Ça a un coût, souligna Henri.

– Le gâchis et la pollution aussi.

– Et vous avez chiffré cette opération « double vitrage » ? ironisa le roquet.

– Non, pas encore, mais on aura le résultat très vite. Idem pour le recyclage de l'amiante du lycée.

– Quel recyclage ? réagit la maire.

– Eh bien, en récupérant l'amiante, on devrait avoir un tonnage substantiel de vitrifiat pour les sous-couches routières : un bénéfice économique et écologique !

La maire écolo et ses conseillers semblèrent conquis par ces propositions imprévues. Barrocco, lui, resta sans voix.

– Où elle a chopé tout ça ?

– J'ai écrit un essai politique pour un leader écolo. Fallait venir à mes cours ! le taquina Édouard.

Le fils Cognac vit la partie lui échapper et contra Muriel.

– Madame le maire. Toutes ces propositions de recyclage sont évidemment louables, mais elles ne sont qu'improvisation et ne s'appuient que sur des spéculations : je doute fort que tout cela aboutisse à une réelle économie.

– C'est toujours mieux que d'enfouir ses déchets toxiques dans des mines de sel en Bulgarie comme M. Mortèze, le tacla la championne.

Martel goûta son plaisir.

– Et ça, c'est de moi !

L'indignation du public fut bruyante et l'équipe de Mortèze s'agita. Comment réagir ? Robert Cognac envoya un signal discret pour calmer ses alliés. L'accusation de Muriel l'obligea néanmoins à intervenir une nouvelle fois.

– Je trouve, mademoiselle, vos propositions remarquables, et quel que soit le vainqueur de cet appel d'offres, nous demanderons qu'elles soient intégrées au projet. Vous êtes d'accord, monsieur Mortèze ?

Le concurrent se mit aussitôt au garde-à-vous.

– Évidemment, président. L'écologie est au centre de nos préoccupations et d'ailleurs je tenais à préciser que nous ne travaillons plus avec le sous-traitant bulgare auquel Mlle Barrocco fait allusion. Ce sont des pratiques criminelles pour les générations futures.

L'attaque de Muriel se résuma ainsi à un coup d'épée dans l'eau. Mortèze se rassit, satisfait de son esquive, et, fier de ses mensonges éhontés, toisa Martel du regard. En retour, Éric dodelina de la tête pour lui signifier son dégoût.

– Une autre question ? demanda la maire.

– Oui, poursuivit Robert. Concernant le monastère qui est un édifice plus délicat, je ne vois rien de prévu dans votre dossier pour étayer les fenêtres à meneaux ?

Muriel sembla troublée par cette question et les Cognac jubilèrent.

– Mais parce qu'y a pas de meneaux, répondit-elle simplement.

– Mais si, insista le grand P-DG sur un ton patriarcal. C'est un édifice religieux.

– Mais non, monsieur, je vous jure. Les vitraux datent du XIXe siècle, et pour faire entrer plus de lumière, les meneaux ont été supprimés. Il reste plus que des ogives basiques. J'veux pas vous décevoir, mais la restauration faite en 1815, c'était pas du Viollet-le-Duc.

L'assistance gloussa tandis que la maire réclamait des photos de l'ex-couvent.

– Elle a raison, mon cher… dit-elle en transmettant les clichés.

L'assistance s'esclaffa plus fort. Robert Cognac se sentit humilié et se tourna vers son fils, ne comprenant pas cette surprenante érudition de Muriel. Henri, qui perçut le reproche de son père, prit alors le relais.

– L'ordre de Cîteaux reste en revanche très représenté dans ce monastère. Que préconisez-vous pour préserver ses traces ?

– Les Cîteaux ? répéta Muriel, soudain perdue.

Henri jubila en constatant le désarroi de la nageuse et insista.

– Oui, les Cîteaux. Ils passent à la trappe ?

L'allusion aux moines trappistes entraîna les rires entendus des gens de culture présents dans le jury. Mais ils ne furent pas les seuls : contre toute attente, Barrocco apprécia aussi le jeu de mots.

– Putain, il est fort, ce petit con ! Rico, t'avais raison de te méfier de lui.

La tension montait. Muriel avait un trou, elle hésitait, paniquait.

– L'ordre… On peut préserver l'ordre…

Inquiet, Éric se tourna vers Édouard, qui confirma ses craintes.

– Elle est plantée… Elle ne connaît pas…

Henri se pencha à nouveau vers son micro pour donner l'estocade.

– Je vous aide : on parle d'ordre monastique, pas d'ordre d'arrivée.

L'assemblée éclata de rire. Antoine bouillonnait et Éric tenta de le retenir.

– Ta parole d'honneur…

– Ouais, mais mon honneur, il est en train de couler avec elle !

Antoine se leva d'un bond, rejoignit Muriel au micro et lui tapa sur l'épaule.

– Laisse-moi ta place, lui chuchota-t-il.

Muriel se retourna et foudroya son père du regard. Le rapport de force entre le père et la fille n'échappa pas à l'assistance qui commenta la scène. Se sentant observés, tous deux échangèrent à voix basse.

– Je t'ai prévenu ! Si tu ne me laisses pas finir, tu ne me revois plus, menaça-t-elle.

– Mais putain, c'est ton entreprise que je veux sauver…

– Non. C'est plus mon entreprise : j'ai donné toutes mes parts à tes employés.

Barrocco n'osa croire à cette trahison. Par cet acte, elle avait rejeté tout ce qu'il avait passé des années à construire pour elle.

– T'as fait ça ?

– Oui. Ils le méritaient.

Le visage de l'entrepreneur se décomposa. Il ne reconnaissait plus sa fille et déjà il détestait la femme d'affaires distante qui lui tenait tête.

– Alors t'as plus rien à faire ici. Dégage ! lui ordonna-t-il froidement.

La maire s'impatienta et intervint.

– Un problème, mademoiselle ?

Antoine et Muriel échangèrent un dernier regard presque haineux.

– Si vous le permettez, je laisse la place à M. Barrocco, expert en matière d'ordres.

– Eh bien, ce n'est pas l'usage, mais si vous le désirez…

La maire consulta du regard ses adjoints et les Cognac Delille qui tous acquiescèrent. Ces derniers espéraient en effet qu'Antoine soit plus facile à manœuvrer que son imprévisible fille.

– Eh bien, nous vous écoutons, monsieur Barrocco.

Muriel laissa le pupitre au terrassier. Elle hésita un instant à quitter la salle ostensiblement, mais elle savait que cet acte serait mal perçu par le jury et condamnerait la société à l'échec. Malgré ses griefs contre son père, elle ne pouvait infliger une telle punition à sa « famille de Maubeuge », ses supporters du premier jour : elle aurait en quelque sorte retiré le cadeau financier qu'elle venait de leur faire. Elle mit alors son orgueil en sommeil, vint s'asseoir à côté d'Édouard et croisa les bras, la mine renfrognée, pour assister, malgré elle, aux envolées grand-guignolesques de son père.

– Madame la juge… débuta Barrocco, jovial à souhait.

Un éclat de rire emporta l'assistance, ce qui réjouit Antoine, coutumier de ces prises de parole qui mettaient le public dans sa poche.

– S'il vous plaît, monsieur Barrocco, restons sérieux deux minutes… le recadra la maire.

– Ben justement… Soyons sérieux ! Le monastère remonte au XIIe siècle et monsieur nous parle des Cîteaux…

– Oui, l'ordre cistercien !

– Écoutez, jeune homme, c'est des bénédictins qui ont d'abord construit ce couvent. Les cisterciens ne sont apparus qu'au XVe siècle et quand ils sont devenus trappistes, c'était au début du XVIIe : c'est à ce moment-là qu'ils sont venus crécher là-dedans… Bref, c'est sans intérêt en ce qui concerne les fondations et mon travail en particulier. Faut pas parler de ce qu'on connaît pas…

L'assistance rigola tandis que Muriel, furieuse, se tournait vers Édouard.

– À lui aussi t'as donné des cours ?

– Non, je te jure.

– Non c'est lui, là-bas, expliqua Martel en désignant Aymeric Kermalec, l'architecte des Monuments historiques, qui jubilait en écoutant son élève.

– Depuis qu'il est tombé sur ton livre *Les Piliers de la terre*, ces deux-là passent leur temps à se téléphoner.

De son côté, Robert Cognac Delille déchantait de plus en plus.

– En résumé, poursuivit Antoine, aucun risque de trouver un trésor en creusant là-dessous. Le point commun entre les bénédictins et les cisterciens, c'est que ces gars-là, ils étaient tous plus chiants et plus austères les uns que les autres. Un peu comme cette présentation.

Le public rigola de plus belle. Henri voulut poursuivre ce débat, mais Robert le retint. Comme pour Muriel, l'expertise de Barrocco était une surprise totale. Forts de leur supériorité, les magnats du BTP ne s'étaient pas préparés à une telle résistance. Ils avaient sous-estimé les provinciaux et la stratégie culturelle initiée par Henri s'avérait totalement inefficace. L'héritier s'était planté et le patriarche décida donc de mener lui-même la contre-offensive dans un domaine qu'il maîtrisait à la perfection.

– Mon cher Antoine, je constate qu'avec vous nos monuments historiques seront entre de bonnes mains. Alors, je souhaiterais passer au volet financier, si vous le permettez. Le chantier est d'importance et nous aimerions avoir plus de détails sur la solidité de votre entreprise. Vous comprenez qu'il nous faut certaines garanties sur la durée pour vous confier un chantier aussi lourd.

– Bien sûr. Allez-y, qu'est-ce que vous voulez savoir ?

– « Barrocco, Père et Fille SA » n'étant pas cotée en Bourse, dites-nous si elle est composée d'*hybrid titles* ? On connaît tous les problèmes de croissance et je voudrais savoir également si vous allez utiliser des *interim facility agreements* ou procéder à un *flow back* aussitôt après signature ? Dans le premier cas, je me ferais un plaisir de vous fournir les *warranties*.

La succession de termes anglais déclencha un « Oh putain » de tout le clan Barrocco. Ils devinaient qu'Antoine n'avait pas compris un traître mot, qu'il était piégé. Pourtant l'entrepreneur ne se laissa pas démonter et offrit même un petit sourire qui inquiéta Robert.

– Un instant, s'excusa-t-il. Je dois vérifier une chose avec mon directeur financier.

– Vous n'avez pas la réponse ? C'est ennuyeux.

– Bien sûr que si. Mais dans mon métier, on aime la précision et l'exactitude.

Fier de sa réplique sentencieuse, Antoine se retourna dignement et interrogea Martel.

– *Je laifés quoi lavecic ce lograss lazenem ?*

– Qu'est-ce qu'il a dit ? demanda Édouard à Martel.

– « Je fais quoi avec ce gros naze ? », lui répondit Muriel. C'est du louchébem.

La traduction instantanée de son élève lui fit comprendre que tout le clan pratiquait couramment ce dialecte corporatif. Édouard se souvint alors de la discussion qu'il avait eue avec Antoine à propos des *private jokes*. De toute évidence, comme sa fille, Barrocco retenait à merveille ses leçons.

– Monsieur Barrocco, le rappela la maire. Pouvez-vous parler de façon intelligible ?

Éric se leva pour répondre à Antoine.

– *Lagnegué du lèmtuches... Ligolerem* (« Gagne du temps... Rigole. »).

Antoine explosa de rire tout seul comme si son copain venait de lui sortir une blague. Éric se laissa prendre au jeu et la salle suivit peu à peu ce rire communicatif et néanmoins absurde du Gargantua. Seuls les Cognac Delille restèrent d'humeur chagrine.

– S'il vous plaît... répondez, monsieur Barrocco, s'agaça Robert Cognac.

– C'est trop bon de rire.

Martel manœuvra alors insidieusement.

– *Lattaquequé le sur lortezemas* (« Attaque-le sur Mortèze. »)... Conflit d'intérêts.

L'évocation compréhensible du délit fit frémir la salle, rendit suspicieuse la maire et stressa les Cognac. Constatant que la méthode était efficace, Antoine l'employa à son tour.

– *Lomnoque l'undas lienché !* (« Nom d'un chien ! ») Cognac Delille ?

L'air faussement soucieux, Antoine se retourna vers le jury et put constater sur les visages de ses membres que les mots intelligibles « Conflit d'intérêts » et « Cognac Delille » avaient aiguisé leur curiosité. La ruse s'avérait redoutable et fascina Édouard. Il découvrit ainsi qu'un homme, si bourrin soit-il, pouvait user de malice. En vérité, Antoine se révélait psychologue pour peu qu'on l'y oblige, une forme d'intelligence que l'écrivain n'avait jusqu'alors pas perçue. Il observa avec délectation la virtuosité des mimiques que le brillant tribun utilisait pour manipuler l'auditoire. Par son silence, Barrocco faisait délibérément durer cette petite torture.

– Un instant encore.

Et Barrocco d'interroger à nouveau Martel.

– *Lommentcoc l'escoc le lomnas de la lociétéssem linechem-loquetatte ?* (« Comment c'est, le nom de la société chinetoque ? »)

Éric se pencha alors vers Édouard.

– Il veut savoir le nom de la société écran, lui demanda-t-il à voix basse.

– Shindocorp.

Tout sourire, Martel se redressa et adressa l'information à Antoine.

– *Lindocorshem...*

La mine détendue, Antoine se retourna cette fois définitivement vers le jury.

– C'est bon ! Maintenant je suis à vous.

– Alors, cette réponse sur vos finances ? l'invectiva Robert, visiblement excédé par les tergiversations incompréhensibles du démolisseur.

– Oui, tout de suite... C'est assez simple, je possède 45 % de mon entreprise, mon bras droit, Éric Martel 5 %, ma fille...

Antoine tourna la tête vers Muriel avec une sorte d'amertume. Leurs regards se noyèrent tristement l'un dans l'autre. C'est alors que Robert Cognac Delille s'énerva avec cet agacement volontaire qui souligne une réponse hors sujet.

– Ce n'est pas ce que je vous demande ! admonesta le P-DG.

D'un coup, Antoine perdit de sa superbe, ce qui ravit Cognac. Il voyait l'incompétence financière de Barrocco se révéler, et la victoire enfin se profiler. Pour Robert, la chasse à courre était terminée, et le sanglier, coincé dans un fossé, avait l'air sombre. Du haut de sa tribune, le magnat du BTP s'apprêta à sonner l'hallali, mais brutalement Barrocco se retourna vers Éric et parla fort pour que tout le monde l'entende.

– Un conflit d'intérêts avec Shindocorp, t'es sûr ?

La question fit tressaillir les deux Cognac Delille et Mortèze. Elle déclencha le brouhaha du public et l'incompréhension des élus. La surprise de Robert et d'Henri était d'autant plus grande qu'ils n'étaient que trois avec Mortèze à connaître ce montage financier. Les complices s'interrogèrent du coin de l'œil pour savoir d'où venait la fuite. Dans leur toute-puissance, à aucun moment l'un d'eux n'aurait suspecté son chauffeur de cette indiscrétion : ils avaient toujours négligé les petites gens à leur service, tout comme ils avaient sous-estimé Barrocco. Sourire malin, ce dernier défia alors du regard son adversaire direct. Antoine et Robert mesurèrent réciproquement leur détermination. C'était David contre Goliath, mais Barrocco tenait bon, il était sûr de son coup, car il savait que Cognac avait plus à perdre que lui. Si le col bleu risquait la ruine, Robert, le col blanc, risquait la taule. La menace fiscale et judiciaire que Barrocco représentait était bien réelle, et chacun en avait parfaitement conscience.

– C'était quoi déjà votre question, mon cher Robert ? le nargua le terrassier avec aplomb.

À son tour, l'arrogant magnat était piégé par sa propre suffisance, son orgueil, ses préjugés, et semblait chercher une porte de sortie honorable. Le pédant Henri Cognac se sentit alors le devoir de réattaquer, mais son père le retint à nouveau, un éclair de colère éclatant dans ses yeux. Il avait fait assez de dégâts. L'apprenti P-DG lui faisait vivre un fiasco pour une affaire qui, *a priori*, ne devait pas leur échapper. En le condamnant du regard, il lui reprochait silencieusement cette humiliation. Robert, qui anticipait désormais son échec, n'admettait pas d'être mat en public, un épilogue où l'aurait entraîné l'impétuosité de son fils. Il lui fallait désormais oublier son ego pour sauver la face et préserver sa réputation. Il pencha alors froidement sa bouche vers le micro.

– Ce n'est qu'un détail comptable, mon cher Antoine, et l'heure tourne. Votre exposé a achevé de me convaincre. Madame le maire, je peux vous dire dès à présent que mon vote ira à la société Barrocco, Père et Fille.

Tout le monde applaudit et le clan Barrocco se congratula, ivre de joie. Seule Muriel resta éteinte, amère malgré les bravos qu'on lui lançait.

– Bien, merci, messieurs, conclut la magistrate. Nous allons procéder aux délibérations. Réponse définitive sous quinzaine. La séance est levée.

Et la foule en liesse vint féliciter Antoine encore au pupitre. Malgré son revers, Robert Cognac vint lui serrer la main et le félicita avec toute la chaleur et la considération que la présence des médias nécessitait. Plus loin, Aymeric fit le « V » de la victoire en guise de compliment et Barrocco pavoisa en observant Mortèze partir la queue entre les jambes. Puis Éric le rejoignit sans triomphalisme. À sa mine rabat-joie, Barrocco devina qu'il y avait un souci.

– T’es pas avec Mumu ?

– Tu n’as pas respecté ta parole. Elle est partie.

Son visage accusa soudain une gravité étrange.

– Pour toujours… ?

– Pour toujours, comme d’habitude, dédramatisa Éric.

– Non. Pas comme d’habitude, corrigea Barrocco sur un ton sévère qui mêlait colère, regret et inquiétude.

25

La retraite

Durant un an, Antoine ne revit plus sa fille. Le chantier de la ZAC des Alouettes était presque terminé pour la PME de terrassement. L'opération avait été un succès et les bénéfices qui s'annonçaient dépassaient toutes les prévisions : une aubaine pour les employés qui avaient hérité des actions de Muriel. Pourtant à Maubeuge, dans les modestes locaux de la société Barrocco, il flottait comme une immense tristesse. La championne n'avait plus remis les pieds là-bas. Elle avait refait sa vie avec Édouard, et Lino l'avait suivie. Le clan Barrocco avait implosé et les trois « traîtres » étaient désormais *persona non grata*. Dans son obsession de faire table rase du passé, Antoine avait ordonné de retirer toutes les photos et les trophées de sa fille qui décoraient le hall d'entrée et le secrétariat. Le terrassier avait perdu toute jovialité. Lui qui pouvait être irascible était désormais dénué de toute agressivité. Il était éteint. L'orgueil du père et de la fille avait eu raison de leur amour.

Dans le bureau de Martel, Sylvie, la secrétaire de toujours, finissait de boucler des archives notées ZAC Alouettes tandis que le directeur était au téléphone avec

Muriel et tentait de la convaincre de revenir. Le chantier, objet de leur querelle, s'achevait et le moment était idéal pour une réconciliation.

– Si tu ne me dis rien, que veux-tu que je fasse ?… Déjà, il refuse qu'on parle de toi. Il reste enfermé dans son bureau toute la journée et ne rentre chez lui que pour se coucher… Mais si tu ne viens pas ici, il ne se passera rien !… Non, je n'implore pas ta pitié, je te demande juste de faire le premier pas… Mouais… OK. J'vais essayer encore, mais ce n'est pas gagné !… Je te tiens au courant. Je t'embrasse, ma belle. Ah… Sylvie aussi, elle est à côté de moi… je le lui dirai… Bises.

Éric se leva et échangea un sourire désabusé avec la fidèle secrétaire.

– Aussi tête de pioche que son père ! se désespéra-t-il.

Martel ne mentait pas en décrivant l'enfermement d'Antoine. Il vivait désormais cloîtré dans son grand bureau. Contrairement à sa propre maison, il n'y croisait plus le fantôme de sa fille. La pièce reflétait sa personnalité : bar, canapés en cuir confortables, télé XXL toujours allumée, portraits de lui avec des célébrités, collection de véhicules de chantier miniatures à l'effigie de sa société, juke-box et flipper, le lieu était un refuge à son image, une tanière sécurisante, car intime. Ici et là, des traces de poussière et des ombres sur les murs trahissaient des changements de décoration récents. Il avait là aussi retiré de sa galerie de souvenirs les empreintes de sa fille, des cadeaux enfantins de fête des Pères aux derniers trophées, des photos scolaires à la maternelle à la une de *L'Équipe* encadrée à grands frais. Barrocco avait jeté les reliques de Muriel tout comme elle s'était débarrassée des actions de la société. Pour lui ce n'était que justice compte tenu de sa trahison. Elle l'avait démoli, il avait terrassé sa mémoire et sa vie n'était plus qu'un terrain vague.

En apparence son amour pour sa fille était donc mort, et son seul bébé restait désormais sa société. Mais ce n'était qu'une apparence. Par pudeur ou par orgueil, Antoine continuait en cachette de découper des articles de presse concernant Muriel. Le dernier « papier » portait sur sa biographie rédigée avec Édouard, dont le nom figurait sur la couverture. Le journal titrait : « Muriel Barrocco toujours en tête… des ventes. » Le livre s'intitulait *Les Confessions d'un poisson rouge* et un exemplaire traînait d'ailleurs sur le bureau d'Antoine. De toute évidence, sa fille lui manquait, mais il refusait de l'admettre et encore moins de l'avouer à sa garde rapprochée. Une fois le magazine découpé, Barrocco sortit d'un de ses tiroirs un album pour y coller ce nouveau papier. Comme un précieux trésor, il posa le recueil devant lui et le feuilleta avec soin, à la manière d'un collectionneur de timbres. Dans les dernières pages, il revit un article avec la photo de Muriel à la commission. « Muriel Barrocco remporte le marché des Alouettes. » Bien que ce journal lui rappelât les raisons de leur rupture, il caressa son image de femme élégante avec tendresse et admiration. Plus que jamais ce jour-là, il l'avait sentie capable de reprendre les rênes de sa société et sa désillusion n'en fut que plus douloureuse.

Subrepticement, Éric déboula dans la tanière d'Antoine, lequel, comme un gamin surpris avec un exemplaire de *Playboy*, remballa, paniqué, son découpage et le glissa dans un tiroir.

– Tu pourrais frapper avant d'entrer, l'engueula Barrocco.

– Désolé, une urgence, déclara Éric qui parut surmonter une crainte.

– Un problème avec Selfbate ?

– Non. Ce n'est pas professionnel, marmonna-t-il, hésitant.

– Alors c'est quoi ?

– Muriel a encore appelé, lâcha-t-il.

– J'ai interdit qu'on prononce ce nom ici, s'emporta Barrocco. Je n'ai plus de fille, c'est compris ?

– Elle insiste.

– Ben, bloque son numéro, si elle te dérange.

Martel était lassé par cette interminable querelle qui le minait lui aussi.

– Ce qui me dérange, c'est que ça fait un an que je supporte vos deux sales caractères ! Il serait peut-être temps de faire la paix.

– Elle manque de pognon, j'suis sûr que c'est pour ça qu'elle appelle. C'est plus la même chose depuis qu'elle est plus influenceuse !

– Non, je ne crois pas que ce soit ça ! Tu sais, vu le nombre de livres qu'elle a vendus…

– Parlons-en de son bouquin, le coupa Antoine. Tu as lu les saloperies qu'elle a écrites sur moi dedans ?

Éric esquissa un petit sourire narquois en saisissant le livre posé sur le bureau.

– T'as fini par le lire ?

– Oui, j'voulais voir à quel point elle me détestait ! Et j'ai pas été déçu !

– Elle ne dit rien de méchant sur toi ! commenta Éric.

– Et ma phobie de l'eau ? T'as oublié ? C'était un secret et elle m'a humilié !

– Ça expliquait ta fascination pour ta fille, c'était plutôt sympa…

– Et ses descriptions sur moi, sur mon anglais et mes goûts de luxe qu'elle trouve ridicules ? Elle me fait passer pour un beauf.

– Au contraire : elle raconte que tu voulais le meilleur pour elle et que tu t'es sacrifié pour ça. Franchement, t'as tout lu de travers.

– Tout ça, c'est de la faute de ton Alka-Seltzer. Il lui a monté le bourrichon contre moi.

Éric encaissa le reproche et observa Barrocco qui ruminait son ressentiment.

– En fait, t'es jaloux qu'elle ait un autre homme dans sa vie.

Antoine lança un regard affligé à son confident, tant il trouvait l'analyse idiote. Pour autant, ce dernier n'en démordit pas. Il sentait la frustration du père qui se voyait dépossédé de ses prérogatives affectives et éducatives.

– En tout cas, tu devais te douter qu'un jour elle te quitterait pour fonder sa propre famille.

– Ouais… admit Antoine.

– Alors tu devrais l'appeler, conseilla à nouveau Éric comme un ami.

En vain. Antoine campait sur ses positions, plus déçu que jamais.

– Pour parler à qui ? C'est plus la même ! C'est une étrangère pour moi ! Elle fait plus rien comme avant : elle n'a même pas repris la compétition.

– Elle a essayé !

– Et elle a très vite arrêté ! Elle a choisi la facilité, comme sa mère ! Qu'elle aille au diable !

Le fidèle complice était désemparé. Il observait avec tristesse son copain qu'il savait otage de son orgueil. Et Barrocco faisait peine à voir. Le regard vide, Antoine fixait l'écran de télévision géant qui diffusait en silence un documentaire sur l'incendie de Notre-Dame. Le terrassier donnait l'image d'un homme qui attend la mort, seul, comme Jean Valjean abandonné par Cosette parce que Marius le trouvait infréquentable. Son mutisme déconcertait et obligeait tous ceux qui s'aventuraient dans son bureau à écourter leur visite. De même, Éric abandonna la partie et décida de s'éclipser. Toutefois, au moment de refermer la porte, Antoine le retint.

– Rico…

– Oui ?

– Ça te poserait un problème si je te laissais diriger la boîte tout seul quelque temps ?

– Non… Pourquoi ?

– J'crois que moi aussi j'vais prendre une année sympathique.

– Sabbatique, tu veux dire…

La correction ne déclencha cette fois-ci aucune réaction d'Antoine, un ultime signe de son mal-être.

– Je veux partir… Loin… Oublier tout.

*

Antoine disparut du jour au lendemain sans laisser un mot d'explication à son copain d'enfance. Seule une procuration pour diriger l'entreprise traînait sur son bureau en guise de lettre d'adieu. Il avait commencé à travailler en tant qu'apprenti dès l'âge de quatorze ans et sa retraite anticipée était amplement méritée. Comme sa fille pour la natation, cette pause était nécessaire. La seule différence résidait dans le fait qu'Antoine était rongé par l'amertume. Même si son orgueil avait été le moteur de sa réussite, son envie de transmission avait donné un sens à tous ses efforts. La rupture avec Muriel, cette façon qu'elle avait eue de le rejeter, lui, son entreprise et son argent, avait anéanti son existence. « Je veux partir… Loin… Oublier tout », avait-il dit à Éric. Son copain ne croyait alors qu'à moitié à ce projet. Pourtant, du jour au lendemain, Antoine s'était évaporé dans la nature, laissant sur place son portable. La présence de ce smartphone inquiéta dans un premier temps Martel. Puis très vite des signaux de vie le rassurèrent. Quelques mouvements bancaires permirent en effet de s'assurer que Barrocco n'avait pas mis fin à ses jours par désespoir. Mais où était-il ? Tout le monde l'ignorait.

En l'absence du patron, Éric Martel dirigea donc l'entreprise Barrocco, Père et Fille. Les affaires demeuraient florissantes. Le chantier de Paris avait assis la réputation de la société et la gestion quasi protestante d'Éric augmenta les marges. Il consolida la trésorerie, répartit les bénéfices et fut fier d'être à la hauteur de la confiance de son copain d'enfance. Il aurait aimé le tenir au courant de ces évolutions, lui donner envie de revenir, mais Antoine restait introuvable. Le temps passant, le directeur commença néanmoins à se préoccuper de l'état de son meilleur ami.

Sans vouloir la culpabiliser ou la punir, Éric voulut informer Muriel de cette disparition et partager son inquiétude. Hélas, elle aussi avait fui en coupant les ponts pour échapper aux paparazzis et vivre une existence normale. Elle avait fermé tous ses comptes sur les réseaux sociaux et, tout comme Édouard, avait changé de numéro de portable. La nageuse avait décidé de ne plus faire de vagues et de se noyer dans la masse des anonymes. À l'instar de son *ghost writer*, elle découvrit la sérénité de rester dans l'ombre. La vitesse à laquelle on l'avait oubliée lui fit mesurer la superficialité du monde médiatique et numérique auquel son père tenait tant. Elle n'était plus influenceuse, mais l'avait-elle jamais été ? se demandait-elle. En compétitrice viscérale, elle aurait pu souffrir de ne plus se mettre en avant, d'occuper les podiums, mais elle était dénuée de vanité. À présent, seuls les défis qu'elle s'imposait à elle-même l'intéressaient. Édouard l'avait ouverte au monde et il lui tendait les bras.

Ne pouvant géolocaliser la fugueuse, Martel contacta Lino en désespoir de cause. Grand bénéficiaire des largesses de Muriel, Lino possédait à présent 10 % de la société et profitait de ses dividendes. Il ne l'entraînait plus et habitait désormais aux Antilles. Lorsque Éric l'appela, l'ex-coach ne fut guère surpris par ces disparitions et s'en amusa.

– Ils sont aussi testard l'un que l'autre ! plaisanta le Marseillais.

En effet, il retrouvait dans cette évasion une certaine filiation entre Antoine et Muriel, une bouderie dont cette dernière était spécialiste et qu'il connaissait bien. Il s'intéressa aussitôt à l'affaire.

– Et t'as pisté le pognon que tu lui vires ? demanda-t-il. La banque a forcément son adresse.

– Oui, mais ils ne veulent rien me dire. Antoine leur a donné des consignes très strictes.

– Et t'as fouillé son bureau ?

– Oui. D'ailleurs j'ai trouvé un album avec plein d'articles sur Muriel. Même récents.

Ce détail remua l'ex-entraîneur qui mesura le temps gâché à se faire la tête.

– Et son portable ? Tu m'as dit qu'il l'a laissé. T'as regardé qui il a appelé en dernier ? rebondit-il.

– Il est bloqué.

– Son code, c'est la date de naissance de Mumu !

– T'es sûr ?

– Sûr ! Ça l'a toujours emmerdé les mots de passe. Il utilise le même pour tout. Alors, tu vérifies ça et tu me rappelles !

Avant de raccrocher, Éric hésita puis…

– Et Muriel ? T'as forcément des nouvelles.

– Oui.

– Tu peux m'en dire plus ?! S'il te plaît ! prit soin de préciser Éric.

– Non, répondit le taiseux. Retrouve Tony, pour le reste c'est mon affaire !

– Bien. Mais tu fais chier avec tes mystères ! s'agaça Éric qui resta sur sa faim.

– Je sais ! s'amusa le coach. C'est le seul truc intéressant chez moi !

*

Avec le tuyau de Lino, Martel n'eut aucun mal à débloquer le portable de Barrocco et se trouva crétin en découvrant la liste des derniers appels. Que n'y avait-il pensé avant ? Le nom d'Aymeric Kermalec, l'architecte des Monuments historiques, revenait sans cesse. Antoine avait-il prévu un grand voyage pour explorer les trésors architecturaux de la France ? L'hypothèse d'un pèlerinage patrimonial semblait évidente jusqu'à ce qu'Éric finisse par joindre l'expert. Comme les banquiers, Kermalec avait reçu des consignes de confidentialité de la part d'Antoine et Martel eut beaucoup de mal à lui faire avouer la vérité. Après avoir inventé un besoin vital de signature pour l'entreprise, l'architecte scrupuleux lâcha cependant l'information et Martel téléphona aussitôt à Lino.

– Ça y est, je l'ai trouvé !

– Et comment t'as fait ?

– Comme à *Qui veut gagner des millions ?*. J'ai téléphoné à un ami.

– Lequel ? Tony, il a que nous comme potes !

– Ah. Je ne peux pas te dire. Je dois préserver mes sources, le nargua Éric par pure vengeance.

– C'est ça ! Continue ! Fais le beau !

– Chacun son tour !

– Bon. Et il est loin ?

*

Malgré son évidente dépression, Antoine ne s'était pas suicidé, tout au plus s'était-il enterré dans un coin reculé de campagne pour se ressourcer. Le lieu n'était pas pour autant inconnu. Après une longue route, Martel arriva en effet au château de Guédelon, en Bourgogne. Pour ceux qui ne connaissent pas, c'est une construction expérimentale de forteresse qui ouvre ses portes au public pour faire découvrir les métiers du Moyen Âge, leurs méthodes et leurs arts. Barrocco n'avait donc pas choisi de voyager dans le monde, mais dans le temps. Il s'était réfugié là, déconnecté de la modernité, l'esprit emporté dans un passé lointain au milieu d'une forêt. En arrivant sur place, Éric fut soudain pris d'angoisse. Il craignait déjà la réaction de son copain dérangé dans sa retraite quasi monacale. Afin de retarder cette confrontation, Martel décida de suivre lâchement un groupe de visiteurs guidé par un homme en tenue d'époque.

– Nous fabriquons ici tous nos outils et même les clous ! expliqua le conférencier devant la forge.

Éric écoutait à peine, cherchant avec anxiété son vieux complice.

– Comme tous les matériaux que nous utilisons, le bois vient du secteur. On le coupe dans les forêts alentour et il est débardé par nos chars à bœufs, poursuivait l'animateur devant l'échoppe des charpentiers.

Toujours pas de Barrocco en vue. Le groupe s'attarda ensuite devant l'atelier des tailleurs de pierre. Un homme costaud leur tournait le dos. Ses mains blanches de calcaire finissaient de sculpter un bloc. Éric resta prostré en reconnaissant cette silhouette et ces mains qu'il avait vues grandir et évoluer durant plus de quarante ans.

– Il faut de nombreuses années pour maîtriser la taille de la pierre carrée, et encore plus pour sculpter des gargouilles…

L'ouvrier se redressa et se retourna, l'air jovial : c'était effectivement Barrocco. Il paraissait de nouveau heureux et épanoui. Caché par les touristes, Martel l'observa expliquer son nouveau métier, le choix des pierres et des outils. Il comprit alors le bonheur du démolisseur devenu bâtisseur. Mais le visage du maître tailleur se figea à la seconde où il aperçut enfin Éric. Antoine sembla gêné que son meilleur ami découvre qu'il était retourné à la case départ, qu'il n'était de nouveau qu'un simple manœuvre, ridicule dans son déguisement de manant. Sa crainte fut néanmoins vite évacuée quand Martel lui envoya son plus fraternel sourire auquel son copain répondit avec bonheur. Lorsque le groupe s'éloigna enfin, les deux vieux copains se sautèrent dans les bras.

Passé cette embrassade chaleureuse, Antoine stressa soudainement.

– Mais au fait ? Pourquoi t'es là ? Mumu a des problèmes ?

Ce réflexe paternel enchanta Éric qui y vit une évolution positive.

– Non. Enfin je ne sais pas. Elle a changé de numéro, je n'ai plus aucune nouvelle.

– Ah ! réagit Antoine, visiblement déçu. Alors c'est la boîte ?

– Non plus. Tout va bien, d'ailleurs faut que je te raconte…

– T'es là pour quoi alors ? le coupa Barrocco, tout d'un coup suspicieux. Si t'es venu jusqu'ici, c'est qu'il y a une raison !

Tout guilleret, Martel sortit de sa poche deux billets d'avion.

– Oui. Je t'emmène en vacances !

– Mais j'suis très bien ici.

– Tu t'es toujours plaint de ne pas pouvoir en prendre ! Tu ne vas pas refuser une virée entre vieux potes ?

– Ouais, mais là, j'en ai pas besoin ! T'as vu, je suis en pleine forme.

– Ce n'est pas moi qui t'invite, c'est Lino. Il a ouvert un club aux Antilles.

– Ah oui ? s'étonna Antoine. Il bosse plus avec Mumu ?

– Bien, comme tu le sais, elle a arrêté la compétition et ses coachings physiques sur internet.

– J'vois ! Elle l'a lâché comme moi…

– Bon. T'es partant ? enchaîna Éric qui ne voulut pas laisser la torpeur gâcher l'aventure. C'est du *all inclusive* !

– Rico, tu me fais chier avec tes mots anglais… grogna le tailleur de pierre.

Épilogue

L'insouciance

Durant tout le vol en direction de la Martinique, Antoine avait fait la gueule. Éric avait tout fait pour le détendre, mais le rappel incessant de leur destination, l'aéroport Aimé-Césaire, avait en effet ravivé le souvenir d'Édouard, le pernicieux intellectuel qui lui avait volé sa fille.

Son humeur changea cependant dès qu'ils retrouvèrent le plancher des vaches. Chemise hawaïenne, bermuda et tongs, Lino les attendait à la descente de l'avion. La tenue en tout point identique à celle que Barrocco portait dans son palace rueillois réjouit aussitôt le terrassier. Les retrouvailles furent là aussi fraternelles et bruyantes, comme quand ils se sautaient les uns sur les autres après les victoires de Muriel. À cet instant, il n'y avait plus ni patron ni employés, il n'y avait plus que trois vieux complices bien décidés à prendre du bon temps « entre mecs ». L'ex-entraîneur les embarqua ensuite dans son 4 x 4 Wrangler décapoté pour les conduire à son hôtel club. Un parfum de vacances se dégageait pendant tout le trajet. Contrairement à Maubeuge et à la Bourgogne, il faisait chaud, beau, et le dépaysement était total. Sans même s'être passé le mot, aucun des trois n'évoqua Muriel ou Édouard, et les aventures de chacun suffirent à meubler la conversation.

Barrocco fut impressionné par l'hôtel, et Lino leur avait réservé ses deux plus belles suites. Après les avoir installés, l'hôte les convia à le rejoindre à la piscine… en maillot de bain.

– J'peux pas, j'en ai pas ! se défila Antoine.

– C'est pour ça que je t'en ai mis dans le placard ! le coinça Lino.

– Tu ne me feras pas foutre un orteil dans ta pataugeoire !

– C'est le concept du club ! La remise en forme aquatique ! insista le coach.

– Mais je suis en forme ! s'énerva Barrocco.

– Après neuf heures de vol assis ? Fais pas le kéké, Tony ! Ça va te décontracter !

– Accepte, tu vas le vexer, intervint Éric.

Surmontant sa phobie de l'eau, mais surtout accablé par la chaleur, Barrocco se força à descendre dans le bassin peu profond en s'accrochant à deux « frites » pour se sécuriser. Il observa avec méfiance la clientèle plutôt âgée, mais sembla-t-il plus alerte que lui. Peaux blanches, lunettes de piscine et bonnets de bain vissés sur le crâne, Antoine et Éric faisaient un peu tache au milieu des vacanciers déjà bronzés. Lino débarqua ensuite sur le bord et alluma une enceinte qui diffusa de la musique créole. Son cours d'aquagym débuta à un rythme soutenu. Dès les premiers exercices, les deux compères peinèrent à suivre la chorégraphie gymnique et Barrocco ne tarda pas à râler.

– Faire sept mille bornes pour se crever dans la flotte, tu parles de vacances ! En plus j'ai peur de l'eau, et il le sait. C'est un sadique !

– Y a un mètre vingt de profondeur, se moqua Éric.

– Concentrés et en rythme, les reprit Lino.

Antoine lança un regard noir au coach et maugréa un peu plus.

– C'est pas naturel ! La flotte, c'est pour les poiscailles. Si je t'écoutais, je me mettrais des plumes dans le cul pour faire du deltaplane.

– T'as besoin de t'assouplir. Après ça, tu vas tailler des pierres comme un vrai compagnon du Devoir.

– On prend deux frites et on sautille d'un pied sur l'autre, relança Lino en montrant l'exercice. Allez, Tony, Rico ! Dynamique 1, 2, 3…

– Vas-y, détends-toi ! rigola Martel.

– Mais je suis détendu ! s'agaça Antoine.

– On lève le bras et on étire… à droite… commanda l'entraîneur.

– Alors, arrête de faire la gueule et profite !

– Tu m'excuseras, mais voir que Lino, que j'ai fait devenir la star des entraîneurs, bosse comme animateur pour retraités calaminés, ça me déprime…

– Allez, plus rapide, il faut se dépenser un peu plus… les stimula Lino.

– Ce n'est pas qu'un simple animateur, t'oublies que c'est un des actionnaires du club…

– Ah parce que c'est pas qu'à lui l'hôtel ?

– Ben t'as vu la taille ?

– Ouais, je me disais aussi.

– Tiens, d'ailleurs ses associés sont derrière toi.

Tout en sautillant en rythme, Barrocco se retourna et ne vit que des vieux dans l'eau.

– J'vois rien avec mes lunettes. C'est qui ?

– Tu ne vois pas ?

Antoine cessa de se débattre dans l'eau, souleva ses lunettes de natation embuées et resta figé, interdit. Il découvrit Muriel qui entrait lentement dans la piscine, un bébé métis dans les bras. Édouard la suivait deux mètres derrière et Barrocco devina instinctivement que le mignon poupon était le fruit de leur union, le parfait des mélanges, leur millésime : son petit-fils. Conscient de l'importance du moment, Lino coupa la musique et arrêta ses exercices, plus inquiet de la réaction d'Antoine que des insuffisances cardiaques de ses pensionnaires. À l'instar de leur coach, les vacanciers sexagénaires, qui connaissaient tous Muriel, épièrent de même les retrouvailles du père et de sa fille. Chacun s'écarta pour les laisser se rencontrer, formant ainsi un cercle au milieu duquel le duel se mit en place. Antoine et Muriel se dévisagèrent, impassibles, mines défiantes… puis la tendresse mutuelle commença à décontracter leurs traits. Ils se rapprochèrent tout en restant à deux mètres de distance.

– Bonjour, papa… Je te présente ton petit-fils…

La grande gueule resta fermée. Les mots ne sortaient pas, ces mots doux de réconciliation. Sans doute ne les avait-il pas assez employés pour qu'ils viennent spontanément.

– C'est pour ça que t'as pas repris la compétition ? trouva-t-il à dire, embarrassé.

– Oui. J'ai appris que j'étais enceinte au contrôle antidopage.

– Et tous ces appels…

– C'était pour te prévenir… Que tu ne croies pas que j'avais triché. Et puis j'aurais voulu que tu sois là pour l'accouchement… J'avais besoin de toi.

Antoine mesura pleinement la bêtise de son attitude.

– T'avais besoin de moi ?

– Et lui aussi maintenant, lui répondit-elle en montrant son bébé.

Barrocco esquissa un sourire attendri. L'enfant le regardait gaiement, sans crainte et sans jugement. Le grand-père était fasciné par ce poupon dodu, rigolard et excité par l'eau. Il le trouvait magnifique avec sa peau mate, ses yeux translucides et ses cheveux frisés aux reflets blonds. Il regarda sa fille puis Édouard, cherchant des ressemblances avec l'un et avec l'autre. De toute évidence, Antoine était heureux de ce résultat qu'il n'aurait pu imaginer. Son petit-fils était splendide et serait à coup sûr un être intelligent. Il était déjà fier de cet enfant qui sans doute le dépasserait.

– C'est quoi son prénom ?

– Jean…

– Comme Jean Dujardin ?

– Non, comme Jean Valjean ou Jean de Florette. Des forçats de la terre.

L'allusion à lui-même n'échappa pas à Antoine, mais il ne releva pas, de peur d'être envahi par l'émotion. Un long silence s'installa à la place. L'impudeur de la situation gênait Barrocco. Il hésitait à parler devant ce public, mais il sentit qu'il ne pouvait plus faire le fier.

– Je suis désolé, j'ai été très con.

– Et moi pareil !

– Non ! Pas pareil !

– Si. J'aurais dû te prévenir. Mais je voulais que tu me réclames moi, pas mon bébé.

– Et moi j'aurais dû te dire que tu me manquais…

Antoine s'approcha alors de Muriel, les enserra, elle et son fils, et l'embrassa tendrement sur le front. Sans très bien comprendre la situation, les clients applaudirent la scène. Embarrassé, Antoine s'écarta de sa fille et rougit. Puis il recouvra ses esprits et sa jovialité naturelle, cette gaieté si pratique pour qui refuse d'offrir en pâture ses sentiments. Le magnifique bébé qui bredouillait et s'agitait fut sa bouée de sauvetage. L'enfant remuait ses petits pieds potelés dans l'eau, excité par le gros nounours qui déjà lui faisait des grimaces.

– … Tu m'autorises à prendre mon petit-fils dans mes bras ?

– Non, répondit-elle sèchement en serrant contre elle son enfant de six mois.

Le grand-père se sentit puni. Craignait-elle qu'il se noie avec ? Mais Muriel n'en resta pas là.

– Pour ça, il va falloir que tu me prouves enfin ta confiance, le défia-t-elle avec malice.

– Comment ça ?

– Tu vas voir. Déjà tu dois mettre tes lunettes…

Un peu circonspect, Antoine renfila ses lunettes.

– Je vois encore moins bien !

– Prends ta respiration et enfonce-toi dans l'eau.

– Tu veux te venger en me noyant dans ta piscine ? paniqua-t-il.

– Je veux juste que tu me prouves ta confiance en surmontant ta peur ! Allez, tout le monde te regarde.

Entraîné par Lino, le parterre amusé scanda alors son prénom : « Tony, Tony… ! » Mais le terrassier restait tétanisé. Devant cette évidente terreur, Muriel se fit plus douce.

– Allez, papa, fais-moi confiance. Prends de l'air et plonge !

Comme un suicide ou l'appel d'une sirène, Barrocco se relâcha et se laissa couler. Sous l'eau, la panique envahit son visage : il était oppressé, congestionné, asphyxié et comptait les secondes, attendant le signal de la remontée. Soudain, Antoine aperçut Jean, son petit-fils, lui aussi immergé. Lâché seul, le bébé frétillait en avançant vers lui, sa petite bouille irradiant de bonheur. Il aurait pu craindre pour la vie de l'enfant, mais cette vision angélique le fascina. Le petit baigneur n'avait peur ni de l'eau ni du gros mérou qui lui faisait face. Le terrassier en oublia ainsi ses angoisses et son envie de respirer. Lui qui aurait pu se noyer dans une mare se mit à nager par réflexe à sa rencontre, un acte contre nature dont il se croyait incapable. Le temps était suspendu dans cet univers aquatique qu'Antoine avait toujours jugé hostile et il rejoignit le bébé pour le serrer dans ses bras. Lorsqu'il l'atteignit, il l'attrapa par les aisselles, le sortit des flots et le tendit vers le ciel dans un grand éclat de rire. L'insouciance s'offrait de nouveau à la famille Barrocco, balayant sur son passage tous les a priori.

FIN

Remerciements

À François-Xavier Demaison, qui a soufflé sur les braises de cette histoire et qui, par son enthousiasme communicatif, a su raviver le feu de mon envie de la partager avec vous.

Un énorme merci à Christian Dupraz et à ma petite maman qui ont sacrifié leur plaisir de lire pour lever des lièvres dans mon premier manuscrit et chasser des inconforts de lecture.

Mille mercis à Nadia Bouzelikha, responsable du rayon culture de mon Leclerc, pour son soutien inconditionnel depuis mon premier roman, même si certains par la suite furent autoédités.

Enfin, je voudrais remercier et dédicacer ce roman à mes frères et sœurs de l'Ovalie, citoyens de ce monde du rugby où chacun trouve une place : les vieux, les jeunes, les forts en gueule, les réservés, les gros, les maigres, les « nains », les géants, les jaunes, les noirs, les blancs, les chauves et même les roux. Dans cet univers il n'y a pas de classe sociale, pas de hiérarchie des diplômes et des emplois car chacun comprend l'utilité de l'autre, la force de l'éclectisme et de la solidarité. Tous donnent le meilleur d'eux-mêmes au service du collectif. On n'y juge les êtres que sur leur courage, leur abnégation, leur altruisme, et on sait s'inquiéter de celui qui peine ou qui est blessé. Dans ce monde du ballon ovale, les supporters sont mélangés, quelles que soient leur langue, leur ville, leur région, leur nation, et tous applaudissent la belle action, y compris celle de l'adversaire. Les combats sont loyaux, les règles, strictes et les arbitres, respectés, même si parfois ils commettent des erreurs de jugement. Au coup de sifflet final, seule l'estime s'impose. Le peuple de l'Ovalie oublie alors le champ de bataille pour festoyer tous ensemble car la seule religion qui prévaut est la fraternité.

J'ai immigré dans ce pays du rugby à l'âge de dix ans et me suis fait naturaliser. Certes, aujourd'hui je ne joue qu'exceptionnellement, mais je reste citoyen de ce monde et de ses valeurs. Aussi mes pensées vont à mon premier entraîneur, Jean Bourgeois, et aux Vieux Déglingués de Qualité Supérieure, les vétérans du Rueil Athletic Club, dont la richesse humaine et la fidélité à mon égard ne se sont jamais démenties.

Cet ouvrage a été imprimé en France par
CPI Bussière
Z.I. rue Pelletier Doisy
18200 Saint-Amand-Montrond (France)

pour le compte des Éditions Fayard
13 rue du Montparnasse, 75006 Paris
en avril 2024

Photocomposition Belle Page

PAPIER CERTIFIÉ

fayard s'engage pour
l'environnement en réduisant
l'empreinte carbone de ses livres.
Celle de cet exemplaire est de :
500 g éq. CO_2
Rendez-vous sur
www.fayard-durable.fr

Dépôt légal : mai 2024
N° d'édition : 68-7883-9/01 - N° d'impression : 2077561